千年巫后

She: A History of Adventure

［英］亨利·哈格德——著

张济明——译

上海文艺出版社
上海故事会文化传媒有限公司

名家导读

/肖惠荣

肖惠荣，女，江西樟树人，文学博士，毕业于北京师范大学比较文学与世界文学专业，现为江西师范大学文学院教师，兼任江西师范大学叙事学研究中心副主任、江西省外国文学学会副秘书长，主要从事外国文学及叙事学的教学与研究工作。已在《外国文学研究》《甘肃社会科学》《江西师范大学学报》（哲社版）等核心刊物发表相关学术论文数篇，其中《叙事的无所不在与叙事学的与时俱进》（第一作者）被人大复印资料《文艺理论》转载。译著有《香烟、高跟鞋及其他有趣的东西：符号学导论》（第一译者），主持江西省社科规划课题、江西省高校人文社科课题、江西省哲学社会科学重点研究基地重点课题各一项。

亨利·哈格德是英国 19 世纪极富盛名的新浪漫主义作家。对于中国当代的读者来说，这个名字或许有些陌生。但在 20 世纪初，他的名字也曾享誉整个中国近代文坛，他的头像出现在晚清四大小说杂志之一《月月小说》的创刊号上，他的作品成为当时读者竞相模仿的对象。在五四新文化运动的影响下，那个时代的有识之士试图从西方经典名著找寻启迪普罗大众的现代性表征。在这股风气的感召之下，大量西方经典名著被翻译成汉语后出版发行。在林纾、曾广铨、包天笑等译者的大力推介下，哈格德大部分小说被译介到国内，据不完全统计，在1896—1916年间，哈格德小说的中译本数量仅次于柯南道尔，连如今在中国妇孺皆知的"海洋三部曲"的作者儒勒·凡尔纳都只能屈居其后。侠骨柔肠的主人公、新奇怪诞的情节、热烈奔放的情感深深吸引了那些渴望从域外文化中汲取精神营养的先驱之士。鲁迅、郭沫若、茅盾、沈从文、钱锺书、冰心等作家都曾是其作品的忠实读者。有学者甚至认为，他的作品"点亮晚清学人以西学探求民族生存之道的启蒙理想之光"。

在哈格德的众多作品中，名气最响的是1885年出版的《所罗门王的宝藏》和1887年出版的《千年巫后》（又译为《她》）。前者的问世让这位作家在英国文坛站稳了脚跟，但后者的出版让他在世界文坛有了一席之地。尽管哈格德只用6个月时间便创作出了《千年巫后》，但他将手稿交给出版商时，曾断言"我将因这部作品而被历史记住"。从今天的结果来看，作者预测极准。这部小说后来被很多研究者称为冒险幻想小说的开山之作，现存英文版本至少有18个，至1965年印制量就已达到了8300万册，可谓是世界文学史上的畅销读物之一。此外，心理分析学家弗洛伊德向他的病人推荐这部小说时曾评价道："这是一本充满隐喻的奇书。"荣格也将这部小说中的女主人公艾依莎作为阿尼玛的分析原型。为什么这部小说会得到如此多读者的喜爱与关注？这是因为在《千年巫后》中，既有通俗小说的常用开头，又有经典小说的海外冒险情节，不仅如此，这位作家还为英国冒险故事的地图中增添了一个新的地标——非洲。在那个"湮没的城市""失落的世界"中，读者不仅窥见了现代文明在与原始文化对峙时的崩塌与溃败，还见证了青春永驻的艾依莎长达两千年之久凄凉的爱情故事。

为了让这个有些离奇的故事更具可信度，在这篇小说中，作者运用了维多利亚时期小说中常用的"书稿"式开头，叙述者"我"在剑桥大学里偶遇两个牵手散步的男子，一个英俊潇洒的利奥·文西、一个奇丑无比的霍利教授，两者肢体间的亲密与相貌上的差异形成了强烈的对比，这引发了叙述者强烈的好奇心，在朋友的介绍下，他和两位男子有了点头之交。不久之后，他意外地收到了一封霍利的来信。信的内容让这个故事的叙述者拍案叫绝，为了让更多人能读到这个故事，他亲自编辑出版了此书，在谈到自己的出版意图时，叙述者反复强调"这是一个无惧岁月年轮的女王的真实故事"，作为作者的代言人，他这样强调的缘由还是想要产生一种真实感，让读者相信确有其事。

第一位叙述者只是提供了楔子，故事的真正讲述者是剑桥大学的教授霍利，尽管才华横溢，在工作上小有成就，也因不屈的意志和强壮的身体赢得了周围年轻人的羡慕，但粗俗猥琐的外表却让剑桥的同事们对他望而却步，所以他一直过着离群索居的生活。一天深夜，霍利唯一的朋友文西到访，在讲完了自己的家族史后，文西将自己唯一的孩子利奥和一个神秘的箱子托付给霍利后，第二天猝然离世。尽管事发突然，善良的霍利还是接受了朋友的嘱托，将年幼的利奥接到自己身边抚养，等到利奥25岁时，他俩从银行中亲自将那个神秘的箱子取出，从中发现了一封故人的遗书与一块神秘的古老陶片。在信中，文西详细地向自己的儿子叙述了自己的家族史，不仅如此，为了佐证自己的观点，他还亲自翻译了陶片上的文字。

原来利奥的祖先卡利卡拉提斯是一位祭司，他违背了自己的誓言，爱上了埃及公主阿米娜特丝，为了逃避愤怒女神无情的报复，他带着公主逃离了埃及，途中轮船失事，在非洲一个荒野之地邂逅了一位千年巫后——艾依莎，女巫爱上卡利卡拉提斯后又失手杀死了他，阿米娜特斯要求自己的子孙后代为其祖先复仇。文西在信中告诉利奥，为实现先祖的遗愿，他也曾到过非洲，最后却以失败告终。他希望自己的儿子能沿着祖先留下的遗迹完成自己未竟的事业，破解长生不老的奥妙。

在利奥的坚持下，在老仆人乔布的陪伴下，霍利一行踏上了寻找真相的漫漫长路。故事的主题、讲故事的方式关乎生存环境，西方人总体上属于海洋民族，阿尔戈号远征的奇妙经历、奥德修斯千折百转的返乡之路，这些故事陪伴着每一个西方人的成长，筑就了他们最初的生命体验和人生梦想。对于西方人来说，诗意的生活永远在看不见的远方。因此，浩瀚的海洋从未对其远征、传教、贸易、殖民等活动构成影响，海上风景与海外冒险是他们生活的常态。《鲁滨逊漂流记》

中的鲁滨逊生活的那座孤岛是在太平洋上的一座无名小岛，斯蒂文森笔下的金银岛也指向了太平洋上的科科斯岛，而哈格德则是第一个将笔触伸向黑色非洲大陆的英国通俗小说作家。这与维多利亚时代民众对于非洲的兴趣有关，更有可能得益于他曾在南非英国殖民政府任职的工作经历。

三个现代的英国人为了找到利奥先祖遇害的神秘地带，乘坐着阿拉伯人掌舵的现代船只漂洋过海，他们熬过了繁重的体力劳动、沼泽地的酷热、蚊虫的叮咬和身体的不适，九死一生，精疲力竭，终于抵达在霍利这个现代人看来有些荒凉、原始和寂寥的非洲大陆。哈格德凭借早年在非洲工作的阅历，再加上他那奇妙超群的想象力，借助博物学家霍利的视角将非洲大陆的异域风情、原始部落千奇百怪的社会习俗、文明古国历史悠久的遗迹，描绘得惟妙惟肖，栩栩如生。这种描绘既有显而易见的现代性审视，又蕴含着西方人一直以来对隐没在大西洋海底的亚特兰蒂斯古国的苦苦找寻。亚特兰蒂斯传说最早始于古希腊的哲学家柏拉图，相传众神之王宙斯为了惩罚人类，发动地震、引发洪水，将亚特兰蒂斯王国一夜之间沉入海底。尽管没有明显的证据表明大西洋海底曾存有古大陆文明，但是亚特兰蒂斯传说依然被人坚信，传闻亚特兰蒂斯人可以利用光能进行催眠和透视，甚至部分亚特兰蒂斯后裔拥有超能力，能利用未知能源返老还童。湮没的城市、失落的世界、那些早已远去的亚特兰蒂斯人被哈德格隐蔽地复活在了

《千年巫后》中，这部小说的女主人公"她"——艾侬莎虽来自于两千年之前，但她和传说中的亚特兰蒂斯人一样，运用不为人知的生命之火让自己青春永驻，她在治服埃迈赫贾人时所采用的魔法看上去像催眠，她所居住的地方靠近海洋，到处都是文明古国留下的历史遗迹。作为描写"失落世界"的开创者，他对古国遗迹的描述引发了一批作家对失落世界的关注，如鲁迪亚德·吉卜林的《要做国王的人》(1888)、柯南·道尔的《失落的世界》(1912) 等。

尽管几乎是故事情节发展过半后，巫后艾侬莎才姗姗出场，但并不影响她在整个故事中的地位，三个英国人因她而来，当地土著臣服在她的脚下。她美若天仙却又心狠手辣、不通人情却又一往情深，因为误杀了自己的爱人，她在洞穴中苦苦等待了两千年，她坚信自己的爱人一定转世轮回，跨过千山、越过万水回到他的身边。当艾侬莎看见和祖先共享一副容貌的利奥时，女王认定他就是自己的卡利卡拉提斯。为了让爱人与自己一样永远年轻，她再次跳入了滚滚而来的生命之火，没想到却事与愿违，她不仅美貌尽失，变得老态龙钟，而且死于生命之火。从故事情节上看，艾侬莎看上去像是一个爱情至上的"恋爱脑"，但她对生死的认识、生命意义的探讨却十分具有哲理性和前瞻性，值得读者好好研究、细细品味。

相信书中人物的人生际遇会给我们以启发，会让我们对人生对爱情有新的认识和感悟。

Contents

楔子

　　若论凡人经历的冒险故事，本书也许可以算得上极为美妙极为神奇。值此问世之际，有必要向读者交代一下本人与故事的关系。首先声明，我只是这个精彩故事的编者，不是讲述者，接下来就说说此书是怎么落在我手里的。

　　我本人，也就是本书的编者，几年前在某大学的朋友家小住，他可是一位大学者。为了讲述方便，权且称这所大学为剑桥大学。一天，我看见两个人牵着手在校园散步，他们的外貌给我留下了极为深刻的印象。其中一位先生长得非常好看，我从来也没见过如此英俊潇洒的年轻人。高高的个子，宽宽的肩膀，既充满男性阳刚之美，又优雅迷人，

1

像一头雍容华贵的雄鹿。五官更是无可挑剔，可谓完美而标致。摘下帽子向路过的女士敬礼时，还露出好看的金黄色卷发。

"看到那个年轻人了吗？"我问同行的朋友，"真是美男子阿波罗转世，长得太漂亮了！"

"是啊，"朋友回答，"文西（此名源于一位希腊天神）可是我们大学有名的美男子，而且品行也无可挑剔，都称他为'希腊天神'。不过再看看另一位吧，他是文西的监护人，一名学识渊博的智者，人称'卡戎（超度亡魂过冥河去阴间的神）'，我也不知道他究竟是由于奇丑的相貌，还是由于保护文西先生顺利渡过各种艰难考试之河才得此雅号。"

我仔细打量此人一番，发现他自有魅力，吸引力不亚于旁边流光溢彩的年轻尤物。这人四十岁左右，身材粗短，胸脯厚实，双腿罗圈，胳膊超长。一双小小的眼睛，满脸大胡子与浓密的黑发连成一体，额头大部分面积被头发覆盖，脸上可见的部分显得尤其狭小，让我不由想起了大猩猩。他的奇丑外貌与同伴的英俊面孔构成了鲜明对比，但他眼中闪烁着亲切而柔和的目光，让我很想结识。

"好啊，"我的朋友回答，"没问题，我认识文西，可以介绍你认识。"几分钟后，我们就开始在一起谈论祖鲁人[1]，我不久前刚从开普敦回来。

1　祖鲁人：非洲南部的一个民族，又称阿马祖鲁人。主要分布在南非纳塔尔省、莱索托东部和斯威士兰东南部。

不一会，来了一位胖胖的女士，现在已忘记了她的名字，旁边还有一位漂亮的金发小姐，文西先生看上去与她们很熟，一会便与她俩走在一起。另外一位年纪较大的"卡戎"真名叫霍利，看到两位女士走来时，表情立刻变得不自然，不知该说什么。他生气地看了一眼文西，又向我点点头，然后就突兀地独自离去。后来听说他曾被女人拒绝过，因此非常恐惧女人，简直就像人们害怕遇见疯狗一样。不过，年轻的文西倒没有因此而讨厌女性。我当时还与朋友开玩笑：不能介绍文西认识待嫁的姑娘，否则结果很可能是姑娘离开未婚夫，不可救药地爱上文西。总而言之，他长得太帅了，自己又对此一无所知，因此并不像多数英俊的男人一样高傲自大而不受人待见。

我当天晚上离开剑桥大学，从此好久没有见过他们，也没有听到有关"希腊天神"和"卡戎"的消息。事实上，我总共只见过他们这么一次，而且估计不会再有机会。但是一个月前，我却收到了署名为"霍勒斯·霍利"的一封信，还有两个包裹，其中一个里面装的是手稿。看到信中的署名时，我一时竟想不起霍勒斯·霍利究竟是谁，信中内容如下：

尊敬的先生：

收到我的信您一定会有些吃惊，我们的交往毕竟太浅了。

首先想告诉您的是，我们几年前曾经在剑桥大学见过面，当时我和我监护的利奥·文西正在散步，您的朋友介绍我们相识。闲话少说，还是谈正事吧。最近读了一本您写的关于非洲中部的冒险小说[1]，很感兴趣。我认为书中的描写有些比较真实，有些充满了想象。不管怎么说，您的书给了我不少启迪。我和我监护的利奥·文西，或者说是我的养子，最近也去了一趟非洲，我们的经历比您书中的冒险故事精彩多了，由于担心您不相信我们的故事，有些不敢把手稿交给您。至于我们的具体经历，我已在手稿中做了详细的描述，手稿随信同时邮寄，另外还有圣甲虫宝石（也就是太阳神之子的护身符）和原来的陶瓷片一并寄来。您可以从手稿中看出，我们本不想在有生之年将自己的故事公之于众，但由于最近发生的一些事情，我们决定改变初衷。仔细阅读材料后，您或许就会明白为什么我要交出手稿，因为我们又要远行了。这次是去中亚，那是一片充满智慧和灵性的土地，或许我们会在那里待很久，甚至永远也不再回来。这样就有一个新的问题摆在面前，如果仅仅因为牵涉到个人隐私或担心别人怀疑其真实

1　指《所罗门王的宝藏》。

性而耻笑自已，我们就把一个举世无双的真实故事隐瞒起来，是不是有些太过分？我和利奥还因此而发生了争执，最后，彼此都做了一些让步。经过慎重商量，我们决定把故事手稿转交给您，如果合适的话，您可以正式出版，唯一的条件是隐去我们的真实姓名。我们的个人身份也尽量不要暴露，倘若是为了保持作品的真实性，也可适当保留一些。

现在我该再说点什么？我自己也不知道，发生的一切都已在随信附寄的手稿中交代，再说一遍就显得有些啰唆。至于"她"这个人，也不需要附加说明。我只是悔恨当初没有好好抓住机会进一步了解这个神奇的女人。她究竟是谁？她最初怎么到达克尔的岩洞？她真正的信仰是什么？我们从来没有弄明白。唉！永远也没有机会了。我的头脑中还有许许多多的疑问，可是现在说出来又有什么用呢？

至于是否接受这项工作，随您自己决定。我们相信，您将因此得到不少回报，成为一部非常精彩传记的作者。这个故事完全不同于平常的爱情故事，随信寄来的手稿就是最好的证明。读完专门为您抄写的手稿后，希望您能将决定告知本人。

请相信我。

真诚的 路德·霍勒斯·霍利[1]

书于剑桥大学，18××年5月1日

附言：如果您乐意出版本书，所得利润全部归您支配。倘若万一有亏损，我会让律师杰弗里先生和乔丹先生如数给您补偿。现将圣甲虫护身符、陶片和羊皮纸手稿托您保管，直到我们有一天想要索回时为止。

大家可以想象，收到这封信我真的大吃一惊。由于手头还有别的工作，我在两个星期后才读完手稿，内容更让我拍案叫绝。如果更多人读到这个故事，他们一定会大开眼界，因此我决定出版此书。我很快写信告诉霍利先生这一喜讯，但是一周后，仅收到他的律师的一封回信，他们的委托人和利奥·文西先生已动身前往西藏，具体地址律师也不知道，我的信一并退回。

好了，我就说这么多吧，读者自会对故事本身做出评判。本书出版之前，我只做了几处小小的改动，唯一目的是隐藏主人公的真实身份，其余部分完全遵照原文，我自己无权对故事做什么评论。首先因为这

---

[1] 根据作者要求，本书涉及的所有姓名均进行了相应的变更。——原书编者

是一个无惧岁月年轮的女王的真实故事，她是威力无比的君王，生命永不衰竭。正如陪伴夜神的黑色翅膀一样，青春的光芒永远照耀着她。这是一个鸿篇巨制的寓言，而我对其寓意却懵懂无知。其次我觉得让一个凡夫俗子来评论永生的灵魂，未免有些胆大妄为。从大地吸取生命的精华，因此人类的七情六欲仍然在她的胸中波涛澎湃，有时激情昂扬，有时平静如水，有时又会深深涤荡着她的灵魂。就像长生不老的大自然，风起云涌，潮起潮落，生生不息，永无止境。可是读到后来，我又放弃了这些想法，觉得它首先更是一个真实的故事，一切评论留给读者。为了方便大家了解艾依莎的世界和神奇的克尔洞穴，谨此写下这篇短短的前言。

——本书编辑

又及：再次阅读本书，我的脑中不觉又产生了一些新的想法，情不自禁地想要写出来与大家分享。也许读者朋友会注意到，随着一点点熟悉利奥·文西，我们会发现他的个性中也实在没有什么特别之处，但却深深吸引了聪明绝顶的艾依莎。在我看来，他甚至算不上有趣的人。难道仅仅是由于他们非同寻常的相遇？还是超凡脱俗、流光四溢的"她"仅仅是为利奥帅气的外表所倾倒？古代的卡利克拉提斯也只是由于优美的希腊外表才得到她的青睐？亦或是别的什么原因？我相信事情不是这么简单，一定是神奇的艾依莎比我们看得更深更远。她能察觉到自己热爱的灵魂潜在的伟大火花，她知道在自己智慧甘霖的滋润下，在她光艳四射的生命力照射下，爱人的潜质会像美丽的花朵一样芳香四溢，会像星星一样照亮世界。

那我也并不知道事情的真相，只好留待读者自己思索，霍利先生的正文将会提供详尽的资料。

第一章 深夜来访

总有些时刻会让我们终身难忘，每一个情节每一个细节都会深深刻在脑海中。下面描述的就是这样一桩事情，此刻依然历历在目，宛若昨天发生一般。

二十多年前的这个季节的一个晚上，我，路德维希·霍勒斯·霍利，坐在剑桥大学的宿舍里，埋头苦读数学著作，具体书名记不清了。我将在一个星期后参加研究员资格考试，老师和同学都认为我一定能够脱颖而出。后来，实在是太累了，我就放下书，走到壁炉旁边往烟斗里装烟叶。炉架上点着蜡烛，后面是一面细长的镜子。凑在蜡烛上点烟时，我无意中看到了镜子里的自己，不由愣在那里，直到燃烧的火柴灼痛了手指才丢掉。但我的脚却没有动，静静地站在那里，盯着镜中的自己出神。

"哎！"过了好一阵子，我才大声感慨，"看来我这辈子只能依靠头脑中的智慧生存，绝不可能靠脸谋生。"

我是在哀叹自己先天长相不足。不管怎么说，一个二十二岁的小伙子多少都会洋溢着青春的光彩，但我的这点权利都被剥夺了。身材粗短，胸脯厚实，比例极不匀称的我几乎有些畸形。两条胳膊又粗又长，整个外表看上去粗俗猥琐。一双灰色的小眼睛深陷在眶子里，短短的眉毛几乎有一半插入乱蓬蓬的黑发中，额头作为脸上仅有的一块空地，还不断被浓密的黑发蚕食。将近四分之一世纪前，父母赐予我这副尊容，岁月的年轮略加改变后形成了今天的样子。大自然虽然赋予了我钢铁般坚强的意志，超群的智慧，却也像该隐[1]一样被烙上了奇丑无比的印记。我们学校里那些光洁鲜亮的年轻人，虽然羡慕我坚强不屈的意志和强壮的身体，但实际上都不愿意与我为伍。不过，我至少还有一个朋友。既然如此，我一个人刻苦发奋、心向未来，不也很好吗？虽说孤独寂寞，不也一样可以过日子？大自然赐予我这副尊容，使我与世隔绝，一个人孤独地生活，那么我也只能从大自然的胸怀中得到一<u>丝</u>

1　该隐：《旧约全书》中亚当和夏娃的长子，他出于忌妒而谋杀了自己的弟弟亚伯并作为逃犯而被判罪。

慰藉，只有她才能给我一点安慰。至于女人，她们都讨厌看见我，一个星期前还听见有人称我为"怪物"，当然她以为我没有听见，还说是我让她相信了猴子变人的理论。曾经也有过那么一次，一个女人对我有点虚情假意，我把多年来压抑的感情毫无保留地献给了她。可是当一笔本该由我得到的钱财因某些原因落空时，她便毫不犹豫地抛弃了我。她的脸庞那么甜美，我实在太爱她了，因此我低声下气地恳求谅解，这是我生命中的第一次，也是最后一次。她只是把我拉到镜子前，与我肩并肩站在一起瞅着镜子里。

"你自己掂量掂量，"她说，"如果用美人来称呼我，那么该怎么称呼你合适？"当时我只有二十岁。

此刻，我一人站在窗前，凝视着镜中的自己，一种切肤的孤独吞噬着我的心。我没有父亲，也没有母亲，更没有兄弟。正当顾影自怜的时候，突然传来了一阵敲门声。

现在已是深夜两点，我可不想接待陌生人。我没有应答，静静地听了一会。我在学校里只有一个朋友，事实上，在这个世界上也只有一个朋友，或许来访的人正是他吧。

这时门外的人咳嗽了一声，是熟悉的声音，我赶紧打开门。

一个三十岁左右的高个子男人跌跌撞撞地走进来，右手提着沉重的铁皮箱。他把箱子放在地上，然后剧烈的咳嗽起来。他咳呀咳，直咳到脸色发紫，最后无力地跌坐在椅子上吐起血来，但他的外表依然那么英俊。我给他倒了一杯威士忌，他喝了后看上去稍微舒服了一点，整体状态仍然很糟。

"天气这么冷，你怎么让我在外面站那么久？"他有些生气地说，"你知道，我最受不了风寒。"

"我不知道门外的人是谁呀，"我回答，"况且你来得太晚了。"

"的确太晚，不过也是最后一回了。"说着，他的脸上露出凄惨的笑容，"霍利，我快要不行了，真的不行了，我估计明天都捱不过去。"

"别胡说八道，"我说，"我去给你请医生。"

他不耐烦地摆摆手："我自己知道呢，任何医生都不需要了。我研究过医学，清楚自己的病情，没有哪个医生能救得了我。最后的时间已经到来！我能活下来这一年，也算是个奇迹。现在，请听听我的心里话，否则你再也没有机会听我唠叨了。我们已做了两年多的朋友，你说说对我的了解有多少。"

"我知道你是个有钱人，对大学有一种偏爱，所以在这般年龄又来上学。我还知道你结过婚，但是妻子已不在人世。你是我最好的朋友，也是我唯一的朋友。"

"知道我还有个儿子吗？"

"我真的有个儿子，今年五岁。他的出生夺去了母亲的性命，因此

12

见到他我就会难过。霍利，要是你同意，我想请你做我儿子的唯一监护人。"

听他这样说，我本能地从椅子上跳了起来，叫道："我？！"

"是的，就是你。我已经特意观察了你两年多。其实，我早就知道自己不行了，从此便有意寻找一个人，想把我的儿子托付给他，还有这个，"他说着拍拍手边的铁皮箱，"霍利，你正是理想的人选。你表面上看起来粗枝大叶，内心深处却意志坚定，正直可信。"

"听我把话说完，这孩子是一个古老家族的唯一继承人，我们家族的历史有源可溯。你今天听我说这些话，或许感到有些可笑，但是有朝一日就会明白。我的第六十五或六十六代直系祖先是伊希斯[1]女神的埃及祭司之一，他本人是希腊血统，名叫卡利克拉提斯[2]。他的父亲是效忠于第二十九代门德斯法老哈克－奥尔的一名希腊士

---

1 伊希斯：古代埃及司生育和繁殖的女神。

2 卡利克拉提斯：意思是健康而漂亮，即力量之美。

兵,其祖父或曾祖父应该就是希罗多德[1]提过的那个卡利克拉提斯[2]。大约公元前 339 年,也就是法老制度濒临灭亡的时候,卡利克拉提斯祭司不愿再过独身生活,与一个埃及君主的女儿私奔。他们的轮船在靠近非洲大陆的某个地方遇险,我估计就是现在的德拉瓜湾附近,或者偏北一点,只有他和妻子死里逃生,其他随行的人员无一幸免。历经千辛万苦后,他们得到一位神通广大的女王的热情招待。这位白人女王统治着一伙尚未开化的野人,由于某些原因,我也没能进入她的王国,如果你能活到打开箱子的那一天,或许会从中知道一些情况。她是个美若天仙的女人,但不知为什么,却杀死了我的祖先卡利克拉提斯,但他的妻子却逃脱了,后来到了雅典。我并

1 希罗多德:希腊历史学家(约公元前 485—约公元前 425),被称为"历史之父",所著《历史》,即《希腊波斯战争史》,主要叙述希波战争及阿契美尼德王朝和埃及等国的历史,是西方的第一部历史著作。

2 卡利克拉提斯:我的朋友这里所说的卡利克拉提斯是个斯巴达人,希罗多德在《希律王》第 9 章第 72 节中因其俊美异常而提到过他,曾参加公元前 479 年光荣的布拉底战争。在保萨尼阿斯(斯巴达将领)率领下,共有三十万斯巴达人和雅典人参加了此次战役。以下是原希腊文的翻译:"卡利克拉提斯在战争中牺牲了,他不仅是最漂亮的斯巴达人,在整个希腊人中都是最英俊的。保萨尼阿斯牺牲后,他也中箭受伤,临死前,他遗憾地对布拉底人阿里米内斯特说,他心甘情愿为希腊而死,只是没能如愿做出多少贡献就死去,他对此深感遗憾。"这个卡利克拉提斯,听起来既勇敢又漂亮,所以希罗多德特意提到了他,死后被埋在了青年将帅公墓中,以示与其他斯巴达人和希腊人的区别。——路·霍·霍利

14

不清楚她是怎么逃出的，只知道她当时已有身孕，给孩子取名为蒂西斯森斯，意思是万能的复仇者。

"五百年后，这个家族迁徙到罗马，当时的具体情况没有记载。此后，为了符合当地习俗，先祖们改用罗马姓文德克思，也是复仇者的意思，正如他们开始采用蒂西斯森斯为姓的缘由一样，大概是为了让子孙后代不忘复仇之事。他们在这里大约生活了五百年。公元770年，查理大帝[1]侵略伦巴第区时，他们仍旧住在这里。家族族长决定依附于这位伟大的皇帝，跟随他翻越阿尔卑斯山，最后定居在布列塔尼。八代之后，在忏悔者爱德华王朝时代，其直系后裔来到英格兰。到了征服者威廉时代，他们已获得了极大的荣誉和权利。从这时起到现在的家谱，我都背得滚瓜烂熟。自从先祖们在英国的土地上定居后，我们的姓氏就逐渐演变为文西。但是此后的文西家族却再也没有显赫过，也没有了祖先的荣耀。他们有的从军，有的经商。从总体上来说，都是属于受人尊敬的体面家庭，生活基本属于中等水平。从查尔斯二世到本世纪初，他们都是商人。大约在1790年，我的祖父靠酿酒发了大财，后来就洗手不干了。1821年祖父死后，父亲继承了财产，但大多数家产被他挥霍一空。十年前，父亲临死时，给我留下了每年净收入大约2000英镑

---

1 查理大帝：世称查理一世，768—814为法兰克王，800—814为西罗马帝国皇帝。

的遗产。我进行了一趟与此有关的探索，"他指了一下铁皮箱，"结果失败得一塌糊涂。返回时，我游历了欧洲南部，最后抵达雅典。与我的爱妻邂逅，她也像我的希腊先祖一样，是位美丽非凡的女人。后来，我们就在雅典结婚，一年以后，儿子出生，她却因此而离开了我们。"

说到这里，他停了一下，把头深深地埋在手中，然后又接着说了下去。

"结婚打乱了我的计划，当然，我现在也不可能完成。我已经没有多少时间，霍利，我的时间没几天了！如果你愿意接受我的托付，总有一天会明白一切原委。妻子去世后，我的注意力又转移到原来的计划。我认为首先得学好东方语言，尤其是阿拉伯语。正是为了加强语言学习，我才来到这所大学。倒霉的是，病情很快加重，我将不久于人世。"似乎是为了证明自己的话一样，他说着又是一阵剧烈的咳嗽。

我又给他倒了一杯威士忌，休息一会后，他又继续说道：

"我只在儿子利奥还是个小婴儿时见过他，从此再也没有见面。不过别人告诉我，他是个既聪明又漂亮的孩子。在这个信封里，"他从衣服口袋里掏出一封信交给我，"我已经简单地写下希望儿子应受的教育，他的课程有些特殊。我再次请求你，能答应吗？不管怎么说，我不想把此事托付给陌生人。"

"可我得首先知道你托付的是什么事呀。"我回答。

16

"抚养我的儿子利奥并至少和他一起生活到他25岁，而且不能把他送去学校。在他25岁生日时，你的监护责任就算完成，并用我交给你的钥匙，"他掏出一把钥匙放在桌子上，"打开铁皮箱，让他自己看看里面的东西，并问他是否愿意承担其中提到的追寻任务。当然，他并没有非做不可的义务。现在，我们谈谈条件吧。我目前的年收入是2200英镑，我保证其中的一半归你终生享用，条件是照顾好我的儿子。也就是说，你得因此而放弃其他工作，所以其中的1000英镑作为给你的酬劳，100英镑作为孩子的生活费。另一半钱将一直存到利奥25岁为止，如果他决定承担我提到的那项任务，那么他的手头就会有一笔数目可观的资金。"

"万一我中途死去呢？"我问道。

"那么就把孩子交给法庭监护吧。倘若真是这样，也只好听天由命了，但是有一件事你必须做到，那就是一定要立下遗嘱，务必把铁皮箱交给孩子。霍利，答应我吧！相信我，这样对你也有好处。你不适合集体生活，只能让你受伤害。再过几个星期，你就变成学院里的研究员，你自己的薪水再加上我的酬劳，足以过上舒适的知识分子生活，偶尔再做些你所喜爱的体育运动，这样对你再合适不过。"

他停下来急切地看着我，但我还是有些犹豫不定，这项任务太离奇了。

"霍利，我们是好朋友，就算为了我，答应吧。我已经没有时间另作安排。"

"好吧！"我终于下定决心，"不管你在信中写了什么，我都决不会改变主意。"我拿起了放在钥匙旁边的信封。

"谢谢你！霍利，谢谢你！其实信里也没什么特殊的要求。请向上帝发誓，你将像父亲一样爱我的儿子，并严格执行我信中的条件。"

"我发誓！"我庄严地许下诺言。

"太好了！霍利，你将来就会明白，世界上有许多东西看似消失，而实际上却只是形式改变而已，或许此时此地也正有某些东西转变为其他形式，并永远延续下去。我觉得死亡就是这样一种东西，虽然我不久就会死去，你将会把我忘记，然而我的灵魂不会死，或许有一天我会来看看你是否实践了诺言。"说完，他又猛地咳嗽起来。

他说："现在，我必须走了。别忘了保管好箱子，我的遗嘱已交给有关人士，官方人员会把孩子送到你手中。霍利，你该得到的钱一分不会少，我相信你是一个诚实可靠的人。但是，要是你辜负了我的愿望，我的鬼魂不会饶了你。"

我不知道该说什么才好，只是沉默。

他拿起蜡烛，看看镜中的自己。这张脸曾经年轻而英俊，可正被疾病一点点毁灭。"我不久就会成为蛆虫的美食。"他凄凉地说，"再过几个小时，我就会变得冰冷而僵硬，真是不可思议，但这是无可改变的事实，我的人生之旅已经走完。霍利，对我来说，活着已是一种苦难。没有了爱情，生活便没有任何意义，而我却早已失去了爱情。但是，只要我的儿子利奥有勇气有信仰，他的一生就会幸福美满。再见了，朋友！"他突然走过来轻轻地拥抱了我一下，又在我的额头上吻了一下，然后就转身离开。

"文西，听我的劝告。"我说，"如果你真是病得厉害，还是让我去请医生吧！"

"不，不，"他诚恳地说，"答应我，不要去请医生。我已是将死之人，我希望像吃了毒药的耗子一样，一个人安安静静地死去。"

"我相信你不会死。"我说完后，他只是笑笑，说了一句"别忘记"，就匆匆离开。现在只剩下我一个人，一屁股坐下来后，我使劲揉揉眼睛，怀疑自己是在做梦。这种想法当然经不起推敲，只好放弃了做梦的疑惑，于是我又想文西一定是喝醉了。我以前就知道他有病，而且病得很严重，可也不至于这么快就死去，他怎么会知道自己熬不过今天晚上？如果真的快要病死，大概连走也走不动，而他却提了一只重重的铁皮箱。他的故事对我来说简直太不可思议，大概是当时太年轻的缘故吧，不明白许多不可能发生的事往往会成为现实，这是我最近才悟出的道理。一个人有个五岁的儿子，而父亲却只在孩子是婴儿时见过，这可能吗？

当然不可能。难道一个人可以准确地预知自己的死亡？当然不可能。难道一个人可以追溯自己家族早在公元前 300 年的历史？难道一个人可能突然把自己孩子的监护权和一半财产交给学校的同事？太多的不可能。我看文西要不就是喝醉了酒，要不就是神经出了毛病。可是，这一切意味着什么？铁皮箱里装的究竟是什么东西？

太多的问题困扰着我，甚至有些纠缠不清，我决心抛开眼前的一切困惑，准备休息。我把文西留下的信和钥匙放进公文箱，又把铁皮箱放进我的大旅行皮箱，然后就倒在床上，迷迷糊糊地睡着了。

第二天早上，有人把我叫醒时，我还觉得没有睡够，好像只睡了几分钟一样。坐起来揉揉眼睛，天已大亮，都八点钟了。

"约翰，有什么事吗？"我问专门照顾我和文西的工友，"你看上去有点不对劲，好像撞上鬼了。"

"我是撞上鬼了，先生。"他回答，"我刚才看到了一具尸体，简直比撞上鬼还糟糕。我像平常一样叫文西先生起床时，他竟直挺挺地躺在床上，完全死了！"

第二章 似水流年

　　可以想象，文西的猝死在剑桥引起很大震动。好在大家都知道他重病缠身，又有可靠的医生证明，因此官方也没有进一步调查。再说，那时的法律并没有规定严格的验尸程序，为了避免牵涉一些不必要的麻烦，官方一般不主张验尸。鉴于当时的情形，没人来向我调查，我觉得也没必要主动报告我和文西在他死前头一天晚上的会面，况且对他来说，去一趟我的房间也并不算特殊。葬礼那天，有个律师特意从伦敦赶来，一直把我那可怜的朋友送到墓地，然后带走了文西的所有文件和可以拿走的东西，当然那只箱子除外，文西已交给我保管。此后一周，没有听到任何相关消息，事实上，我自己正忙于准备研究员资格考试，因此没去参加葬礼，当然也没见到律师。终于熬过考试后，我回到房间坐在安乐椅上，美滋滋地想着自己考得不错，绝对可以通过考试。

最近一直忙于考试，简直压得喘不过气来。现在，没有了考试的压力，不一会，我又开始想起文西临死前的那个晚上，我一遍又一遍地问自己，其中是否有什么深刻内涵？是不是应该去打听点消息？如果不去，又该怎么处理铁皮箱？眼前发生的一切叫我心烦意乱：神秘的午夜来访，转眼变为事实的死亡预言，还有我自己许下的庄严誓言，文西将会在另一个世界监视我。那天，我一个人坐着胡思乱想了很久。他会不会是自杀？看起来有些像。他所说的追寻究竟指的是什么？虽然我没有任何理由紧张，也不相信会发生什么超自然现象，然而事情却是非常离奇，简直叫我有些担心，真希望不要与这些乱七八糟的事有任何关系。今天，事情已经过去二十年，我甚至还在希望自己当初不要卷入这场风波。

就在我一个人冥思苦想时，突然传来一阵敲门声，送来一个蓝色的大信封。我知道这是律师寄来的，直觉告诉我，此信与文西的托付有关。我把信一直保存至今，内容如下：

致：路德维希·霍勒斯·霍利先生

尊敬的先生：

受已故文西先生的委托，我们律师事务所最近负责执行其遗嘱。文西先生已于本月9号在剑桥大学去世，他的遗嘱复本随信寄来。根据遗嘱，如果您愿意监护文西先生现年五岁的儿子利奥·文西，您将有权终生享受他的半数遗产，他的全部财产目前投资在统一公债[1]。倘若不是我们亲自根据文西先生口头和书面两方面清楚准确的意思立下这份遗嘱，倘若他当初没有说事出有因，我们会认为其中的某些条款有悖常理，会把此事报告大法官法庭，那样做既有利于执行立遗嘱人的意愿，也有利于保护未成年人权益。不过，鉴于文西先生是位学识渊博的绅士，又没有什么可以托付孩子的亲戚，我们就没必要采取那样的措施。

您认为什么时候把孩子送来比较合适？什么时候接收馈赠合适？我们恭候着您的消息。

忠实的　杰弗里、乔丹敬上

1　统一公债：指英国政府1751年开始发行的长期债券。

放下信后，我匆匆读了一遍遗嘱，完全用严格的法律语言写成，有些晦涩难懂。不过，我能明白，其内容正体现了文西去世前那天晚上对我说过的话，这么说一切都是真的了，我必须接纳那个孩子。我突然又想起了文西留给我的那封信，取出来看看，内容也无非是他已向我交代过的事情，比如在利奥25岁时打开箱子，此外还规划了利奥应受的教育，包括希腊语、高等数学和阿拉伯语。信末还有简短附言，其内容是说万一孩子不幸在25岁前身亡（当然作者认为这是不可能的事），我应该亲自打开箱子，并决定自己是否愿意承担其中的使命。如果我不愿接受这项工作，就把箱子毁掉。无论如何，不能把其中的东西交给外人。

　　信中没什么新的内容，不会妨碍我对死去朋友的承诺。现在只有一件事可做，那就是给杰弗里、乔丹二位律师写信，告诉他们我愿意全权监护孩子，希望在十天后开始履行我的职责。然后我就去找校方交涉，把事情的经过简单做了汇报。经过据理力争，他们破例做出一些让步：倘若我真能获得研究员资格，就可以带着孩子一起居住。对取得研究员资格，我相当有把握。当然他们也只是允许我离开学校的宿舍，自己另外租房子居住。多方打听后，我在学校大门附近租到了一套很好的公寓，不久就安排妥当。接下来需要找一个照顾孩子的佣人，这事我已有所考虑，绝不允许有女人抢占孩子对我的感情，不允许女人在孩子面前比我还威风。孩子已不算太小，没有女性照顾也可以，所以我决定找个男佣。几经周折，有幸找到一位名声不错的年轻男子。他长着一张圆圆的脸，以前在驯马场当助手。他说自己出生的家庭有17个子女，对照顾孩子的一套了如指掌，小主人利奥到来后，他非常愿意照顾。最后，我把铁皮箱带去城里，亲手交给银行保存，又买了一些有关幼儿健康和如何养育孩子的书。我自己先看，然后再读给乔布听，乔布就是那个男佣的名字。我们一起期待着利奥的到来。

孩子终于在一个老太太的陪同下到来。分别时，老太太还难过地抹眼泪。利奥真是个漂亮的小男孩！简直就是全世界最漂亮的孩子！他长着一双可爱的灰眼睛，宽宽的额头。虽然小小年纪，可整张脸像是雕塑一样棱角分明，脸蛋却又圆乎乎。最惹人喜爱的是他的头发，金黄色的鬈发紧紧贴在好看的小脑袋上。他的保姆哭着离开时，利奥也哭了一阵子，当时的情形我至今记忆犹新。他站在地上，明媚的阳光透过窗户照在他美丽的鬈发上，纯金般熠熠生辉。他一边用小手揉着一只眼睛，一边用另一只眼睛偷偷打量我和乔布。我坐在一把椅子上，向他伸出双臂，想让他跟我来。不知乔布是从过去看孩子的经验中学来的，还是从老母鸡那儿学来的，他在一个角落里发出了咯咯的声音。他认为这种声音既可以安慰孩子，又可以鼓舞幼小的心灵。他还拿出一只难看的小木马来回走动，看上去有些傻里傻气。这种局面僵持了几分钟，突然，小家伙伸出两条胳膊向我跑了过来。

"我喜欢你，"他用稚气的声音说，"虽然你根（很）丑，但是我觉得你根（很）可爱。"

十分钟后，他就美滋滋地吃着涂了黄油的面包，满意地咂巴着小嘴。乔布还想再给他加点果酱，我赶忙提醒了他在书上读过相关的内容，并坚决制止了他。

不出所料，我不久便如愿获得了研究员资格，小家伙也成了我们学院最受欢迎的孩子。不许孩子进入学院的规定对他来说似乎根本不存在，所有的规则都因对他的宠爱而放松，他经常在我们学院里进进出出，简直是无拘无束。送给他的礼物多得不计其数，只有一个住校的老研究员同事例外。他被公认为学院里最严厉的人，听说很讨厌看到小孩，这人现在已经过世。有一阵子，利奥经常生病，我只好让乔布整天跟着他。最后竟然发现是那个不道德的老家伙总是把孩子骗到自己家里给他吃很多白兰地糖果才生病的，老家伙还叫利奥不要告诉任何人。乔布生气地骂他不知羞耻："要是年轻时做了该做的事情，现在都应该是当爷爷的人了。"乔布指的是要是他年轻时结了婚。他俩还因此吵了一架。

这些年是我一生中最快乐的日子，幸福的情景至今历历在目。时间似流水般一年年过去，我俩的感情也随之加深，彼此越来越亲密。

我对利奥的爱远远超过了许多亲生父亲，利奥对我的感情也与日俱增，恐怕很少有儿子如此眷恋父亲。

　　幸福的时光一年年流逝，孩子渐渐变成少年，又从少年变成青年。利奥越长越漂亮，他的思想也日臻完美。15岁左右时，学院里的人们都称他"美男子"，却给我取了"丑八怪"的绰号。我们习惯于每天一起出去散步，这时就会有人对"美男子"和"丑八怪"指手画脚。有一次，我和利奥一起去散步，一个身材高大的屠夫又在背后大声说我们的绰号，利奥便生气地揍了他一顿。他的块头足有利奥两倍，而利奥却把他打得落花流水。我独自走在前面，假装不知身后发生的事情，他俩打得难分难解时，我才转身回去为利奥加油，直到大获全胜。我俩的绰号当时简直成了学院里的笑柄，我对此实在无可奈何。利奥再长大一些时，大学生们又给我俩取了新的绰号，我是卡戎，利奥却是希腊天神！都怨那不争气的外表，年轻时也算不上英俊潇洒，现在年纪大了，更不会有多少改观，我对这个外号也并没太在意。但是，对利奥来说，这个外号却再合适不过，21岁的利奥看上去活脱脱就是青春盎然的阿波罗化身。任何人都可以感受到他的美，我从没见过可以与他相媲美的年轻人。他机智敏捷，才华横溢，却没有任何学究气，一点也没有变得愚钝。我们完全遵从他父亲的遗愿，让他享受良好的教育。他的学习成绩总的来说很不错，特别是希腊语和阿拉伯语两门课程更加突出。为了辅导利奥学习阿拉伯语，我与他一起学。五年以后，他的知识水平就与我不相上下，甚至赶上了教我们的老师。我是个喜欢运动的人，甚至有些痴迷，因此我们每年秋天都要去打猎或钓鱼。有时去苏格兰，有时去挪威，还去过一次俄罗斯。我本是个不错的猎手，但在这方面他也几乎超过了我。

利奥18岁时，我又搬回了原来学院的房子，让他在我工作的大学读书。他21岁时获得了自己的学位，虽然并不是最高学位，但也令人羡慕。这一年，我告诉了他有关他的家族的故事，我在前面的章节中已提及过那段神奇的往事。他对此非常感兴趣，但是他的好奇心还一时不能得到满足。此后，为了打发25岁前的这段日子，我建议他去学习法律。他听从了我的建议，继续在剑桥读书，只是偶尔去伦敦吃正餐。[1]

我对利奥只有一件事放心不下，那就是见到的女孩子十有八九会爱上他。这些事当时带来了不少麻烦，我就不在此一一细说。不过，总的来说，利奥表现相当得体，没惹出什么大乱子。

时间就这样一年年地过去了，终于等到了利奥25岁的生日。这一天，我们这段不堪回首的故事才算真正开始。

---

1 这是剑桥大学当时培养律师的必要途径，每个学期去伦敦的法律学院吃三次正餐。

第三章 阿米娜特丝陶片

　　利奥 25 岁生日的前一天，我俩一起去了趟伦敦，从银行取出二十年前保存在那里的神秘箱子。我还能认出那个办事员，正是当年替我保存箱子的人又将其提了出来。他还清楚记得箱子藏在什么位置，否则现在很难找到，因为上面已盖了一层厚厚的蜘蛛网。

　　当天下午，我们带着取回的宝贝箱子回到剑桥。那天晚上，我俩几乎都是彻夜未眠，睡得糟糕透了。天刚蒙蒙亮，利奥就披了晨袍来到我的房间，迫切想要打开箱子。我觉得这样不够慎重，简直就像在玩儿戏。于是对他说，既然已等了二十年，吃过早饭再打开也为时不晚。我们还像往常一样到了九点整才吃早餐，但是一个不同寻常的九点钟。

其实，我也满脑子想着这件事，竟然把咸肉当成糖块放在利奥的茶杯里。我俩的紧张也传染给乔布，他竟不小心把我的塞夫尔陶瓷茶杯打掉了手柄，这杯子可与马拉[1]当年在洗澡遇刺前用过的那只完全一模一样。

最后，漫长的早餐总算吃完。乔布按照我的吩咐拿来箱子，小心翼翼地放在桌子上，然后打算退出房间，好像我们都不信任他一样。

"乔布，请你等等。"我说，"如果利奥先生不反对的话，我希望能有个第三者见证今天的事情，只是这人得管好自己的嘴巴，除非我们提问，不能乱说什么。"

"当然，霍勒斯叔叔。"利奥回答。他从小就叫我叔叔，不过有时也会调皮地用一些不大恭敬的称呼，比如"老伙计"什么的，甚至还会喊我"慈爱的亲戚"。

乔布摸摸头表示同意，只是他当时并没戴帽子[2]。

"乔布，把门关上。"我吩咐道，"然后把我的公文箱拿来。"

他扛来后，我取出利奥的父亲已故文西先生临死前那个晚上留给我的钥匙。总共有三把钥匙：最大的一把与我们现在用的钥匙没什么不同，第二把完全是古代钥匙的样子，第三把钥匙则什么也不像，实

---

1 马拉：法国大革命时期民主派革命家，1743 年生于瑞士，1793 年在巴黎寓所被一名伪装革命家的吉伦特派支持者 C. 科黛刺杀。

2 这是英国人的一种习惯，男人碰碰自己的帽子以示敬礼。

心银子制成长条形，中间横嵌了一个小棒算是手柄，手柄的末端有几条凹痕，我只能说像是一把过时的铁路钥匙模型。

"你们二位都准备好了吗？"我慎重地问，好像要引爆地雷一样。他们谁也没有回答，我先在锁孔里滴入色拉油，然后拿起最大的一把钥匙。我的手有些颤抖，试了好几次，才把钥匙插进孔里。打开锁后，利奥弯下腰双手抓住大盖子，箱子上的铰链已经生锈，他费了好大的劲才揭开箱盖。里面露出另一个落满灰尘的箱子，我们没费多少力气就从铁皮箱里搬出来，然后用衣刷扫净上面厚厚的尘土。

原来是只紫檀木箱子，也有可能是用某种花纹相近的黑色木头制成，每条边都用铁皮包起来。这箱子必定很有些年头，质地这么好的木材都开始腐烂。

"现在该用这把了。"我说着把第二把钥匙插进锁孔。

乔布和利奥都紧张得几乎屏住了呼吸，期待着看到里面的东西。钥匙转动了，我掀开盖子时，不由得惊叫一声。黑檀箱子里是一只精美的银匣子，大概12英寸，高8英寸见方。四个侧面均刻有斯芬克斯像[1]，圆拱形的顶上也是斯芬克斯，这匣子一定出自埃及工匠之手。当然，

---

1 斯芬克斯：埃及和西方古代神话中一种怪兽像，其特征是狮子身躯与人头结为一体，又称狮身人面像，古埃及以此作为王权和神道的象征，常放置在陵墓和神殿前。

由于年代太久，匣子已经没有什么光泽，还有些轻微的凹痕，此外保存得相当完整。

我捧起来放在桌子上，三人谁也没说一句话。我在一片寂静中将那把形状古怪的银钥匙插进去，东摇摇，西晃晃，总算打开锁，银匣子里面的东西展现在我们面前，里面装的是一些棕褐色的碎片，质地有些像纸，不过更像植物纤维织成的粗布，其实我至今也没有弄清究竟是什么东西。这种东西总共有3英寸厚，轻轻挪开后，我发现了一封信，装在一个看上去普普通通的现代信封里面，上面有我死去的朋友文西的笔迹，写道：

> 如果我的儿子利奥能活到打开这个匣子，请将此信交给他。

我把信递给利奥，他看了一下信封就放在桌子上，叫我继续往下翻，希望看看银匣子里面还有什么东西。下面是仔细卷起来的羊皮纸。打开羊皮纸，依然是文西的笔迹，最上面一行写着标题："陶片上安色尔手写体希腊语的译文"，我顺手放在信件旁边。接下来又发现了一卷古代的羊皮轴，由于时间太长，发黄的羊皮纸变得皱皱巴巴。打开后才发现，原来是那篇希腊文的拉丁语译文，从字体风格看，应该是写于十六世纪初。

羊皮轴的下面是一些又重又硬的东西，用一块黄色的亚麻布包起来，下面也垫着一些类似植物纤维织成的东西。我们小心翼翼地解开亚麻布，里面是一块很大的古代陶瓷片！原来的黄色已变得发暗，据我判断，这陶瓷片原是一个双耳细颈的椭圆土罐的一部分，这个陶罐应该是中等大小，现在留下的部分长十英寸半，宽七英寸，厚度大概四分之一英寸，凸面向下放在箱子底部，从陶罐底部方向开始用安色尔字体写满了密密麻麻的希腊文，有些地方已经褪色，但大多数字迹清晰可见，古人常用的芦苇笔书写。可以看得出，书写者非常用心。有一点必须向读者说明，这块完整的陶片曾在古时候被打成两块，不过现在已用黏合剂和八颗长铆钉重新粘在一起。陶片内侧也有许多字迹，不过字体变化多端，显然是出自不同年代的不同人之手。至于陶片上所写的内容，我将与羊皮纸上的文字随后一并讲述。

阿米娜特丝陶片详情

　　陶罐的二分之一

最大长度：保持陶罐原长 10.5 英寸

最大宽度：7 英寸

重量：11 磅 5.5 盎司

（图 001 阿米娜特丝陶片凸面）　　　（图 002 阿米娜特丝陶片凹面）

"里面还有别的东西吗？"利奥低声问道，显得有些兴奋。

我又在里面摸了一下，发现一块坚硬的东西，装在亚麻布小袋子里。我们先从袋子里找到了一个非常漂亮的象牙小画像，接着又找到了一块巧克力色的圣甲虫宝石，上面刻的图案如下：

（图 003）

我们最终弄明白，这个图案代表着"Suten se Ra"，翻译过来就是"太阳神之子"的意思。小画像上是利奥的希腊母亲，一位长着黑眼睛的美丽女子，其背面是文西亲笔提写的"我深爱的妻子"。

"全都拿出来了。"我说。

"好啊！"利奥回答，他放下凝视很久的小画像，"现在，我们来看看信吧。"他毫不犹豫地打开信封，大声读起来：

"亲爱的儿子利奥：

　　如果你能活到打开这封信，必然是个大人了，而我已死去很久，估计所有认识的人都已将我遗忘。只有读这封信时，你才能感受到我曾经的存在。或许，我的生命仍然以某种你所熟悉的方式延续。此时此刻，通过我手中的纸和笔，是不是又将你我紧紧联系在一起？我正跨过生死界限，伸出双臂把你拥抱；我正越过死寂的坟墓，轻轻地对你说话。虽然我已经死了，没有在你的头脑中留下任何印象，可是当你读这封信的时候，我不是依然与你在一起吗？从你出生到现在，我一直很少看见你可爱的小脸，原谅我吧，利奥！因为你的生命是用我深爱的女人换来的，我对她的爱早已超越了平常的男女之爱，失去她的痛苦至今依然折磨着我。我也知道这种情感太不理智，如果还能活下去的话，我一定要克服。可惜的是，我已没有多少活下去的欲望。我承受着精神上和肉体上的双重痛苦，几近崩溃。我已把你的未来做了妥善安排，希望我的痛苦也从此告一段落。如果做了什么错事，请上帝

35

原谅我吧，因为我最多也只能再活一年。"

"这么说他是自杀了。"我不自觉喊道，"我的判断没错。"

利奥没有回答我的话，只顾自己继续往下读：

"关于我自己的事已经说了不少，到此为止吧。我是亡
故之人，早被世界遗忘，就好像从不曾来过这个世界一样。
现在还是说说活着的你吧，我打算把你托付给我的朋友霍利，
如果他能答应照顾你，必然已将远古时代祖先的故事告诉你，
这个匣子里的东西可以提供足够的证据。我的父亲临终前把
这块陶片交给我，上面刻着很久以前祖先的传奇，曾在我的
心中引起无限遐想。到了伊丽莎白时代，有一位先人去考证
过其真实性。19岁时，我也决意效仿这位先人，去追寻陶片
上的故事，结果也与他一样，失败得一塌糊涂，就目前的情
况来说，我不可能再去探索。不过，我也看见了一些事情。
在非洲海岸，有一块至今尚未开化的土地，位于赞比西河入
海口北边不远处。这里有一座伸入海中的尖形岬角，末端高
高隆起的山峰活像一个黑人头颅，与陶片上的描述完全吻合。
我在此登陆后，遇到一个当地流浪汉，他犯过不可饶恕的罪

过而被族人从内陆驱逐出来。这人告诉我，远离海岸的内陆深处全是山区，那里有许多状如茶杯的小山，还有无数茫茫沼泽环绕的岩洞，当地人讲一种阿拉伯方言，被一个'美丽非凡的白种女人'统治，虽然人们很少能看到女王，但她是万物的主宰，一切活着的和死了的生灵都对她言听计从。两天后，当我和这人一起穿越沼泽地时，他因感染热病死去。我自己也耗尽干粮和水，加之身体不适，最后只好回到了我的小船。

此后的经历就没什么好说。我的小船后来漂流到了马达加斯加岛，几个月后才被一艘英国商船带去亚丁[1]。我决定先绕道回英国，一旦做好充分准备，再次返回非洲海岸，继续我的探险。旅途中，我在希腊作了短暂的停留，没承想遇上Omnia Vincit amor（拉丁文，意思是天赐良缘），认识了你可爱的母亲。我们结婚后不久，你就出生了，而她却一去不复返。我从此病魔缠身，由于不想客死他乡，我回到了英国。但我的心中仍然抱着一线渺茫的希望，开始潜心学习阿拉伯语。盼望有朝一日能康复，重返非洲海岸，探索困惑我们家族几

---

1 亚丁：也门人民共和国首都，临亚丁湾。

千年的神秘悬疑。可惜的是，我的身体从此一蹶不振。现在，对我来说，一切都已结束。

然而，孩子，对你来说，生命才刚刚开始，我把探索结果和祖先们留下来的原始证物一并交给你。这些东西直到今天才落入你的手中，完全是我的意思，因为只有到了一定的年龄，你才有能力做出决定。如果你认为这一切都是真的，那么你就去探索，解开世界上最神奇的秘密；如果你认为故事只是一个女人头脑中臆想的幻觉，那么就当是一段无聊的谎言，从此束之高阁。

但我自己并不认为这是一场谎言。我相信只要找到那个地方，就会发现一派生机勃勃的景象。既然世界上存在永恒不灭的生命，承载生命的形体为什么不能永存？我无意把自己的观点强加于你，请你仔细阅读有关资料，然后再做出自己的判断。如果你决心要承担这一使命，我已为你准备好充足的经费。相反，如果你认为只不过是无中生有的传说，那么就请毁掉陶片和所有的文字资料，让这个困扰我们家族的难题从此永远消失！或许这才是最为明智的做法。一般来说，神秘莫测的东西总会伴随着不祥的降临，并不像神话中描绘的那么美好。这种说法不是来自人们与生俱来的迷信，而是

38

来自活生生的事实。谁要征服主宰世界的神秘力量，谁就往往会成为大自然的牺牲品。就算你最终能获得成功；就算你能从那神秘的炼狱超脱，获得不老的青春和永恒的美貌；就算你的智慧和肉体永不衰竭，时间和噩运都不能把你摧毁。可是，谁又敢说这种非同寻常的变化能给你带来幸福？孩子，你要慎重做出选择。主宰万物的上帝经常说：'路有多远，心就有多远'。为了你的幸福，为了世界变得更美好，或许冥冥之中上帝会指引你做出正确选择。如果有一天获得了成功，你就可以积天地日月之精华于一身，从此用这种纯净的力量统治世界。——永别了！"

信的末尾既没签名，也没日期，就这样突兀地结束了。

"霍利叔叔，你怎么看这件事？"利奥把信放在桌子上，倒吸一口凉气，"我们一直在追寻某种神秘的东西，应该说，我们已有所收获。"

"你问我怎么想？哎，你可怜的父亲当年大概是精神错乱了，"我有些心烦意乱，"二十年前的那个晚上，他走进我的房间时，我就看出他的神经有问题。你也知道，之后他便匆匆结束了自己的性命，可怜的人哪！想必完全是一派胡言。"

"先生，一定是这样。"乔布神情严肃地附和道，他可是个实在得不能再实在的人。

"不管怎样，我们还是先看看陶片上写了些什么。"利奥说完又拿起父亲的译文，开始读了起来：

　　"我是阿米娜特丝，出身于埃及法老王的皇室家族，我
　的丈夫卡利克拉提斯（意思是力量之美）曾是上帝喜爱魔鬼
　害怕的伊希斯女神的祭司。我将不久于人世，谨以此信留给
　我的儿子蒂西斯森斯（意思是万能的复仇者）。因为与我相爱，
　你的父亲背叛了自己曾经发下的誓言，我们在内克塔奈伯[1]时
　代双双逃离埃及。我们穿过大海，一直向南前行，在非洲的
　利比亚海岸停留了两年之久。顺着海岸朝太阳升起的方向能
　看到一条大江，岸边有块巨大的岩石，经过长年的风吹雨打，
　其形状酷似埃塞俄比亚人的脑袋。于是我们从入海口出发，
　沿着大江逆流而上，四天后，我们的轮船失事，有人溺水而死，
　有人感染疫病身亡。我俩则被一伙野人劫持，在水鸟成群的
　沼泽地上行走十天后，来到了一座中空的山岗。这是一座曾
　经繁华的古代城邦废墟，其间无数岩洞纵横交错，没人知道

1　内克塔奈伯：埃及最后一位法老，公元前339年从欧特舍斯逃往埃塞俄比
　亚。——原书编者

尽头在哪里。当地野人经常将红热的罐子顶在异邦人头上。这伙人把我俩带到了他们的女王面前。女王是个了不起的巫师，她不只精通百科，还掌握着青春永驻、美貌常在的奥秘。她充满爱意的双眼紧紧盯上了你的父亲卡利克拉提斯，女王本打算杀了我，然后嫁给他。你的父亲虽然害怕女王，但更加爱我，不愿听从女王的旨意。于是女王便使用神秘的魔法，让我们历经磨难，来到一处深渊的旁边，入口处横躺着一位古代哲人的尸体。生命精华之火在深渊中熊熊燃烧，上下翻滚，势如响雷。她站在火中沐浴良久，出来时不仅毫发无伤，反而变得更加光艳照人。她发誓只要你的父亲愿意杀死我，并娶她为妻，就会让他成为与自己一样的长生不老之人。祖先遗传给我的神力让她没法杀死我，也就是说我的力量远远超过了她。为了抵抗她的美色，你父亲用双手蒙住眼睛，坚决拒绝了她。女王盛怒之下向你父亲施以毒魔，没承想他就此身亡。女王伤心欲绝，从此整日思念着他。由于担心我会报复，于是她便派人把我送到了那条大江的入海口，我搭上过往轮船永远离开那个地方并在船上生下你。辗转漂泊多年后，我们来到了雅典。儿子，蒂西斯森斯，此刻，我最想对你说的就是，你一定要找到那个女人，学会长生不老的秘密。为了给父亲复仇，一定要杀死她。如果她的势力太大而无法如愿，那么就把我的话传达给你所有的子孙后代：如果能有勇敢的后人在生命之火沐浴，他就可以登上法老的宝座。虽说已是陈年旧事，但全是我的亲身经历，绝无半句虚言。"

"愿万能的上帝饶恕她。"乔布自言自语道，他一直吃惊得张着嘴巴听完了这封精彩的遗书。

我没说什么。当年第一次听我那可怜的朋友讲此事时，我以为是他精神错乱杜撰出来的。现在看来这个故事不仅新奇有趣，而且有根有据，没有人能编造出如此离奇的故事。为了解开心中的疑惑，我拿起陶片仔细读了一遍上面密密麻麻的安色尔体希腊文，对于一个埃及人来说，这些希腊文写得相当不错。原文内容如下：

ΑΜΕΝΑΡΤΑΣΤΟΥΒΑΣΙΛΙΚΟΥΓΕΝΟΥΣΤΟΥΑ
ΙΓΥΠΤΙΟΥΗΤΟΥΚΑΛΛΙΚΡΑΤΟΥΣΙΣΙΔΟΣΙΕΡ
ΕΩΣΗΝΟΙΜΕΝΘΕΟΙΤΡΕΦΟΥΣΙΤΑΔΕΔΑΙΜΟ
ΝΙΑΥΠΟΤΑΞΕΤΑΡΑΒΑΤΗΝΤΕΛΕΥΤΩΣΑΤΙΣΙΣ
ΘΕΝΕΙΣΤΩΠΑΙΔΙΕΠΙΣΤΕΛΛΕΙΤΑΔΕΣΥΝΦΥΓΕ
ΝΓΑΡΠΟΤΕΕΚΤΗΣΑΙΓΥΠΤΙΑΣΕΠΙΝΕΚΤΑΝΕΒ
ΣΝΟΤΟΝΔΑΙΠΟΝΤΩΝΚΑΛΛΙΚΡΑΤΟΥΣΣΑΓΡΑΣ
ΓΑΡΛΑΝΔΑΙΠΟΝΤΩΝΣΛΙΒΥΗΕΤΑΥΠΡΟΣΗΛΙΟΥ
ΑΝΑΤΟΛΑΣΓΑΛΝΗΘΕΝΤΕΣΕΙΝΘΑΓΕΡΕΤΡΙΑ
ΤΙΣΜΕΓΑΛΗΓΛΥΤΟΝΟΜΟΙΑΝΑΛΘΙΟΠΙΟΣ
ΚΕΦΑΛΗΣΕΙΤΑΗΜΕΡΑΣΔΑΓΟΣΤΟΜΑΤΟΣΕΡΟ
ΤΟΠΙΓΙΕΘΗΜΕΝΟΛΟΥΕΣΧΟΝΤΕΣΟΜΕΝΚΑΤΑ
ΔΙΑΕΛΘΟΥΣΑΝΤΕΚΑΙΤΕΝΑΓΕΝΤΟΥΕΡΟΜΕΘΑ
ΕΛΟΣΔΕΥΓΑΓΡΙΩΝΑΝΘΡΩΠΙΝΕΦΕΡΟΜΕΘΑ
ΕΡΑΣΙΩΣΠΑΛΘΟΜΕΝΙΣΤΩΟΝΤΙΣΑΝΤΟΛΟΠΟΙΟΣ
ΕΙΡΟΝΑΗΑΓΟΝΔΕΩΣΒΑΣΙΛΕΙΑΝΤΗΝΤΩΝΣ
ΕΝΟΥΣΧΥΤΡΑΙΣΣΕΦΑΝΟΥΝΤΩΝΤΙΣΜΑΓΕ
ΙΑΜΕΝΕΧΡΗΤΟΕΡΙΣΤΗΜΗΔΕΓΑΝΤΩΝΚΑΙΔ
ΗΚΑΛΛΙΚΡΑΤΟΥΣΤΟΥΣΥΓΑΤΡΟΣΕΡΑΣΑΣΑΤ
ΟΜΕΝΠΡΩΤΟΣΥΝΟΙΚΕΙΝΕΒΟΥΛΕΤΟΕΜΕΔ
ΕΑΝΕΛΕΙΝΕΓΕΙΤΑΩΣΟΥΚΑΝΕΙΘΕΙΝΕΜΕΓΑ
ΡΥΓΕΡΕΦΛΕΙΚΑΙΤΗΝΞΕΝΗΝΗΟΒΕΙΤΟΑΓΗ
ΓΑΓΕΝΤΟΑΘΑΝΑΤΟΝΤΟΜΑΣΕΙΚΑΘΟΛΟΥΣΕΒΗΚ
ΥΙΑΑΒΑΒΙΣΕΙΔΑΙΕΤΝΑΑΛΛΗΤΑΠΑΙΔΟΣΤΑΣ
ΕΞΕΦΑΝΗΕΚΑΔΕΤΟΥΤΩΝΩΜΟΣΕΚΑΙΤΟΝΣΟ
ΝΓΑΤΕΡΑΘΑΝΑΤΟΝΑΓΟΔΕΙΣΕΙΝΕΙΣΥΝΟΙΚ
ΕΙΝΟΙΒΟΥΛΟΙΤΟΕΜΕΔΕΑΝΕΛΕΙΝΟΥΓΑΡΟΥ
ΝΑΥΤΗΝΑΕΛΕΙΣΤΑΝΤΩΤΑΥΤΟΝΗΜΕΓΑΛΑ
ΝΗΝΙΚΑΙΥΤΗΝΤΕΧΟΜΗΝΕΙΑΣΟΔΟΥΔΕΝΤΙΜΑ
ΛΛΟΝΗΘΕΛΕΙΤΣΧΕΙΡΕΙΣΝΟΜΜΑΤΩΝΙΡΟΙ
ΣΧΩΝΙΔΑΝΘΤΟΤΗΣΤΗΝΑΠΟΚΛΑΟΣΚΛΑΟΣΕΜ
ΟΡΒΗΝΕΓΕΙΤΑΟΡΓΙΣΘΕΙΣΑΚΑΤΕΓΕΝΛΗΤΣΕΜ
ΕΝΑΥΤΟΝΑΥΛΟΜΕΝΟΝΜΕΝΤΟΙΚΑΛΑΟΣΕΝ
ΚΑΙΟΔΥΡΟΜΕΝΗΕΚΕΙΘΕΝΑΓΝΗΓΚΕΝΕΜΕΔΑ
ΟΤΑΜΟΥΕΙΠΟΜΕΝΤΗΝΙΓΟΡΟΤΟΡΡΟΣΔΕΝΑΥΤ
ΝΕΦΩΝΕΓΕΡΡΛΕΟΥΣΑΕΠΕΚΟΝΣΕΑΓΓΑΕΥΣ
ΑΣΑΜΟΛΙΣΙΓΟΤΕΔΕΥΡΟΑΘΗΝΑΖΕΚΑΤΗΡΥΓ
ΟΜΗΝΣΥΔΕΟΤΙΣΙΣΘΕΝΕΣΩΝΕΓΙΣΤΕΛΛΩΜ
ΗΟΛΙΓΩΣΟΤΟΤΟΥΒΙΟΥΜΥΣΤΗΡΟΝΜΕΝΣΤΕΛ
ΣΧΑΙΑΝΛΙΔΙΕΙΡΕΙΝΗΝΡΟΥΤΑΡΑΣΧΑΙΛΑΤΩΝΤΑ
ΣΗΔΙΑΛΛΑΟΤΙΑΥΤΟΣΛΕΙΓΕΙΤΟΝΤΕΡΓΟΥΓΑ
ΣΥΖΕΞΑΣΠΟΤΟΛΜΗΣΕΙΚΑΤΑΛΑΜΡΤΕΤΙΔΛΛΕΧΩΝ
ΒΑΣΙΛΕΥΣΑΙΓΩΣΜΟΥΣΤΗΓΟΜΕΝΟΣΙΤΩΡΥΡΙΑ
ΗΤΑΤΟΙΑΥΤΑΛΕΓΩΜΩΣΔΕΑΑΥΤΗΓΝΩΚ
ΛΟΥΚΕΨΕΥΣΑΜΗΝ

(图004)

42

为了阅读方便，现将其改为草书体，内容完全一样。

Ἀμενάρτας, τοῦ βασιλικοῦ γένους τοῦ Αἰγυπτίου, ἡ τοῦ Καλλικράτους Ἴσιδος ἱερέως, ἣν οἱ μὲν θεοὶ τρέφουσι τὰ δὲ δαιμόνια ὑποτάσσεται, ἤδη τελευτῶσα Τισισθένει τῷ παιδὶ ἐπιστέλλει τάδε· συνέφυγον γάρ ποτε ἐκ τῆς Αἰγυπτίας ἐπὶ Νεκτανέβου μετὰ τοῦ σοῦ πατρός, διὰ τὸν ἔρωτα τὸν ἐμὸν ἐπιορκήσαντος. φυγόντες δὲ πρὸς νότον διαπόντιοι καὶ κδ' μῆνας κατὰ τὰ παραθαλάσσια τῆς Λιβύης τὰ πρὸς ἡλίου ἀνατολὰς πλανηθέντες, ἔνθαπερ πέτρα τις μεγάλη, γλυπτὸν ὁμοίωμα Αἰθίοπος κεφαλῆς, εἶτα ἡμέρας δ' ἀπὸ στόματος ποταμοῦ μεγάλου ἐκπεσόντες, οἱ μὲν κατεποντίσθημεν, οἱ δὲ νόσῳ ἀπεθάνομεν· τέλος δὲ ὑπ' ἀγρίων ἀνθρώπων ἐφερόμεθα διὰ ἑλέων τε καὶ

（图 005）

读者不妨自己进行比较，我也做过一番分析，我认为文西的英语翻译不仅准确通顺，而且高雅优美。

在陶片的凸面上除了安色尔字体外，顶部即原先的瓶口处被涂成了暗红色，上面有一椭圆形的图案，与匣子里找到的圣甲虫宝石图案完全相同。不过，这些象形文字或符号是反过来的，有些类似印在蜡板上的图案。至于这个椭圆形的徽标究竟是原本赐给卡利克拉提斯[1]的，

1　如果这个椭圆形的图案果真是一个徽标，那么就不可能像霍利先生推断的那样，也就是说当初不可能赐予卡利克拉提斯。在埃及，只有皇族才有权拥有真正的徽标，而卡利克拉提斯只是个普通的牧师，并没有授予这种徽标的资格。也有可能是卡利克拉提斯把自己的名字镶嵌在椭圆形图案里面，但并不属于真正的徽标。古埃及常把统治者或神明的名字放在椭圆形或长方形的图案里，用作印记或刻在纪念碑上。——原书编者

还是某个王子或法老遗传给他的妻子阿米娜特丝的，我不得而知。我也弄不明白陶片上的图案是当初与安色尔文字一同印上去的，还是后来的子孙们用圣甲虫宝石印上去的，也有可能我的猜测都不对。陶片的下方也涂成暗红色，画了个粗糙的斯芬克斯头像，还长了一对代表权势的翅膀。对祭祀用的神牛或天使来说，这是再普通不过的形象。但我从没见过长着翅膀的斯芬克斯。

在陶片凸面右边，还有一块没被安色尔文字遮起来的部分，上面歪歪斜斜地刻了两行红色的字，签名却是蓝色。具体内容如下：

大地天空海洋

世界之大，无奇不有

霍克·费西特

多罗西亚·文西

实在有些困惑不解，于是我把陶片翻了过来。原来背面从上到下也都是有关的记录或签名，有的用希腊语，有的用拉丁语，还有的用英语。第一条是蒂西斯森斯用安色尔字体写下的希腊文，陶片最初正是留给他的。内容大致意思是："我因故无法前行，蒂西斯森斯将遗物转交儿子卡利克拉提斯"。其安色尔摹本和相应的草书体如下：

$$T_{\mu\varsigma\sigma\vartheta\epsilon\nu\eta\varsigma}\ \mathrm{K}\alpha\lambda\lambda\iota\kappa\rho\acute{\alpha}\tau\epsilon\iota\ \tau\tilde{\omega}\ \pi\alpha\iota\delta\acute{\iota}.$$

（图 006）

估计这位卡利克拉提斯（大概是按照希腊习俗，用祖父的名字来命名）曾做过某些探索，他用含混不清的语言记载了自己的行踪，意思是："没有上帝的支持，我只好停止前进。卡利克拉提斯又传给自己的儿子"。原文摹本如下：

$$K\alpha\lambda\lambda\iota\kappa\rho\acute{\alpha}\tau\eta\varsigma\ \tau\tilde{\omega}\ \pi\alpha\iota\delta\acute{\iota}.$$

（图 007）

这个第二条文字是颠倒着写的，而且字迹模糊不清，如果没有文西的摹本，几乎认不清所写内容。这些字刚好写在陶片上手抓的地方，日积月累，几乎快要磨光了。在两条古人留下的记录中间，是一个名叫莱昂内尔·文西的清晰的现代字样签名，旁边还用拉丁文注明签于17 岁，估计出自利奥祖父之手。在这个签名的右边是一个首字母缩写签名"J.B.V."，下方是许多希腊语签名，有的用安色尔字体，有的用草体，多数人只是简单地重复了一句"传于儿子"，看来他们是非常慎重地把这遗物一代一代相传下来。

在这些希腊语签名后面，另一个清晰可辨的字迹是"ROMEA

A.U.C.", 表示这个家族从此迁居罗马。可惜的是,也就只有这么一点记录,陶片上原来刻有他们定居罗马日期的部分刚好被打掉,永远也不可能找到了。

此外还有十二个拉丁文签名,只要陶片上有合适的位置,他们就见缝插针地写上姓名。在这些签名中,除了三个以外,其他的都是以"文德克思"或"复仇者"为姓。看来,他们的家族移居罗马后,就用相应的罗马语代替了希腊文的"蒂西斯森斯"作为家族姓氏。可以推测,拉丁文的罗马姓文德克思首先演变为德·文西,然后才演变为简单明了的现代姓氏文西。考证一个生活在耶稣之前的埃及人如何把复仇的重任一代代相传下去,最后演变成一个英国家族的姓氏,倒是一件非常有意思的事。

我后来发现有些刻在陶片上的罗马姓名在历史上或其他记载中也提及过,如果没记错的话,其中应该包括:

梅夫西弗斯·文德克思

塞克思·瓦里弗思·马夫尔弗斯

C. 夫弗费迪弗斯·C.F. 文德克思

还有

拉贝利亚·蓬佩尔纳·科尼弗克斯·马克里尼·文迪西斯[1]

当然，最后一位是个罗马女子的姓名。

陶片上的拉丁文名字总共包括：

C.凯基利弗斯·文德克思

M.艾米利弗斯·文德克思

塞克思·瓦里弗思·马夫尔弗斯

Q.索西弗斯·普里斯克弗斯·塞内奇奥·文德克思

L.瓦勒留弗斯·科米尼弗斯·文德克思

塞克思·奥塔西利弗斯·M.F.

L.阿蒂弗斯·文德克思

梅夫西弗斯·文德克思

C.夫弗费迪弗斯·C.F.文德克思

利奇尼弗斯·法夫斯特弗斯

拉贝利亚·蓬佩尔纳·科尼弗克斯·马克里尼·文迪西斯

曼尼拉·卡西拉·科尼弗克思·马弗利·文迪西斯

---

1 文迪西斯（Vindicis）是文德克思（Vindex）的变体，多用于女子姓名。

47

在这一连串罗马名字之后，许多个世纪都没有任何记录。如今没人知道这一遗物如何走过那段黑暗时期，当然也没人知道他们家族在此期间如何保存这块陶片。不幸的朋友文西曾对我说过，他的罗马祖先后来定居在伦巴第区。查理大帝侵略当地时，他们便跟随这位伟大的帝王翻越阿尔卑斯山，落户在布列塔尼。到了忏悔者爱德华王朝时代，又跨海来到英格兰。陶片上没有任何关于伦巴第区或查理大帝的记录，只有一处提到了布列塔尼，不知道文西从哪儿得知这些事情。闲话少说，继续看看其他内容吧。除了一条长长的血迹或是其他什么红色的东西，陶片上面还有两个红色十字架，也许代表着东征十字军的宝剑，此外还有用红蓝两种颜色写下的工整的首字母签名"D.V."，或许正是代表书写前面提过那首小诗的多罗西亚·文西。左边有淡淡的蓝色字迹，是 A.V. 首字母缩写，记录日期为 1800 年。

　　接着映入我们眼帘的是另外一条记录，比陶片上的任何一条记录都更令人称奇。这段话用黑体字书写，位置在十字架或者说十字军的宝剑图样上方，落款是 1445 年。正如常言所说，事实才是最有力的证明，现将原文黑体字摹本呈现给读者，拉丁文原样一并附上。可以看出，作者是位造诣颇深的中世纪拉丁语学者。后来，我们又发现了更为奇特的东西，那就是这些拉丁字母的英语译文，誊写在随后从铁皮箱里找到的另一张羊皮纸上，看上去很有些年头，年代竟然比中世纪的拉丁语译文还要久远！英译本的全文也随后附上。

写在阿米娜特丝陶片上的黑体拉丁文：

（图 008）

转换成现代阔体字的上述黑体拉丁文：

Istareliquiaestvaldemisticum et myrificum opus, quod
majores mei ex Armorica, scilicet Britannia Minore, secum-
convehebant; et etquidamsanctusclericus semper patrimeo in
manuferebatquodpenitusilluddestrueret, affirmansquodesset ab
ipso Sathanaconflatumprestigiosa et dyabolicaarte, quare pater
meus confregitillud in duaspartes, quasquidem ego Johannes de

49

Vincetosalvasservavi et adaptavisicutapparet die lune proximo

post festum beate Marie Virginis anni gratie MCCCCXLV.

誊写在羊皮纸上的古英语译文：

(图 009)

上述古英语的现代字体版本：

Thys rellikeys a ryghtemistycallworke and a marvaylous, ye

whychemyneaunceteresaforetimedydconveigh hider with them

from Armoryke which ys to seienBritaine ye Lesse and a cer-

tayneholyeclerke should allweyesbeare my fadir on honde that

he owghteuttirly for to frusshe ye same, affyrmynge that yt was

fourmed and conflatyed of Sathanashymselfe by artemagike and
dyvellysshe wherefore my fadirdyd take ye same and tobrasty-
tyntweyne, but I, John de Vincey, dyd save whool ye tweyepart-
estherof and topeecyd them togydderagaynesoe as yee se, on this
dayemondaye next followynge after ye feeste of SeynteMarye ye
Blessed Vyrgyneyn ye yeere of Salvaciounfowertenehundreth and
fyve and fowerti.

大致意思如下：

　　此陶片确实堪称世界奇物，我的祖先过去从布列塔尼带
来并一直珍藏至今。一位受人尊敬的牧师对父亲警告：陶片
乃撒旦亲手用魔力打造，应该将其毁灭。于是，父亲愤怒地
将其摔为两半。后来，本人，约翰·德·文西，找到了碎片
并将其重新连接，成为今天的样子。1445 年圣母玛利亚祝宴
节后的第一个星期一。

　　接着是倒数第二条记录，写于伊丽莎白时代，签字日期为 1564 年。
具体内容如下：

一段神秘的历史，却付出了父亲的生命。为了寻找非洲东海岸的那个地方，他的小船在洛伦斯·马克思被葡萄牙巨轮撞翻，家父不幸身亡。——约翰·文西

然后便是最后一条记录，从字体风格看，应该是十八世纪中叶时他们家族的一个代表人物写下的。其内容是《哈姆雷特》中的一段名言，不过引用不够准确，具体如下：茫茫天地间，你的人生哲学永远无法阐释的东西太多，霍雷肖[1]。

现在还有一份文件需要研究研究，那就是陶片上安色尔字体翻译成的中世纪拉丁语。该文译于1495年，出自学识渊博的埃德蒙斯·德·普拉特（也就是埃德蒙·普拉特）之手。他毕业于牛津大学埃克塞特学院的教会法律专业，曾经师从第一位在英国教授希腊语的大学者格罗辛[2]。埃德蒙·普拉特的名气传到了当时的文西先生耳中，兴许就是多

1　我确定本条记录写于18世纪中叶还有另外一个证据。本人有一本写于1740年的《哈姆雷特》舞台剧本，其中的这两句话与约翰·文西的引文如出一辙。因此我敢断定，文西正是从当时的演员口中听到这两句话，然后便写在陶片上。正确的原文是：茫茫天地间，多少异事在其间，霍雷肖，你的人生哲学永远无法阐释。——路·霍·霍利

2　格罗辛：伊拉斯谟的指导教师，曾在佛罗伦萨学习希腊语，师从拜占庭人卡尔孔狄利斯。1491年首次在英国牛津大学的埃克塞特讲堂教授希腊语。——原书编者

年前修复陶片并于 1445 年在陶片上写下那条黑体字记录的约翰·德·文西，他匆匆前往牛津大学，希望弄明白陶片上的神秘文字。结果没有让他失望，学识渊博的埃德蒙的确是最合适的人选。他的译文可以堪称中世纪学者的拉丁文学术典范。也许太多的古文会使读者感到厌倦，但我还是愿意冒昧地将其摹本呈现给大家，因为埃德蒙的译文实在太完美了。为了方便那些不太会看原文紧缩体的读者，现代扩体字版本一并呈上。译文中有几处令人拍案叫绝的地方，就不在此一一列举。

我只是顺便提醒学识渊博的读者留意一下这句话："duxerunt autem nos ad reginamadvenaslasaniscoronantium[1]"，对原文"egegon de osBasileian ten ton XenousKhutraisstephanounton"实在是翻译得恰如其分，令人拍案叫绝。

　阿米娜特丝陶片上安色尔体希腊文的中世纪黑体拉丁文翻译，

tale oſteſura eſſe, ſi me prius occiſa regine cōtubernū mallet; neǧ enī ipſa me occidere voluit, ſpter noſtratū ſugicā cuius egomet ſtem habeo. Ille vero nichil huius geſi maluit, manib ante ocũ paſſis ne mulieꝝ formoſitatē adſpiceret; poſtea eā ſugica ꝑcuſſit arte, at mortuū efferebat De eū ꝑcuſſit ꝯoꝰſūꝺ, me ꝑ timore expulit ad oſtiū ꝳgni ſlumiꝵ beſiuoſi porro in naue in qua te peperi, uix poſt dies ꝑc Athenas inuecta ſū. At tu, O Tiſiſtheſi, ne ꝙꝺ quorū mādo nouei ſac: neceſſe enī eſt mulierē exquirere ſi ꝗba Uite myſteriū ſpetres et uidicate, quātū in te eſt, patrē tuū Callierat in regine morte. Sin timore ſeu aliǧ cauſa ꝵ reliǧuis ſſectā, hoc ipſū oīꝺ poſter mādo bū bonꝰ ǧs inueniatur ꝗbi iguis lanaerū nō ꝑhocreſcet et ꝑtentia bigꝵ bonabit hoīm.

Talia bico incredibiſia ꝉꝺe at niſſe ſicta be reꝝ michi cognitis.

Hec Grece ſcripta Latine reddidit vir doctus Eōmūꝺs de Prato, in Decretis Licenciatus e Coll. Exon: Oxon: doctiſſimi Grocyni ꝙuondam e pupiſſis, Jꝺ. Apꝛ. Aꝰ. Dꝫi. MCCCCUXXXꝰ.

（图 010）

1　其对应的英文为：they brought us to the Queen of the people who place pots upon the heads of strangers。大意为：他们把我俩带到了女王面前，这些当地人经常在异帮人的人头上顶罐子。

53

埃德蒙·普拉特译于 1495 年。

上述中世纪拉丁文的现代扩体字版本：

Amenartas, e genereregioEgyptii, uxor Callicratis, sacerdo-
tisIsidis, quamdeifoventdemoniaattendunt, filiolosuoTisistheni
jam moribundaitamandat: Effugiquodam ex Egypto, regnant-
Nectanebo, cum patretuo, propter meiamorempejerato. Fugien-
tes autem versus Notum trans mare, et vigintiquatuor menses per
litoraLibye versus Orientemerrantes, ubi estpetraquedam magna
sculpta instar Ethiopis capitis, deinde dies quatuor ab ostioflumi-
nismagniejectipartimsubmersesumuspartimmorbomortuisumus:
in fine autem a ferishominibusportabamur per paludes et vada,
ubi avium multitudecelumobumbrat, dies decem, donecadveni-
mus ad cavum quondammontem, ubi olim magna urbs erat,
caverne quoque immense; duxerunt autem nos ad reginamAd-
venaslasaniscoronantium, que magic?utebatur et periti?omnium
rerum, et saltempulcritudine et vigoreinsenescibiliserat. Hec-
magnopatris tui amore perculsa, primum quidemei connubium

54

michi mortem parabat; posteavero, recusanteCallicrate, amore mei et timoreregineaffecto, nos per magicamabduxit per vias horribiles ubi estputeusilleprofundus, cujus juxta adytumjacebatseniorisphilosophi cadaver, et advenientibusmonstravitflammamViteerectam, instar columnevoluntantis, voces emittentem quasi tonitrus: per ignemimpetusnocivoexperstransiit et jam ipsa sese formosior visa est.

Quibusfactisjuravit se patremtuum quoque immortalemostensuramesse, si me priusoccisareginecontubernium mallet; nequeenimipsa me occiderevaluit, propter nostratummagicamcujusegomet partem habeo. Ille veronichilhujus generis malebat, manibus ante oculospassis, ne mulierisformositatemadspiceret: postea illum magicapercussitarte, at mortuum efferebatinde cum fletibus et vagitibus, et me per timoremexpulit ad ostium magnifluminis, velivoli, porro in nave, in qua tepeperi, vix post dies huc Athenas vecta sum. At tu, O Tisisthenes, ne quid quorum mandonauci fac: necesseenimestmulieremexquireresi qua Vitemysteriumimpetres et vindicare, quautum in teest, patremtuumCallieratem in reginemorte. Sin timore sue aliqua causa rem reliquisinfectam,

hoc ipsum omnibus posterismando, dum bonus quisinveniatur qui
ignis lavacrum non perhorrescet, etpotentialdingusdominabiturho-
minum.

Talia dicoincredibiliaquidem at minimeficta de rebus michi-
cognitis.

HecGrece scripta LatinereddiditvirdoctusEdmundus de
Prato, in DescretisLicenciatus, e CollegioExoniensiOxoniensidoc-
tissimiGrocyni quondam e pupillis, IdibusAprilis Anno Domini
MCCCCLXXXXV0

仔细读完上面的所有文字和段落后，至少是读完所有清晰可读的
东西后，我对利奥说："现在所有的资料都摆在面前，你可以得出自己
的结论。当然我也有我的观点。"

"那么你的看法如何？"利奥总是反应特别快。

"我完全相信那块陶片是真的。看上去没有任何破绽，一定是公元
前4世纪从你的家族传下来的遗物。也许有人觉得不可思议，但陶片
上面的各条记录就足以证明其真实性，毋庸置疑。不过，可靠性也就
仅此而已。我绝对相信你那位远古时代的祖先也就是埃及公主本人或
者她授意写在陶片上的文字，但我更相信生活的磨难和失去丈夫的痛

苦使她有些神思恍惚，写下这些文字时，她的头脑并不清楚。"

"那么我父亲在非洲亲眼所见、亲耳所闻的一切，你又做何解释？"利奥继续问道。

"不过是巧合而已。当然，非洲海岸完全可能有许多状似人头的山峦，也完全可能有许多说不标准阿拉伯语的当地人。而且，我也相信那里会有许多沼泽地。利奥，虽然这样说很抱歉，但我还得告诉你，你父亲写下那封信时也有些神志不清。他本是个想象力非常丰富的人，自己的生活又遇到巨大挫折，于是便在这个故事上充分发挥想象力。总之，我认为传到咱们耳朵里的故事已完全失去真实性。也许世界上的确存在某些神奇的力量，但我们难以遇到。即便有时真正遇到，也往往很难将其识破。总之，除非亲眼所见，我是不会相信世界上果真存在长生不老术，一时逃避死神的情况也不太可能。当然，我也不可能亲眼见识这一切。我不相信非洲沼泽地深处生活着或曾经生活过一位白人女法师。孩子，这完全是胡言乱语，没有任何根据的胡言乱语！你的观点呢？乔布？"

"先生，叫我说呀，完全是一片谎言！即使是真的，我也不希望利奥先生去管这种荒唐事，不会有什么好处。"

"也许你俩都对，"利奥说，他显得出奇的平静，"我也没什么好说。但我想告诉你们，我一定要把事情弄个水落石出。即便你俩不愿陪同，我自己一个人也一定要去。"

看看眼前的年轻人，我明白没什么东西能改变得了他。每当利奥做出决定，嘴角就会露出一种古怪的表情，这是他从小就形成的习惯。事实上，我不希望利奥独自一人去任何地方，就算不是为他着想，也该为我自己着想。我没有多少亲戚朋友，所以实在舍不得让利奥离开自己。老天在这方面似乎对我特别不公平，几乎所有的男男女女看见我就想躲，或许他们认为我那令人生厌的外表完全体现了我的性格和为人。至少我自己这样认为，反正结果都一样。我实在不愿看别人的冷眼，于是便一步步远离社交圈，一次次失去与人交流的机会，与别人越来越疏远。因此，利奥就是我的兄弟、我的孩子、我的朋友，他就是我的整个世界。无论他去哪里，我都会跟着，直到他对我厌倦为止。不过，如果让利奥知道自己的吸引力还是叫我有些难为情，于是我暗自思忖着如何才能体面地向他屈服。

"叔叔，我一定要去。"他又重复了一遍，"即便找不到那'滚滚流淌的生命精华'，至少我也可以痛痛快快地打一次猎。"

正是好机会，我赶快趁势接住他的话茬。

"打猎？"我说，"是啊，我怎么没想到呢？在那片荒野的土地上，大型猎物肯定比比皆是,我一直希望有生之年能打中一头水牛。知道吗？孩子，我并不相信真能探索到什么，但相信那里会有不少猎物。既然你的主意已定，经过慎重考虑，我还是决定暂时休假，陪你一同前往。"

"就是嘛，"利奥说，"我想你也不会失去这样的好机会。可是我们还有钱吗？这可需要一大笔经费呀。"

"这事就不用操心了。"我回答，"这些年你的收入全部攒下来了，你父亲留给我的收入也有三分之二没花掉，我给你保管着呢，咱们有的是钞票。"

"太好了，我们不如现在收起这些东西，去一趟城里看看需要的猎枪。顺便问问，乔布，你也一起去吗？这可是大开眼界的好机会。"

"好吧，先生，"乔布显得有些不太情愿，"我对外国没多少兴趣，不过既然你们两位先生都要去，总得有人照顾。我服侍你们二十多年，舍不得呀！我可不是那种没情没义的人。"

"这就对了，乔布，"我说，"我们不会遇到什么奇迹，但是可以经历一次绝妙的狩猎。现在你俩看看这个，完全是痴人说梦，绝不能向别人透露只言片语。"我指了一下陶片，"如果让其他人知道这事，我又碰巧发生什么不幸，他们肯定会怀疑我是精神错乱才做这种荒唐事，我从此便会成为剑桥大学的笑柄。"

三个月后，我们便航行在海上，乘坐的轮船朝着桑给巴尔岛方向驶去。

第四章 海上风飑

　　此刻，与前一章提到的环境相比，我周围的景色真是天壤之别。静谧的大学校园，微风中摇曳的英格兰榆树林，哇哇鸣叫的乌鸦，以及架上熟悉的书卷，都已离我远去。取而代之的是一望无际的平静大海，非洲满月的清辉下闪着斑驳的银光。一缕清风鼓满巨大的船帆，牵引着我们乘坐的独桅船在大海中缓缓前进，两旁激起音乐般动听的浪花声。此刻已将近午夜，多数乘客早就酣然入睡。只有一个身材敦实、皮肤黝黑的阿拉伯人慵懒地站在船舵边，在天上星星的指引下转动着舵柄，他的名字叫穆罕默德。离开轮船三英里远的地方，隐约有一条低矮的分界线，那就是中非的东海岸。我们正顺着东北季风向南驶去，行进在非洲陆地与大海之间的暗礁地带，暗礁沿海岸绵延了好几百英里，使得这一带危机四伏。夜是如此宁静，静得一声小小的口哨可以从船头飘到船尾，遥远大陆上的某种低沉有力的声音穿越海水清晰地落入我们耳中。

掌舵的阿拉伯人紧紧抓着方向盘，大声说："辛巴（狮子）！"

于是，我们大家坐起来静静地听着。同样的声音再次响起，低沉而宏大得令人毛骨悚然。

"如果船长估计准确，"我说，"明天十点钟大概就可以看见人头状的山崖，开始我们的探索之旅。"

"开始寻找那座已经湮灭的城市，寻找生命之火。"利奥一边纠正我的话，一边取下嘴里的烟斗微微一笑。

"胡说八道！"我回答，"今天下午一直对船上的舵手卖弄你那点阿拉伯语，他都对你说什么了？他已在这一带做了大半辈子不光彩的生意（多半是贩卖奴隶），还登上过岩石酷似人头的海岸，他听说过那座甄灭的城市或岩洞的消息吗？"

"没有，"利奥说，"他告诉我海岸后面全是沼泽，其间生长着无数的毒蛇和野兽，巨蟒尤其多，根本没人在里面生活。整个非洲东海岸附近都延伸着一条长长的沼泽地带，没有多少利用价值。"

"这就对了，"我说，"的确如此，那里有的只是疟疾。明白了吧？

有钱人怎么看待这片土地，他们肯定认为咱们发疯了，没有人会像我们一样。的确如此。如果还能有幸回到古老的英格兰，连我自己都会觉得惊叹。我已这把年纪，也没什么好惋惜。我只是替你着急，利奥，也为乔布担心。只有大傻瓜才会干这种蠢事呀，我的孩子。"

"好了，霍勒斯叔叔。对我自己来说，完全是心甘情愿来冒险。看！那块黑乎乎的东西是什么？"布满星星的天上，果真有一片黑色的东西，离我们的船尾大概有几英里。

"去问问船上的舵手。"我告诉他。

他站起来伸伸懒腰就去了，不一会便回来。

"他说那是一个风飑，不过只会从我们远处经过。"

不一会，乔布也过来了，穿着他的棕色法兰绒猎服，看起来矮矮胖胖，英国气十足。朴实的圆脸上显出困惑的神情，自从我们的帆船进入这片奇怪的海域，他总露出这么一副表情。

"先生，"他说着摸摸自己的太阳帽，样子古怪的太阳帽此刻戴在他的脑袋上更让人觉得滑稽可笑，"除了锁在柜子里的储备食物，所有的枪支和其他东西都放进我们的鲸形船后舱里，还是让我去里面睡觉比较稳妥。我不喜欢那些所谓的黑皮肤绅士，"他有意放低了声音，"个个都在垂涎我们的东西。说不定有人现在就趁黑偷偷摸摸钻进我们的小船，砍断缆绳偷偷开走。他们会轻而易举地偷走鲸形船，这个没什么难度。"

我认为有必要对这艘从苏格兰的邓迪特意定做的鲸形船做个说明。我们先前已经了解到非洲海岸溪流纵横交错，有时需要航行工具，所以便带来了。这艘鲸形船相当不错，长约三十英尺，船体中心装有垂直升降板方便航行；底部全用铜皮包起来，可以防虫；里面还有密不漏水的小隔间。船长告诉我们，到了陶片上和利奥父亲所说的人头岩时，我们乘坐的独桅帆船有可能因浅滩和激浪不能靠岸。对于那块岩石，他倒是知道，似乎在这一带独一无二。那天早上，太阳出来时风尘不动，帆船因无风而停航。我们趁机把多数行李物品装进鲸形船，又把枪支弹药和储备食品一并放在专门设计的防水柜里，足足用了三个小时。这样，只要一看到早先听说的岩石，我们就可以直接进入鲸形船划向岸边，不需再作其他准备。另一个促使我们提前做好准备的原因是阿拉伯船长们似乎总是很容易错过停靠的地方，他们做事马虎，经常会弄错地理位置。水手们都知道，只装了顺风帆的独桅帆船基本不可能逆风而行。所以我们每时每刻都准备登上自己的小船，朝着那块岩石进发。

"你说得有道理，乔布，"我回答，"有可能发生这种事。我们的鲸形船里有足够的毯子，只是睡觉时不要对着月光，那样会让你头昏脑胀，睁不开眼睛。"

"但愿上帝保佑，先生！月光照着倒没什么危险，被这帮非洲坏蛋盯上才是麻烦，他们偷东西从来不择手段。这些人都是垃圾，一群混账，闻到他们的气息就叫人腻烦。"

可以看出，乔布对我们黑人兄弟的行为方式和风俗实在不屑一顾。

于是，我们使劲拉住拖曳绳，把小船拉到大船尾部下面，乔布便急忙滚了下去，矮矮胖胖的样子恰似掉下去一大袋马铃薯。然后我们又回到甲板上坐下，抽着烟聊天，几乎没有谈到狂风及其对帆船的影响。夜色如此美好，我俩不禁激动万分，思绪驰骋，没有一点回舱房睡觉的意思。我们就这样坐了将近一个小时，后来，两人都差不多迷迷糊糊地睡着了。我还能隐约想起利奥的梦话，说什么人头岩海岸是个打水牛的好地方，两个角的正中间是水牛的致命点，或者在喉管上给它一枪也可以，总之就是诸如此类的胡话。

除此之外，我什么也不记得。突然，迷迷糊糊中传来一声恐怖的风吼，接着是惊醒的船员们的尖叫，海浪像鞭子一样抽在我们脸上。有人跑去解开升降索，想把船帆降下来。可是索链绞成一团，帆桁[1]无法下降。我一跳站起来，紧紧抓住一条绳索。船尾上方的天空一片漆黑，我们头顶的月亮却依然明媚如初。借着月色可以看到，顶部发白的巨

1　帆桁：吊在桅杆上一头渐细的长柱，用来支撑和展开横帆、梯形帆或三角帆的顶端。

浪正呼啸着向我们涌来，竟然高达二十多英尺。一缕月光刚好照在浪尖上，浪头洒满清辉，浪花闪着银色的光芒。黑色的天幕中，狂风卷着巨浪咆哮而来。突然，我看见我们的鲸形船被高高地抛在浪尖。然后，巨浪铺天盖地地袭来，上下翻滚的浪花横冲直撞，我的性命就系在这条小小的桅索上，天哪，简直就像一面狂风中飘摇的小旗。

独桅帆船的尾部已被巨浪打坏，海水不断涌入船舱。

巨浪终于过去，感觉仿佛在水下过了好几分钟，事实不过是几秒钟的时间。向前看看，狂风已把船帆撕得粉碎，破帆在高空飘荡，向下耷拉着，恰似巨鸟受伤的翅膀。于是出现了一段相对平静的时间，只有乔布声嘶力竭地喊着："快到小船里来！"

差点被淹死的我此时已有些不知所措，只是本能地冲向船尾。能感觉到，帆船正在我的脚底一点点下沉，里面已全是海水。船尾下面的鲸形船也在剧烈地摇摆，这时，掌舵的阿拉伯人穆罕默德一跃跳上了鲸形船。我拼命拉近绷得紧紧的拖曳索，小船靠近时也奋力一跳，乔布抓住我的一条胳膊，但由于惯性太大，我还是滚到了船底。我们原来乘坐的独桅帆船开始猛地下沉，穆罕默德掏出弯刀，割断了小船系在上面的绳索。不一会，我们便在风暴中艰难前行，越过独桅船沉下去的地方。

"我的天哪！"我疯狂地尖叫道，"利奥在哪儿？利奥！利奥！"

"先生，他已离去，愿上帝保佑他。"乔布在我的耳边大吼，可是由于风暴太大，他的声音听起来更像耳语。

我感到难过极了，不停地绞着手指。利奥被淹死了，只留下孤独的我去哀悼他。

"快看，"乔布大声喊道，"又一个巨浪。"

我回头看看，另一个巨浪的确正压过来，真希望也能就此了结我的生命。我只是着迷般盯着巨浪一动不动。月亮此时几乎被滚滚而来的风圈挡住，不过仍有一丝光线照在吞噬一切的浪头上。浪潮里有个什么东西的黑影，或许是帆船的碎片。巨浪渐渐接近我们，海水灌满了小船，好在里面造了防水隔间，愿上帝赐福造船的人！这时，我看见那个黑影像天鹅一样扇动着翅膀，在上下翻滚的浪花中，径直向我漂过来。我伸出一只手想要挡开，没承想抓住的竟是另一个人的胳膊，于是我便像钳子般紧紧抓住那只手腕。我本是非常强壮的男人，平日里臂力过人，可由于漂在水中的那人身体太重，加之水的张力也不小，我的胳膊几乎被拉得脱臼。如果大浪再持续两秒钟，我就只能选择放弃他，否则一定会随之漂走。好在大浪总算过去，小船里的水已经深及膝盖。

"快点往外舀水！快点往外舀水！"乔布一边大声喊着，一边拼命往外淘水。

月亮已经消失，我们的眼前一片黑暗。我一时无法舀水，刚才拉进来的人还半躺半漂在船尾。这时，一线微弱的光从他脸上闪过。

竟然是利奥！巨浪把利奥带了回来。不过究竟是死是活，还要看他能否从死神的虎口中脱身。

"快点舀水！快点舀水！"乔布还在大叫，"否则就会沉船。"

我解开座位下面的一只带柄大锡碗，为了珍贵的生命，我们三人一起奋力往外淘水。狂怒的风暴又席卷过来，把小船打得东倒西歪。狂风夹着暴雨，再加上铺天盖地的浪花利剑一般抽打得我们个个稀里糊涂，几乎连眼睛也睁不开。可大家还是着魔似的拼命往外舀水，这是绝望中的拼搏，绝望有时甚至也可以让人奋不顾身。一分钟！三分钟！六分钟！船身终于开始上浮，也没有新的大浪袭来。又过了五分钟后，小船内的海水几乎全部清空。突然，狂风的尖叫中传来一声沉闷的呼啸。天哪！这是激浪的声音！

这时，月色又亮起来，是从风飑后面照过来的。透过远处狂暴的大海，几束零星的月光投射下来。在我们前方一英里处，奔腾着白色的浪花，再前面是龇牙咧嘴的黑暗，接下来又是一片呼啸而来的白色。这就是激浪！随着我们的小船像燕子般轻快地向前驶去，咆哮声越来越清晰。激浪扬起雪白的水柱，高高的浪头重重跌落下来，参差不齐的浪尖闪着阴森森的光芒，犹如地狱里惨白的獠牙。

"穆罕默德，快去控制舵柄。"我用阿拉伯语叫道，"我们一定要战胜激浪。"我抓住桨使劲向后划，又叫乔布也照我的模样做。

穆罕默德赶快爬上船尾，紧紧抓住舵柄。乔布划起桨来则有些勉为其难，他以前只在平静的剑河[1]上划过几次缓慢的老爷船。几分钟后，我们就遭遇步步逼近的浪潮，接着小船便像一匹脱缰的野马般飞快地闯入巨浪，所幸的是，我们正对面的第一波浪潮低一点，左右两边都要高多了，似乎中间留有一条很低的缺口。我掉头看看身后的海浪。

"穆罕默德，这是性命攸关的时刻，一定要掌好舵。"我大声叫道。好在他是个经验丰富的舵手，又熟悉这一带的险滩激流。只见他紧紧抓住舵柄，沉重的身子向前倾着，眼睛死死盯着海浪形成的白沫，两个眼珠子都快要崩出来。海浪的巨大力量把船头使劲向右打去，如果冲进去的地方再向右五十码，那我们的鲸形船就必翻无疑。那里刚好有一个巨大的旋涡，不断喷涌着海浪。穆罕默德的两只脚紧紧抵住前面的座位，使劲拉紧舵柄，全身的重量都压在脚趾上，棕色的趾头便像手指一样散开。这时船头终于扭过来一点，但还是没有完全转过来。我拼命划动着手中的船桨，同时也大叫乔布使劲向后划水。

天哪，已完全进入激浪中心！随后的几分钟，我们个个吓得魂飞

1　剑河：一条流经剑桥的河流，剑桥即因而得名。

魄散。此时，伴着一声海浪尖鸣，四面八方高高涌起的巨浪此起彼伏，犹如一群复仇魔鬼从大海深处的墓穴相继跃起。好一阵子，我们的小船一直向右打转，不知是运气好，还是穆罕默德的技术高超，还没等下一个巨浪打过来我们的船头已扭转，径直向前冲去。又一个巨大的魔鬼降临，我们一会冲在浪尖，一会钻入谷底，当然更多是在浪潮中穿过。随着阿拉伯人一声欣喜的狂吼，我们终于冲出獠牙般参差不齐的浪尖，进入相对比较平静的大海之中。

可是，小船里几乎又灌满了水，而且前方不到半英里的地方又有第二道激浪咆哮翻腾。于是我们又开始疯狂地向外舀水。幸运的是，风暴渐渐平息，明媚的月亮又在天空闪耀，照在前面伸入水中半英里多的海岬上，那里的激浪好像是岬角上嶙峋怪石的延伸。至少说激浪在岬角下翻滚，也有可能是岬角上的岩石一直延伸到海中，只是远远低于海平面，结果便形成了这一带的暗礁。海岬末端的岩石形成样子古怪的岩峰，估计离我们还不到一英里。终于又一次把水淘干净，不过，最让我欣慰的却是利奥睁开了眼睛，说着什么衣服掉到了床下，还有该起床上教堂去了[1]之类的胡话。我叫他再闭上眼睛，安安静静地多睡会，他便又乖乖地睡了，一点也没有意识到当前的危险。他提起去教

1　当时的剑桥大学和牛津大学要求本科生必须要去参加大清早的宗教仪式。

堂的事却让我感慨万千，不由想起了我在剑桥舒适的房间。怎么会傻乎乎地离开剑桥？那晚以后，这个问题经常萦绕在我的脑际，简直赶也赶不走。

此刻，小船又朝着第二道激浪漂过去，不过速度降了下来。风已经停止，只有水流或潮汐在推动着我们前进，后来证实是潮汐的力量。

不一会，穆罕默德凄惨地叫了一声真主，我也不由大叫起来，乔布则骂了一句什么话，接着我们的小船便再次冲入激浪。与刚才逃生的情形相差无几，只是稍微缓和一点。穆罕默德巧妙的掌舵技术和船舱密封的隔间挽救了我们的性命。五分钟后，我们便穿过激浪，又开始在海面上漂流，但前进速度还是保持很快，径直朝前面描述过的海岬驶去。我们只是保持船头向前，其他的任何事都累得不想搭理。

鲸形船一直顺着潮汐而下，直到海岬边上的一个避风处时，速度才突然减慢，最后完全停下来，大概是到了死水圈吧。风暴已经消失，只留下涤荡得清明爽朗的夜空。海岬隔断了时有风暴席卷的大海，减缓了汹涌澎湃的潮汐。我们到了一条大江的入海口，原本猛烈冲向江口的潮汐也在此减弱多了。所以鲸形船漂流得相当平稳，月亮落下前，船里的水就被淘得干干净净，小船又恢复了往日的风采。利奥依然睡得很熟，我还是觉得不要叫醒他更好。尽管他是穿着湿衣服睡觉，但我和乔布都认为温暖宜人的夜晚不会伤着一个活蹦乱跳的小伙子，再说我们手边也没有干衣服给他替换。

不一会，月亮开始下沉。只留下我们孤独地漂浮在海上，海面像一个伤心女子的胸脯，不断上下起伏。现在倒有工夫细细回想我们的经历和每一次死里逃生。乔布坐在船头，穆罕默德坚守在船舵边的岗位，我则坐在船中间，熟睡的利奥就在我的旁边。

迷人的月亮缓缓落下，最后终于沉入地平线，这时一片阴影慢慢爬上天空，好像给夜幕蒙上一条长长的面纱，点点繁星闪烁其中。不一会星星也变得黯然无光，东方出现一束亮光，黎明在蔚蓝的天空中宣告自身的诞生。海面却变得越来越安静，大海胸怀中孕育的薄雾轻轻地遮盖住她的伤痛，希望忘却悲哀。犹如我们多灾多难的人生，苦难深重的灵魂有时也会经历短暂而美好的梦境。黎明的天使从东飞到西，从大海的一头飞到另一头，从一座高山飞向另一座，金色的翅膀将光明洒满人间。他们轻巧地从黑暗中飞出，越过静静的大海，跨过低矮的海岸，飞向绵延的沼泽，飞往高耸的山峦；他们越过安然酣睡的人们，跨过醒来痛苦的灵魂，飞往广阔的世界，飞向所有活着的或曾经活过的生灵。

此刻的景色实在太美了，但也美得有些过分，反而显得凄凉落寞。日升日落，其间孕育了多少人生的真谛，一日之中的太阳就是我们的一生。这天早上，我深深地感悟到这个道理。今天为我们而升起的朝阳，昨夜却为十八个同船的生命而陨落。那十八个人的太阳从此再也不会升起，我们熟识的生命就这样永远沉沦。

　　独桅帆船也与他们一道去了，此刻正漂浮在岩石与海藻间。多少人在广袤的大海上没能躲过死神的魔爪，我们四人却死里逃生！

第五章 埃塞俄比亚的人头岩

庄严的晨曦终于驱走黑暗，壮丽的朝阳从大海深处喷薄而出，大地变得温暖而光明。我坐在小船上，一边听着浪花轻轻拍打的声音，一边观赏美丽的海上日出。后来，缓缓漂流的小船把我们带到位于海岬末端一块怪模怪样的巨大岩石旁边，山岩恰好横亘在小船与太阳之间，或者干脆把岩石叫作一座山峰也未尝不可，庞大的体积已经完全挡住了我们的视线。可我依然盯着前方，不过现在看到的只有岩石。不一会儿，火红的太阳便在岩石四周镶上一道金边，让我惊得目瞪口呆！底座 150 英尺厚，上面高 80 英尺的峰顶竟然像极了一个黑人的脑袋！一副十足的魔鬼相，样子极其恐怖。就是这块岩石了，厚墩墩的嘴唇，肥大的脸颊，宽扁的鼻子。在光亮的背景衬托下，其轮廓更为清晰。不仅如此，历经几千年风吹雨打，还形成了一个圆圆的头颅。令头像更加逼真的是，头顶还长有短短的野草或地衣类植物，逆着光看，绝对像极了一个巨大黑人脑袋上长着的卷发。确实太神奇了，神奇得让人难以相信这是大自然的造化，应该是类似埃及狮身人面像斯芬克斯的巨大雕像吧？或许是某个名不见经传的人物依据天然岩石的样子设计雕刻出来，用于警告任何靠近港湾的敌人。遗憾的是一直没能验证这一猜想，因为无论海路还是陆路都很难接近这块岩石，况且我们还有别的事要做。根据后来观察的结果，我个人认为这个人头像的确出自人类之手。不管来历如何，巨像年复一年地矗立在那里，阴险地盯着变幻莫测的大海。两千多年前就屹立于此，埃及公主阿米娜特丝，利奥的祖先卡利克拉提斯的妻子，就曾见过这张鬼脸。再过这么多个世纪以后，当我们早已灰飞烟灭时，相信巨像仍会巍然屹立。

"你看像什么？"我指着那个被晨光染成红色的魔头问仆人，他正坐在小船边缘，希望多晒点太阳，看上去可怜兮兮的样子。

"我的老天呀，"他这时才第一次意识到了前面的东西，"那位老先生一定是坐在岩石上等人画像吧。"

我不觉笑了起来，笑声惊醒了利奥。

"我醒了，"他说，"发生了什么事？我觉得腰直腿硬。独桅帆船哪去了？给我一点白兰地吧。"

"你应该庆幸自己没有完全僵死，我的孩子，"我答道，"独桅帆船已经沉没，整个船上只有我们四人得救，你能捡回来一条命完全是奇迹。"这时天已大亮，乔布起身去隔间替利奥找白兰地，我则向他讲述了那天晚上的经历。

"伟大的上帝呀！"他轻轻地叫了一声，"我们一定是上帝的选民，所以才奇迹般的活了下来。"

白兰地取来后，我们每个人喝了一大口，感觉舒服多了。这时太阳也已升高，冰冷的身子渐渐暖和起来，大家全身湿透都有五个多小时了。

"啊，"利奥放下白兰地时激动地大叫起来，"遗物中提及的人头就在前方，那块岩石雕得多像一个埃塞俄比亚人的头颅。"

"是的，的确在前方。"我回答。

"噢，那么说，"他回答，"一切都是真的了。"

"其他事可就难说了，"我回答，"我们早先就知道这个状似人头的山岩，你父亲曾见过。眼前的岩石也有可能并不是他们所记载的人头岩，即便是也没法证明别的什么。"

利奥神秘兮兮地向我笑笑，说："霍勒斯叔叔，你这个多疑的犹太人，只要能活下来，你就会相信一切。[1]”

“的确如此，”我回答，“估计你也明白，我们正穿过一个沙洲，很快就要进入那条大江的入海口。乔布，拿起桨划好船，我们逆流划进去，看看能不能找个地方上岸。”

蒸腾的浓雾依然紧紧贴在岸边，还不能看清河流的真正宽度。就目前所见，其入海口算不上太宽。与非洲东海岸的所有河流差不多，其入口处也形成了一个相当大的沙洲，陆地上有风又恰好海水退潮时，小船都不可能划进河道几英尺。不过，我们的情况还相当不错，并没有碰到浅水。当时的风向比较特别，刚好有一股劲风吹向港湾方向，再加上使劲划船，我们只花了二十分钟时间就通过了沙洲。浓雾已被驱得一干二净，地面上渐渐燥热起来，这时我们才看清，原以为小小的河口竟然有半英里宽，而且两岸都是烂泥滩，上面横七竖八地躺满熟睡的鳄鱼。大约前方一英里处有条狭窄的陆地，我们便划向那边。又过了一刻钟，我们就到达那边一株宽叶子闪闪发光的大树边，树上还挂着类似木兰的粉红色花朵，颜色与普通的白木兰并不相同[2]。把小

1　“多疑的犹太人”引自《新约·使徒行传》第14章第2节。“只要能活下来，你就会相信一切”引自《马太福音》第16章第28节，原文如下：“实话告诉你们，站在这里的有些人直到临死之前，才能看见人子降临在他的国度里”。

2　世界上真有一种开粉红色花朵的木兰科植物，原产地在锡金，名叫坎贝莉木兰。

船紧紧系在树上后，我们就上了岸。大家脱掉衣服，痛痛快快地洗了个澡，又把衣服和船上的其他东西晒在太阳下，所有物品都干得很快。我们带有许多上等的罐装牛舌头，找了一处树荫凉爽的地方，享受起美味的早餐来。幸运的是，大风摧毁独桅船的头一天，我们就提前把东西装在自己的小船上，实在值得庆幸啊。吃完饭后，衣服已干透，匆匆穿好后，感觉舒服多了。除了有点劳累和一些擦伤，在昨晚的灾难中我们没人受到任何严重伤害，其他旅伴却都葬送了性命。虽然利奥也差点被淹死，但对一个像运动员一样健壮的二十五岁小伙子来说，也没有大的妨碍。

此后，我们又在周围察看了一番。目前的位置在一块 200 码宽、500 码长的条形干地上，一边濒临河流，其他三面全是一望无际的荒凉的沼泽地带。这块条形地大概要比周围沼泽和河流水面高出 25 英尺。从各方面情况来看，都更像人工筑起。

"这里曾是个码头。"利奥说得很有把握。

"胡说，"我反驳道，"即便这里有野人生活，可是又有谁会傻乎乎地在只有野人居住的沼泽地带修建码头？"

"也许这里过去并不是沼泽，住的也不是野人。"他面无表情地说。我们当时站在河边，他一个劲地向下瞅着陡峭的河岸。昨夜狂风把一棵刚好长在岸堤斜向水面位置的木兰树连根拔起，连着根须的大片泥土也随之剥落。他指着缺口继续说："看看，这里不是石头修建的岸堤吗？即使不是，也非常像呀。"

"尽是胡言。"我又骂了一句。不过，我们还是走下去，站在翻过来的根须与河岸中间。

"怎么样？"利奥问道。

我这次已没什么好说，只是感慨了一声。泥土剥落的地方，确实露出大块石头的痕迹，用一种坚硬的棕色接合剂牢牢粘在一起，连我猎刀上的锉子都刻不下任何印子。在裸露墙体的下方还有个什么东西凸出来，我用手扒开上面松松的泥块，竟是一个巨大的石环，直径足有 1 英尺，厚度约 3 英寸。这一发现更让我哑口无言。

"看起来太像一个码头了，应该说还有颇具规模的船只曾在此停泊。霍勒斯叔叔，难道不是这样吗？"利奥兴奋地说道。

我还想再骂一句"胡说"，可是卡在喉咙里没说出来，那个多年前的旧环已经说明一切。如果说曾经的确有船只在此停泊，那么这面石墙便是当年坚固的码头的遗迹。也许曾经拥有这个码头的城市已被身后的沼泽淹没。

"霍勒斯叔叔，看来那个故事还是有些根据。"利奥高兴得几乎要跳了起来。我不禁想到了令人不可思议的黑人脑袋，也想到了眼前同样神秘的石头建筑，但没有正面回答他。

我说："在非洲这样的地方，到处都充满了历史的遗迹和久被遗忘的文明。没有人知道埃及文明的准确年代，因为很可能还有别的分支。再后来就到了巴比伦人、腓尼基人、波斯人以及其他不少民族，他们都拥有不同程度的人类文明，更别说现代人喜欢探索的犹太文明。或许正是这些人，或他们之中的一些，曾占据过此地或许还有过贸易往来。还记得领事曾带我们在基卢瓦参观过的波斯城遗址吗[1]？或许与此地有些相似。"

"说得太好了，"利奥回答，"不过你以前可不这样说。"

"得了吧，重要的是我们现在该怎么做。"我故意岔开话题。

他并没有接住我的话题，大家只是默默地走向沼泽方向并观察了一下周围情况。一望无际的沼泽地里，各种各样的水鸟不时从隐蔽的巢穴里进进出出，成群结队的水鸟多得遮天蔽日。太阳已经高高升起，沼泽和肮脏的死水塘上方蒸腾起一团团有毒的瘴气，似烟非烟，似云非云。

---

1 在非洲东海岸距离桑给巴尔岛向南 400 英里处的基卢瓦岛附近，新近发现一处海浪冲刷而露出的悬崖。最上面一层是波斯人的陵墓，据记载至少已有 700 年历史。陵墓下面的悬崖第一层是座城镇废墟。第二层是一座更为古老的城镇遗址。再下面的第三层则是另一座颇具规模的城镇遗迹，年代久远得无法考证。最底层城镇遗址的下方，最近又发现了一些釉面陶瓷，这种陶瓷目前在非洲海岸时有发现。估计这些陶瓷现在已被约翰·柯克爵士收藏。——原书编者

"有两件事不言而喻，"我对三个同伴说，他们正沮丧地看着眼前的惨境，"第一，我们不可能穿过这片沼泽地。第二，如果我们在这里待下去，结果只会感染热病而死。"

"这是明摆着的事，先生。"乔布回答。

"明白就好，现在有两条路摆在我们面前。一条是乘着鲸形船寻找码头，然后再等着其他大船来搭救咱们，但这种方案并不安全。另一条是沿着大江逆流而上，看看究竟会到达什么地方。"

"我不知道你的意思，但我一定要沿河而上。"利奥已做好打算。

乔布翻起了白眼唉声叹气。阿拉伯人也一边念叨"真主"，一边抱怨。坦白地说，我认为一头是可怕的魔鬼，一头是深不可测的大海，去哪里都差不多。事实上，我自己也像利奥一样急不可待，那个巨大的黑人脑袋和石砌码头激起了我强烈的好奇心，简直让我有些不好意思。不过，无论付出多大代价，我还是想去探个究竟。于是，大家仔细地装好桅杆，取出枪支，重新装过船上的物品后，我们就出发了。幸运的是，风正从海洋吹向陆地，我们还能扬帆出航。后来渐渐发现这正是当地的规律，大清早的几个小时，风向是从海洋吹往陆地；接近日落时，风向则从陆地吹向海洋。据我推断，清晨时分，露水和夜色使大地变凉，气流便从海洋流向陆地。直到太阳重新温暖陆地时，大气才停止朝这个方向流动。至少说，在这种纬度的地区，情况大致如此。

我们乘着宜人的海风，在河道中愉快地行驶了三四个小时。这时，一大群河马在前方十多英寻[1]的地方探出头来对我们发出了可怕的吼声，着实吓着了乔布。老实说，我自己也有点害怕。这是我们平生第一次看到河马，从那些贪婪而古怪的眼神判断，我们也是河马见到的第一批白人。有一两次，河马还企图跨进我们的小船来看个究竟。利奥想要开枪，我担心会引起更多麻烦，所以阻止了他。沿途还有上百只鳄鱼和数以万计的水鸟。鳄鱼们正懒洋洋地在稀泥滩上晒太阳。我们用猎枪打中了不少水鸟，其中一只野鹅非常特别，除了两只翅膀上长着一对弯弯的尖刺，双眼中间又长了一个长约四分之三英寸的凸起，乔布称其为独角鹅。后来再也没有打中这样的野鹅，无法断定究竟是一个"变异体"还是属于新的物种。如果是后者，或许会引起自然科学工作者的兴趣。

　　中午时分，天气变得格外闷热，从沼泽地上蒸腾起来的臭气熏得人更加难受。我们赶快服用了事先准备好的奎宁片。不一会，从海洋吹来的微风也消失殆尽，顶着烈日逆流驾船的艰难可想而知。幸运的是我们在岸边找到了一簇柳树类植物，于是便躺在树荫下，但还是热得喘不过来气。直到太阳西下时，惨境才算结束。隐约看见正前方有

1　英寻：长度单位，相当于 6 英尺（1.8288 米），主要用于测量水深。

片广阔的水域，我们便决定直奔那边，暂且没考虑晚上该怎么办。正当准备解开缆绳时，一只美丽的非洲羚羊来到河边饮水，长着一对漂亮的大弯角，屁股后面还有白色的条纹，完全没有意识到有人藏在不到 50 码处的柳树下。利奥最先发现羚羊，这位兴致勃勃的猎人好几个月来都在梦想着大猎物。他随即趴在地上一动不动，像只塞特猎狗一样紧紧盯住猎物。明白原委后，我马上把他的猎枪递过去，同时也拿起了自己的枪。

"注意点，"我说道，"小心别发空枪。"

"发空枪？"他不屑地嘟囔了一句，"绝对不会，我向来是弹无虚发。"

他举枪瞄准，这时杂毛羚羊已喝足水，抬头望着对岸。在动物们喜欢的小路上，背衬西沉夕阳的羚羊有一种说不出的俊美，某种神奇的东西深深吸引了我，即便有朝一日年过百岁，我也永远不会忘记这片荒凉而迷人的景象。左右两边全是一望无际的空旷沼泽，在这片孕育死亡的土地上，只有星星点点的黑水坑，时不时反射着残阳如血的红光。面前是水波不兴的狭长河流，再前面则是一个芦苇环绕的浅水礁湖，微风拂起湖面时，夕阳余光反射着点点金光。西边则是那个巨大的火球，正缓缓下沉，地平线上依然蒸汽袅袅，一直迷漫到血红的天边。无数的苍鹭和野鸟，或排成直线，或排成方形，或排成三角，正从天际飞过，鸟儿身上不时反射着闪亮的金光或斑驳的血红。优雅的羚羊为血红的天际涂上更加完美的一笔。我们，三个现代的英国人，乘着现代的船只，正准备打破这漫无边际的荒凉和寂静。

砰！羚羊却纵身一跳逃走了。利奥第一次没有打中。砰！第二枪又低了一点。现在该我出手了。羚羊像离弦的箭飞奔到一百码以外，我一定要一枪打中。感谢上帝，子弹正一点点接近目标！在这种激动人心的时刻，就算再有修养的猎人，也难以抑制心中的狂喜，不过，我还是尽量掩饰着自己的兴奋，说了句："利奥少爷，想必让你见笑了！"

"讨厌！"利奥生气地回答。不过他脸上很快就露出了一丝笑容，这正是他的可爱处之一，像一束阳光照亮了他英俊的脸庞。"老伙计，对不起。我现在向你表示祝贺，你这一枪的确打得漂亮，我的水平太差了。"

我们马上从船上跳下来，朝羚羊奔过去。子弹刚好射在脊椎骨上，已经死得直挺挺。花了十五分钟清理好羚羊，割下上面的好肉，尽量多带一点备用。收拾妥当时，天色已不早，我们只能趁着微弱的光线驶向前面的礁湖。这里是沼泽中的低洼地带，江面在此变得宽阔起来。天黑前，我们在离湖岸 30 英寻的地方抛锚停船。大家之所以不敢上岸，一方面是不清楚岸上有没有可以扎营的干地，另一方面是害怕沼泽上的瘴气，所以还是觉得待在水里安全。点亮一盏灯后，我们开了一罐口条罐头，希望晚餐尽量能吃得有滋有味。饭后，大家便准备休息，结果却发现根本不可能睡觉。也许是灯光的缘故，也许是成群结队的蚊子等候了几千年的缘故，陌生白人的气息不一会便吸引了几十万只嗜血成性的蚊子，死死包围住我们。我平生从没见过甚至也没听过这么大这么多的蚊子，像一片云似的黑压压逼过来，嘤嘤地飞着，嗡嗡地叫着，拼命地叮着，弄得大家简直要发疯。就连烟草的气味也似乎叫它们更加兴奋，更加活跃。最后我们只好用毯子从头到脚裹起来，闷坐在那里，一边不断地搔痒，一边诅咒着该死的蚊子。突然，一声响雷般的狮子吼声打破寂静，接着又是一声，正从六十码左右的芦苇丛中传来。

"喂，"利奥把头从毯子里伸出来叫道，"好在我们没有上岸，准叔叔（利奥有时会这样调皮地叫我）。"，"该死，有只蚊子叮了我的鼻子，又叮了我的头。"然后他的脑袋便缩了进去。

不一会，月亮升起来。尽管水面上回荡的狮吼不断传进耳朵，但我们都认为没什么危险，大家已经开始打瞌睡。

搞不清究竟是什么东西弄醒了我，有可能是隔着毯子叮咬的蚊子。反正我从舒适的毯子探出脑袋，听见乔布颤抖着低声说：

"哎哟！我的天哪，快看看那边！"

大家很快趁着月色望过去，发现靠近岸边有两个不断扩大的涟漪圈，正朝水里扩散开来，涟漪中心分别是两个会移动的黑东西。

"那是什么？"我问道。

"是该死的狮子，先生。"乔布的语调显得极为复杂，好像受到了什么伤害，既想保持自身的尊严，又由不得充满恐惧。"正要游过来袭——击我们。"他不安地加了一句，紧张得竟连"袭"字也一时说不出。

再仔细看了看，他说得的确没错，我甚至能看到狮子眼中幽幽的凶光。或许是新鲜羚羊肉的血腥吸引，或许是人类的气息吸引，饥饿的狮子正朝着我们猛冲过来。

利奥的手中紧紧握着一支步枪。我提醒他等狮子靠近了再打，同时自己也拿起了一支。离我们15英尺处的湖岸附近，水位浅多了，只有15英寸左右。不一会，走在前面的母狮子就蹚到了浅水处，摇摇身上的水，又怒吼了一声。就在这时，利奥扳动了机枪。子弹从其嘴巴进去，又从后脖子飞出，母狮子扑通一声倒在水里，当场毙命。另一头是只成年公狮子，落在同伴后面两步左右，刚刚把前爪搭上岸时，一件意想不到的事情发生了。水中突然左冲右突，一片混乱，与英国人在水池中见过的狗抓小鱼的情景有些类似，但来势要凶猛一千倍，场面也要壮大一千倍。突然间狮子发出了一声凄惨的怒吼，接着跃上岸，身后拖着个黑色的东西。

"真主呀，"穆罕默德叫道，"鳄鱼咬住了狮子的一条腿。"他说得没错，我们都看到了鳄鱼长长嘴巴里白森森的牙齿，还有趴在后面的躯体。

接着发生的一幕更为精彩。狮子挣扎着上岸后，鳄鱼一半身体站立，另一半仍在水中游动，嘴里却死死咬住狮子的后腿不放。狮子猛吼一声，震得地动山摇，接着发出刺耳的尖叫，猛地掉头一爪攫住鳄鱼头顶。鳄鱼不得已只好松口，挣脱狮子的猛爪，又向前爬了一点，可是已有一只眼珠被挖出来。狮子还在继续进攻，又抓住了鳄鱼的喉咙，两只猛兽在岸上纠缠一起滚来滚去，拼命撕咬着。根本看不清相互之间的扭打，局势明朗时，才看见满头血污的鳄鱼用铁一般的利爪紧紧钳住狮子屁股，一会推向前，一会拉在后。处于劣势的狮子愤怒地吼叫着，前爪拼命地撕扯着鳄鱼长满鳞片的脑袋，有力的后爪则使劲抓住鳄鱼柔软的脖子，撕开一个大裂口，好像剥去了上面戴着的手套。

　　突然，搏斗在一瞬间便结束了。伴随着一声惨叫，狮子头耷拉在鳄鱼背上便死掉了。鳄鱼也几乎有一分钟一动没动，然后才缓缓侧着身子倒了下去，长嘴巴却依然咬着狮子的尸体，差点断成两截。

　　难得一见的搏斗就这样结束了，实在是令人触目惊心，叹为观止。

　　恶斗结束后，我们留下穆罕默德担任警戒。除了蚊子的侵扰，这一夜剩余的时间相对还算比较平静。

第六章 基督古风

第二天一大早，天刚蒙蒙亮时，我们就起床洗晨浴，准备尽量早点出发。刚能看清对方脸时，我就发现乔布善良的圆脸被蚊子叮得几乎肿大了一倍，利奥也好不到哪里，我不由得哈哈大笑起来。可能是蚊子不喜欢我又黑又粗的皮肤，所以三人中我的情况最好。我脸上的大半皮肤被头发遮住，再则离开英国一直没刮过原本茂盛的胡子，任其疯长。他俩的脸上刮得干净多了，当然为蚊子提供了广阔的战斗天地。至于穆罕默德，蚊子熟知虔诚真主信徒的气息，连碰也不碰他一下。随后一周多的时间里，我们多么希望自己也是幸运的阿拉伯人。

肿胀的嘴唇无法咧嘴大笑，可大家还是笑了个够。这时天已大亮，清凉的海风穿过乌烟瘴气的沼泽晨雾吹过来，卷起团团轻烟，四处弥漫。我们先仔细看了下那两只狮子和鳄鱼的尸体，由于没有削皮工具，只能放弃剥下鳄鱼皮的打算。随后我们就驶出礁湖，沿着河道继续前进。中午时分，海风停止，好在我们幸运地找到一块陆地，便去上面露营，点火后烤了两只野鸭和一些羚羊肉，味道算不上鲜美，不过足以填饱肚子。又把剩下的羚羊肉切成细条，放在太阳下晒成肉干，南非荷兰人把这种肉干叫作"比尔通"。我们在这块舒适的陆地上一直待到第二天拂晓，情形与前一晚差不多，整晚都在与蚊子战斗，但没有遇到别的麻烦。此后的一两天也基本如此，没什么奇异经历，射中一只美丽的无角雄羚羊，还看到许多正在花季的睡莲，一种蓝色的睡莲尤其漂亮，只可惜上面有些白色大头水蛆，把花瓣咬得七零八落，几乎没有完整的花朵。

在我们旅途的第五天，发生了第一件非常重要的事情，据估计，此时已从海岸西行 135 到 140 英里。那天早上，海风 11 点多就停下，依靠人力划行一会后，大家就累得不行，在与另一河流的交叉处停下来。这条河流宽度均衡，约 50 英尺。岸边树木唾手可得，我们便在树下休息。有意思的是，这一带的树木全部沿河生长。登岸的地方刚好非常干燥，我们沿岸探查了一番，同时打了几只水鸟当食物。在原先的河岸走了50 码后，发现鲸形船已不可能继续在河道中航行，前方 200 码处全部变成浅水和泥滩，水深不足 6 英寸，原来是条死路。

我们只好掉头朝交叉的河岸走过去，这河不像一条天然河流，从各种迹象判断都更像古运河。有些类似在桑给巴尔海岸[1]的蒙巴萨地区见到的联结泰诺河和奥齐河的运河，修建目的是让航行在泰诺河上的船只通过奥齐河入海，避免经过沙洲多的泰诺河入海口。我们面前的运河也是很久以前通过人工开凿出来的，人力挖掘的痕迹至今仍有保留。高高隆起的河岸就是证明，想必是当年用来拉纤的。此外，除了偶尔因塌方或水流冲击有些坍塌，整个河岸都是用坚硬的陶土筑成，两岸距离基本相等，河水深度也明显差不多。这里几乎不受海潮影响，河床表面长满植物，只是有些狭窄的水路贯穿其中，估计是水鸟、蜥蜴或其他动物经常光顾形成的。情形很明白，我们不可能沿着大河继续上行，只能顺着运河前进，或者返回大海。无论如何不能停下来，这里只能被太阳烤熟或让蚊子吃掉，此外便是在可怕的沼泽中感染热病而死。

"哎，我看咱们只能在运河碰碰运气。"其他人纷纷表示同意；利奥认为这是天下最有意思的事；乔布只是俯首听从，没有多少自己的意见；穆罕默德向先知先觉的真主祈祷起来，诅咒所有异教徒和他们的歪门邪道。

太阳落山后，再也指望不上可爱的海风，我们只好自己出发。先

1　桑给巴尔海岸是非洲东海岸的一部分，并不是指桑给巴尔岛本身，该岛位于肯尼亚的蒙巴萨以南好几百英里。

头一个小时，虽然非常吃力，但还能勉强划桨前进。可是水草越来越厚，前进非常困难。我们只好使用最原始的拉纤方法，也是最耗力气的办法。大家都认为我一个顶俩，因此穆罕默德和乔布俩拉一边，我一个人拉一边，利奥坐在船头用穆罕默德的短剑拨开聚集的水草。艰难地拖行两个小时后，天色渐暗，我们便停下来休息了几个小时，即使蚊子到处叮咬，也着实比拉纤好多了，算得上一种享受。半夜时分，我们又趁凉继续前进。黎明时休息三个小时后，一直到上午十点没有歇脚。这时，伴随着霹雳般的响雷，瓢泼大雨突然袭来，我们又在雨中跋涉了六个小时。

接下来四天的旅程就没必要一一细述，总的来说一句话，这是我一生中最悲惨的日子，伴随枯燥旅程的只有四样东西：繁重的体力劳动、沼泽中的酷热、身体上的不适，还有蚊虫叮咬。茫茫沼泽地带的所有不幸都让我们摊上了，能够顺利通过全靠着经常吞服奎宁片、通便药，还有不得不时刻承受的苦劳。第三天时，我们透过沼泽中的瘴气，隐约看到一座圆圆的小山。第四天晚上歇息时，小山看起来距离我们只有 25—30 英里之间。

此刻，我们已累得精疲力竭，长满水泡的双手一码也拉不动了，真想就此倒在这荒凉的沼泽地上不再起来。这里的情形实在可怕，相信不会经常有白人光顾这种鬼地方。累得倒在船舱里睡觉时，我不由得狠狠咒骂自己，当初怎么会做这种头昏脑胀的蠢事？看来结果只能是葬身沼泽。迷迷糊糊入睡时，我还在想象着小船和不幸的船员们两三个月后会是什么样子。伤痕累累的鲸形船停泊在那里，里面灌了半船发出恶臭的脏水，瘴气吹过海风时，我们的尸骨在其中晃来荡去。这就是小船不可避免的命运，也是听信谎言而去探寻生命奥秘的船员的必然归宿。

接着，我似乎听到了哗哗流水冲撞我们骨头的声音，稀里哗啦挤作一团，我的头盖骨滚到了穆罕默德的头盖上，他的又过来撞我。阿拉伯人的脊椎骨后来直直地站起来，两只空空的眼窝子使劲盯着我，咬牙切齿地诅咒我，因为我这个信奉基督的人打扰了真正伊斯兰教徒最后的安睡。吓得睁开眼睛时，恐怖的梦境仍然令我瑟瑟发抖。突然，我才意识到现实中也有什么东西让我战栗，两只巨大的眼睛透过薄雾笼罩的黑夜正盯着我！我吓得不知所措，挣扎着站起来使劲地尖叫。同伴们惊醒后，全都跳起来，他们还睡意蒙眬，不知发生了什么事，一个个吓得东倒西歪。一道金属的寒光突然眼前一闪，一条宽边刺枪逼近我的喉咙，后面还有别的刺枪在晃动。

"安静点！"有个声音用阿拉伯语对我叫道，也有可能只是另外一种掺杂了不少阿拉伯语成分的语言。"你是什么人？从水中游过来的吗？如实说来，否则只有死路一条。"

他的刺枪紧紧抵在我的喉咙上，我不禁打了个冷战。

"我们是出来旅游的，到达此地纯属偶然。"我尽量把阿拉伯语说得好一点，那人似乎理解了我的话，转身向后面的高个子说道："父亲，杀掉他吗？"

"他们的皮肤是什么颜色？"一个浑厚的声音问道。

"白色。"

"那就不要杀了，'至高无上的她'四天前给我传来指示：'估计有白人要来，果真到达时绝对不许处死'。把他们送去'至高无上的她'那里吧。把那几个人带来，连同他们的财物一并带上。"

"过来！"那人喊了一声，半推半拉地把我从船中拖出，其他人也用同样的方式对付我的同伴们。

岸上聚集了五十多人。昏暗的光线下，我只能看清他们每人背着很宽的刺枪，身材高大，体格健壮，肤色较亮。他们全都赤身裸体，只在腰间紧紧系了一块豹子皮。

不一会，利奥和乔布就被推到我的旁边。

"究竟发生了什么事？"利奥还没睡醒，揉揉眼睛问道。

"哦，我的上帝，真是稀奇古怪。"乔布叫道。这时一片混乱，接着穆罕默德也跌跌撞撞倒在我们中间，后面跟着肤色较深的高个子，手中的刺枪并没举起。

"真主呀！真主呀！"穆罕默德感觉这帮人不会放过自己，吓得号啕大哭，"保佑我！保佑我！"

"父亲，这家伙是个黑人，"刚才的声音又响起来，"'至高无上的她'命令如何处置黑人？"

"她没说什么，暂且别杀了。你先过来一下，孩子。"

他走上前去，刚才那个肤色较深的高个子便弯腰对他低声说着什么。

"好呀，好呀。"他一边答应，一边邪恶地吃吃笑着。

"三个白人都在吗？"高个子又问道。

"都在呢。"

"把专门给他们预备好的东西抬上来，再把船里能带的东西全部带走。"

那人刚一说完，手下人就抬来几顶带篷的轿子，每顶有四名轿夫、两名随从，示意我们坐进去。

"好啊，"利奥高兴地说，"自己走了那么久，现在居然能有人抬着我们，真是好福气。"他在任何时候都会找乐子。

也没什么别的好办法，看到他俩都坐到里面，我也只好坐进自己的轿子，里面相当舒适，用大麻编织的布做成轿底，可随身体上下挪动，每一处都服服帖帖。两头固定在抬杆上，头部和颈部也相当舒服。

我刚躺进去，轿夫们就晃晃悠悠地抬起来出发了，嘴里还唱着简单的抬轿歌。开始半个小时，我静静地躺在轿子里，回想着点滴经历。想起剑桥的那些"老古板"学术泰斗们，如果有一天还能有幸回到熟悉的餐桌旁，向他们讲述我的奇遇，一定不会有几个人相信我。我把这些品行高尚、学识渊博的人称为"老古板"，并没有丝毫侮辱或诋毁的意思。对于墨守成规的人来说，思想的确容易僵化，就算大学也不例外，这是我的经验。其实我自己的思想也有些死板，只是最近增长了不少见识。我就这样一边躺着，一边胡思乱想，担心我们将会遭遇什么不幸的结果。后来我就不再操心，想着想着慢慢睡着了。

醒来时，太阳已高高挂在天空，估计睡了有七八个小时。自从那天晚上独桅帆船出事以来，我第一次真正睡了个好觉。我们仍然以每小时四英里左右的速度匆匆赶路。透过巧妙挂在轿子上的薄帘子，我偷偷地向外看了看，发现已经走出无边无际的沼泽地带，我终于松了一口气。此刻，我们走在松软的草地上，前面是一座状如茶杯的小山。

究竟是不是先前在运河上看到的小山，我也搞不清楚，以后也一直没有弄明白，当地人不愿意透露诸如此类的情况。接着我又暗中观察了一下脚夫，他们个个长得很体面，几乎没人低于 6 英尺，属黄皮肤人种。模样与非洲东部的索马里人相似，只是头发没有向上卷曲，浓密的黑发披在肩头。五官像鹰一样长得很紧凑，牙齿洁白整齐，应该算得上美男子。最让我震惊的是，他们脸上的表情与英俊的外表完全不相匹配，看起来充满邪恶。我讨厌他们阴沉而冷酷的表情，有些人简直算得上冷若冰霜。

我还注意到他们的另一个特点，那就是从来不笑。如先前所述，他们有时会唱抬轿歌，可一旦停下来时，脸上便几乎毫无表情，没有一丝笑容照亮他们阴沉而邪恶的面孔。这些人是什么种族？他们说一种退化不纯的阿拉伯语，但肯定不是阿拉伯人。他们的皮肤有点黑，或者说有些发黄，完全不像阿拉伯人。我也说不清究竟是为什么，他们的外表充满一种让人恐惧的病态，让我有点不好意思说出来。就在我纳闷的时候，另一乘轿子赶上来。帘子开着，里面是一位老人，穿着很粗的亚麻布缝制的白色长袍，松松垮垮地套在身上。我很快认出，这位正是像影子一样站在后面、被称为"父亲"的人。看上去倒蛮让人喜欢，雪白的长胡子一直飘到轿外，鹰钩鼻子上面是一双像蛇一样敏锐的眼睛。整个模样看起来既聪明机智，又风趣幽默，实非我的拙笔所能形容。

"醒着吗，陌生人？"他的声音低沉而有力。

"醒着呢，我的父亲。"我礼貌地回答，感觉定会与这位老人家相处不错，他就是古代掌管不义之财的玛门财神。[1]

---

1 根据《路德福音》(《圣经·新约》中的一卷) 第16章第9节的教诲："与掌管不义之财的玛门财神交个朋友吧"。在此比喻邪恶的轿夫。

他捋一下优美的长髯，脸上露出淡淡的微笑，说道："陌生人，我的孩子，不管你来自何方，那里一定是个通晓我们语言的地方，一定是个懂礼仪的文明之邦。告诉我，你们为什么来我国，目的是什么？从古至今，很少有异邦人踏上我们的土地，你和你的那些同伴们难道是厌倦了生活吗？"

我壮着胆子说："我们的确对旧世界感到厌倦，所以想来此寻找一些新的东西。为了探寻这片未知的土地，我们与大海那边的人闹翻了。我们来自勇敢的民族，没有人会怕死。最为尊敬的父亲，我们宁愿用死的代价来换取一点新奇的知识。"

"嗨！"老先生继续说道，"也许你说的没错，听起来合情合理。否则，我会认为你在撒谎，我的孩子。不过，'至高无上的她'在这点上一定会满足你们。"

"谁是'至高无上的她'？"我好奇地问道。

老人扫了一眼轿夫们，露出古怪的笑容，吓得我从头凉到脚。

"当然，陌生人，如果她愿意亲自接见你们这些大活人，你不久就会明白一切。"

"大活人？"我不明白，"您的真正意思是什么？"

他露出了一种可怕的笑容，并没回答我的问题。

"敢问父亲是什么民族？"我又问了一句。

"我们是埃迈赫贾人，也就是山野之人的意思。"

"如果儿子可以问一下的话，能不能告诉父亲的尊姓大名？"

"我叫比拉利。"

"我们现在要去哪里？父亲？"

"一会你就自会明白。"他示意了一下，抬着他的脚夫们加快了脚步，直到赶上乔布的轿子，他睡得一只腿都吊在外面。估计他没从乔布口中打听到多少消息，所以又很快去追赶利奥。

之后便没什么新鲜事，享受着摇摇晃晃的轿子，我不一会又睡着了。实在是太累了，等再次醒来的时候，我们正走在一条熔岩形成的小路上，两边尽是悬崖峭壁，生长着美丽的树木，还有开满鲜花的灌木。

不一会，小路转了个弯，出现一个可爱的地方。直径4—6英里的杯形土地展现在面前，样子颇似古罗马竞技场。大杯子的边上全是长满灌木的岩石，中间则是厚厚的草地，零星点缀着高大的树木，蜿蜒而过的小溪滋润着这片美丽的草原。富饶的牧场上有山羊和牛群在吃草，只是没有绵羊。开始我怎么也想不明白这个奇怪的地方究竟是怎么形成的，后来才恍然大悟，可能是一个很久以前消失的火山遗址，后来火山口变成火山湖，再后来又因某些原因干涸了。之后我又经过一个类似的地方，只是面积大得多，我以后会专门加以介绍。根据我对这两个地方的观察，可以说，完全有理由相信这一推断正确无误。

令我困惑的是，虽然这里有来来往往的放牧人，可就是不见任何人类居住的房屋的痕迹。他们究竟住在哪里？实在弄不明白，好在答案不一会就知道了。向左拐弯后，轿子又排成一列在陡峭的小路上走了不到半英里，然后便停了下来。看到我的"干爹"比拉利从轿子里出来，我也跟着下了轿，接着利奥和乔布也从轿中走出。首先看到的是我们的阿拉伯同伴穆罕默德正躺在地上累得半死。看来他没能坐上轿子，而是一路跟着轿子小跑。我们出发时，他就几乎耗尽了体力，现在简直快要崩溃了。

环顾四周，停下来的地方原来是一个巨大洞穴入口处的平台，台子上堆着我们鲸形船上装载的所有物品，甚至连船桨和船帆都一并带来。刚才抬轿子的人们三三两两站在洞口，还有些模样相似的人也在那里。他们个个长得高大英俊，只是肤色深浅不同，有些像穆罕默德一样黑，有些像中国人一样黄。除了腰间系着的豹子皮，全都是赤身裸体，手里还持着巨大的刺枪。

围观的人群中也有些女人，不过她们腰间没有豹子皮，而是系了条鞣制过的红色小鹿皮，类似一种名叫侏羚的羚羊皮，只是颜色稍深一点。从整体来说，这里的女人非常出众，黑黑的大眼睛，漂亮的五官，浓密的卷发，颜色从黑色到栗色深浅不一，而且不像黑人头发卷得那么难看。其中有几个还穿着发黄的亚麻袍子，与比拉利的差不多。后来才弄明白,原来这是一种身份地位的象征,并非只是简单的服装喜好。她们脸上的表情也不像男人们一样骇人,虽然笑得很少,但偶尔还会笑笑。我们一下轿,她们就围过来,用奇怪的眼光打量着我们,但也带着几分冷漠。利奥高高的个子,运动员式的健壮体格,轮廓鲜明的希腊式脸庞,无疑吸引了她们的目光。当他脱帽向女人们致意时,露出了金黄的卷发,更引来了一阵啧啧称赞。人群中有个穿着袍子、头发比栗色稍深但比褐色浅的女子,把利奥从头到脚打量了一遍,然后鼓起勇气朝他走过来。姑娘一句话也没有说,只是轻轻地抱住利奥的脖子,然后弯腰吻住了他的双唇。这位女子是人群中最为出众的一位,如果不是表情太慎重,她的吻应该非常迷人。

我紧张地喘着粗气,以为很快会有嫉妒的男子冲上来给利奥一枪。乔布大叫起来:"荡妇,从来也没见过这样的女人!"利奥开始有些不知所措,然后便很快明白,原来我们到了一个特殊的国家,这里仍然保留着远古时代的基督风俗[1],他也轻轻地回吻了一下姑娘。

我又紧张起来,以为这下会出什么乱子。然而,令我吃惊的是,

---

1 影射基督徒使徒保罗和彼德在书信中提到的"神圣的吻""纯洁的吻",参见《罗马书》第16章第16节"你们亲嘴问安,彼此务要圣洁。基督的众教会都问你们安"和《彼德前书》第5章第14节"你们要用爱心彼此亲嘴问安。愿平安归与你们凡在基督里的人"。

只有几个年轻姑娘看上去有些懊恼，年纪较大的女人和男人们只是淡淡地笑着。当我们弄明白了这里独特的风俗习惯后，其中的秘密不言自喻。原来，埃迈赫贾与其他原始部族有所不同，这里的女人拥有与男人绝对平等的地位，不与男人缔结任何从属关系。他们只根据母亲方面的血统来确定一个人的家世，也会因母系方面的优越种族和悠久历史而感到荣耀，从不像我们欧洲家庭一样重视父系，他们甚至不知道自己的父亲是谁。当地人称自己的氏族为一个"大家族"，每个氏族只有一个名誉上的男性族长，他是选出来的一家之长，大家都称其为"父亲"。例如比拉利就是这个氏族的父亲。他们的大家庭里总共有七千多人，但再也不能有第二个男性拥有"父亲"的头衔。当女人喜欢上一个男人时，便用当众拥抱的方式来表达爱意，眼前这位漂亮而果断的年轻姑娘正是用这种方式表达自己对利奥的钟情，她的名字叫尤丝坦。如果男人也回吻了姑娘就表示愿意接受对方，其中的一方厌倦时，他们之间的关系才算结束。有必要说明的是，她们更换丈夫并不似我们想象的那么频繁。男人之间很少因此而发生冲突，至少说妻子另有新欢时，男人们都可以坦然接受，很少会引起冲突。正如我们必须接受所得税一样，他们能够为了整个氏族和睦而心平气和地接受；也恰似我们必须遵循婚姻法一样，虽然在某些特定的情况下有些人会难以接受，可他们认为这是不可更改的事实。

如果把道德标准当作衡量事物的准则，或人们的最高信仰，并以此考察不同国家里人类的婚配风俗，定会让人觉得千奇百怪。一个国度完全合乎情理的事，在另一个国度却会变得有失风雅，甚至大逆不道。我们知道，所有文明国家都把婚礼当成道德的基础。即便用我们的道德标准来衡量，埃迈赫贾人的这种风俗也没什么不妥，因为他们的当众互相拥抱与我们所谓的婚礼具有异曲同工之效，一切自在不言中。

第七章 尤丝坦之歌

　　他们当众接吻的仪式结束后，另一个姑娘也在乔布身边转来转去，委实让我们这位正人君子诚惶诚恐。好在这时比拉利上来解了围，他优雅地挥挥手，请我们进洞。顺便说说，竟然没有一个年轻姑娘用这种方式表达对我的好感。之后，无论我们去哪里，尤丝坦总是跟在我们身后，全然不顾我多次的暗示，我们需要自己独处的时间。

　　在洞内走了几步后，我突然间意识到，这里并不是一个天然洞穴，而是人工一点一点挖出来的。据估计，此洞约深100英尺、宽50英尺，高大而空旷，与大教堂走道非常相似。每隔15—20英尺，主过道的两旁又有些小小的走廊，大概是通往一些小卧室。在离开入口处50英尺的地方，洞内光线暗了下来，里面烧起一堆篝火，在四周昏暗的墙壁上投下斑驳的影子。比拉利在此停下来，招呼我们坐下，并说会有人送来食品。于是我们便坐在铺好的皮毯子上等着，不一会，年轻姑娘送来食物，有水煮羊肉，有装在罐子里的新鲜牛奶，还有印第安烤玉米饼。此时已是饥肠辘辘，可以说这是我一生中吃到的最满意的一餐饭，送来的东西全被我们狼吞虎咽吃下肚子。

我们几个吃饭时，洞穴主人比拉利一直显得有些忧郁，起先只是静静地看着，后来才站起来说："你们能来这里太好了。"山岩之人从没听说有白人来过他们的国家，此前只是偶尔有黑人来过。他们从那些黑人口中得知，世界上还有些皮肤比自己白得多的人种，这些白人经常驾船在海上航行，但从没到过此地。他坦诚地告诉我们，有人看见我们在运河上拖船前进时，他马上下令杀了我们，因为按照他们的规定，任何外人都不许进入这个国家。好在"至高无上的她"即时传来命令：必须留下我们的性命，因此我们才被带到这里。

"对不起，父亲，"我打断了他的话，"据我所知，'至高无上的她'住的地方离此地很远，她怎么知道我们的到来？"

比拉利开始说话时，尤丝坦已经退下。这时他又朝四周看看，确信只有我们几人在场，这才露出一种古怪的笑容，说道：

"难道在你们国家没有人可以不用眼睛就能看见东西，不用耳朵就能听见声音吗？不要再问那么多，'她'什么都知道。"

我只好无奈地耸耸肩，他又继续说，至于如何处理我们，目前还没有进一步的指示。他将为此专程去拜见"至高无上的她"，请求指示。为简便起见，他们一般称"至高无上的她"为"海娅（阿拉伯语）"或"她"。根据比拉利的言外之意，我们明白"她"便是埃迈赫贾人的女王。

我问他准备离开几天，他说，要经过好多英里的沼泽地才能到达"她"那里，如果路上没有耽误，估计第五天就能返回。他说，在自己离开的时间里，一切都已安排妥当，我们会生活得很舒适。他还说，自己对我们颇有好感，殷切地希望能从"她"那儿得到对我们有利的消息。他也坦率地说，自己对女王的回答并没多少把握。从他的祖母时代到他的母亲时代，再到他自己手里，来他们国家的陌生人还没有哪个幸免于难。为了避免伤害我们的感情，比拉利没有描述具体的处死方式。杀死这些外人全是"她"亲自下命令，至少都是根据她的意思来的。总而言之，她从来没有赦免过任何一个人。

"是吗？"我有点吃惊，"这怎么可能呢？您自己已有些年纪，而您刚才谈到的时间至少可以追溯到了三代人以前，'她'怎么可能命令杀死您祖母年轻时代的任何一个人？她那时应该还没有出生呢。"

比拉利又笑了，还是以往那种诡秘的笑，然后深深鞠了个躬就退出去，没有回答一个字。此后的五天里，我们便一直没有见到他。

比拉利出去后，我们又开始讨论目前的处境，这是最让我担心的问题。我不喜欢比拉利所描述的神秘女王，也就是"至高无上的她"，或简单叫作"她"，正是她的命令，残害了多少不幸的陌生人。利奥也情绪低落，不过他倒挺会自我安慰，居然洋洋得意地说，根据比拉利暗示的"她"的年龄和权利，这个"她"毫无疑问就是陶片上和他父亲信上所说的女人。我当时正一心想着事态的发展，根本没心思驳斥这种荒谬的思想，于是建议大家最好出去洗个澡，这才是我们目前的第一需要。

我们把洗澡的想法告诉了一个阴森森的中年人，他大概就是"父亲"外出后专门侍候我们的人。在这个面孔阴郁的民族，他的脸上更是阴霾密布。我们几个人第一次点着烟斗，一起从洞中走出，没承想洞外围了许多人，特意来观赏我们。看到我们吞吐烟雾时，他们吓得四散逃窜，大喊着神奇的魔法师来了。这是我们在埃迈赫贾人中引起最大轰动的一次，哪怕枪炮也没让他们如此震惊[1]。之后，我们便顺利找到一条小河，位于一眼旺盛的泉水下游。虽然有些女人，当然少不了尤丝坦，她甚至和我们同一时间来到这地方，但我们还算是安安静静地洗了个澡。

1　事实上，这里也像南非的其他地区一样，到处长满了烟草，埃迈赫贾人只用于吸鼻烟和治病，对烟草的其他美妙用途则一概不知。——路·霍·霍利

洗完澡后，太阳已经开始下沉，大家顿觉清爽许多。回到洞穴时，太阳已经完全落下去。洞内烧起好几堆篝火，每堆旁都围满了人，他们正乘着火光和灯光吃晚饭，有些灯点在地上，有些灯挂在墙壁上。这些粗陋的灯虽然样式繁多，但只有小部分做得比较精巧。大一些的灯是用红土陶罐做的，里面装满澄清的动物油，上面盖着合适的圆木板，中间再穿一条芦苇做灯芯。这些灯没有把灯芯拧上来的装置，所以时刻得有人注意看守，里面的芯一旦掉下去，灯就会熄灭。小一些的手提灯也是用陶土烧成，只是灯芯有的是棕榈树的木髓，有的是好看的蕨类植物杆，而且是从油灯顶端的一个小圆洞中穿出来，附带一条尖尖的硬木棍，用来挑灯花，灯芯快要烧完时，也用来拉长灯芯。

　　我们坐了一会，看着这个不苟言笑的民族以他们特有的严肃方式吃晚餐。后来，便觉得有些厌倦，不想再看到他们，也不想看到石墙上到处晃动的黑影子。于是告诉新来的侍者，我们该回去睡觉了。

　　他一句话也没说就径直站起来，先提起一盏灯，然后礼貌地拉着我的手走向一个之前看到过的小过道，开口就在洞穴中央。我跟着他大约走了五步后，小过道突然变宽，成为一个八平方英尺左右的小卧室，是从天然岩石上挖出来的。房间的一侧有块高出地面三英尺的石板，长度与船舱里的卧铺差不多，这位侍者叫我睡在上面。这间卧室既没窗户，也没有通风眼，更没有家具。仔细察看一番，我得出一个令人不寒而栗的结论，这里原来设计的是间停尸房！根本不适合活人睡觉，那块石板就是用来停放死人的，后来的发现果然证实我当时的推断完全正确。这一想法吓得我直发抖，可是总得有个地方睡觉，我只好强迫自己镇定，返回洞内取毯子，好在毯子与船里的其他东西一道带来了。这时，我遇到乔布，他也被领到一间相同的房子，也同样吓得半死，他坚决不愿意住在里面。他说，看到那个地方就觉得恐怖，他宁愿马上死去埋在爷爷的砖头坟墓里也不愿住在里面。如果我不介意，他非常希望能跟我一起过夜。当然，我正巴望不得呢。

总的来说，那天晚上过得相当舒适。我之所以要用"总的来说"，是因为我自己做了个噩梦，大概是周围环境太像坟墓吧，我梦见自己被活埋了。黎明时分，我们被一声响亮的号角声吵醒。后来知道，吹号的是一个埃迈赫贾年轻人，号角是一个边上开洞的空心象牙，专门用来吹晨号。

听到号响后，我们就起床去溪边洗漱。回来后，早餐已备好。吃饭时，一个不太年轻的女人当众吻了乔布。暂且不论其是否有失体统，这事倒是难得一见，真叫人笑破肚皮。我永远也不会忘记品行端正的乔布先生当时又恨又怕的可怜相。也许是因为生在十七个孩子的家庭，乔布也像我一样讨厌女人。当他意识到身不由己地被人当众拥抱，而且是当着自己的主人，乔布气得一时不知所措，简直没有哪个词能准确描述他当时古怪的表情。他跳起来就一把推开那个体态丰满的三十岁女人。

"不，我从不干这种事。"他紧张地大叫，女人以为他只是生性腼腆，又一次上前抱住他。

"你给我站远点，滚开！这个荡妇！"他大声吼叫着，还用正在吃饭的木勺子在女人面前上下挥舞，"请原谅，先生，我实在没有这个意思。噢，上帝呀，她又来了。挡住她，霍利先生，快点挡住她。受不了这种女人，真受不了她。我身上可从来没发生过这种事，真的，先生。我说的话句句属实。"这时，他突然停下来，拼命朝洞内跑去。我第一次看到埃迈赫贾人笑了。只有那个女人没有笑，相反，她正气得怒火中烧，其他女人的嘲笑更是火上加油。她站在那里咬牙切齿地咒骂着，气得浑身发抖。看到她痛苦的样子，真希望乔布能跑去耶利哥[1]，我看得出，他这种可敬的言行已经危及我们的生命。后来的事实证明，我的预感完全正确。

那个女人终于放弃了乔布，而乔布却变得分外紧张，总用一种胆怯的眼神看着每一个靠近的女人。我找了个机会向主人解释一番，说乔布是结过婚的男人，婚姻生活给他带来不愉快的经历，变得害怕女人，他正是因此才逃到这里。然而，我的解释只换来一片沉默。尽管

1　耶利哥：古代巴勒斯坦西亚死海以北的一座古城，比喻遥远而偏僻的地方。

这里的女人先前也像其他更加开化的女子一样，嘲笑过遭到拒绝的同伴。可是现在看来，这位家仆的行为还是被看成对他们整个"大家庭"的藐视。

早饭后，我们出去散步，想看看埃迈赫贾人的牧群和开垦出来的土地。他们养的牛有两种。一种体形高大而瘦削，头上无角，但可以挤出优质的牛奶。另一种则又矮又肥，产出上等的牛肉，但并不能提供牛奶。后一种有些像诺福克无角红牛，只是头上生了一对向前弯曲的角，有时候长得太长了就需要锯掉，否则会扎进头骨里去。这里的山羊都长着厚厚的长毛，只用于吃羊肉，至少我自己没见过挤羊奶。埃迈赫贾人的农业处于一种非常原始的状态。唯一的工具就是一张铁锹，他们只会冶炼生铁。这种铁锹的样子更像刺枪头，没有可以踩脚的边，所以翻起地来特别费力。与其他原始部落不同的是，这种活全由男人承担，女人几乎不参加繁重的体力劳动。我已在其他地方说过类似的话，弱女子在埃迈赫贾建立起了自己的权威。

埃迈赫贾真是个独特的民族，许多问题都像谜一样让我们不解，比如他们的起源和法律等。开始时，当地人对诸如此类的事情守口如瓶。此后的四天没什么大不了的事情发生。可是，随着时间一天天过去，我们还是从利奥的女朋友尤丝坦口中了解到一些情况。顺便说说，她整天像影子似的黏着她的年轻绅士。至于起源，他们是个没多少历史的国家，至少尤丝坦自己知之甚少。她告诉我们，在"她"的住地附近，有个叫克尔的地方，是用石头和柱子搭起的土石堆。听智者传言，里面的房屋曾经有人居住。这不禁使人联想到，埃迈赫贾可能就是这些人的后裔。这些遗址中经常闹鬼，因此没人敢靠近，他们只能远远地瞧瞧这些地方。尤丝坦还听说，在他们国家的其他地方，也就是只要沼泽中有山岗隆起的地方，就会有类似的遗址，他们现在住的洞穴或许也是同一伙人在建造这些城市时从岩石中挖出来的。他们自己并没有成文的法律条例，只有些人人必须遵守的习俗，具有与法律同样的约束力。如果有人违背风俗，"大家族"中的父亲会命令将其处死。我问及具体的死刑时，她只是笑而不答，说是不久就会明白。

然而，他们国家却有女王。"她"就是他们的女王，可是很少出现在人们面前，或许两三年才露面一次。只有宣布大逆不道者死刑时，她才偶尔出现，每次出现时都用巨大的披风包裹全身，因此谁也没见过她的脸。在她面前听差的人全部又聋又哑，没法传出什么消息。传说她是个美貌无双的绝代佳人，她的生命永不枯竭，她的权力凌驾于万物之上。不过，尤丝坦知道的却不是这么回事，她听说女王有时需要选个丈夫，可是一旦生下女孩，丈夫就要被处死，从此不再露面。女王死后埋在旁边那个巨大的洞穴里，长大的女儿便继承王位。事实究竟怎样，谁也说不清楚。不过，有一点是肯定的，那就是东西南北中，在这片土地的每一个角落，人人都要服从女王，谁敢怀疑她的权威，就等于立即送死。她拥有护卫队，但没有正规的军队，谁想背叛她就意味着选择死亡。

我又问了一下这个国家的面积和人口。尤丝坦说，据她所知，包括女王所在的超级"大家庭"在内，共有17个像他们这样的"大家庭"。所有的"大家庭"都住在这种高地上的洞穴中，零星分布在茫茫的沼泽里，只有些秘密的小路连通彼此。各个"大家庭"之间经常发生战争，只有女王传令停战时，他们才会立即遵从。频繁的战争和沼泽地带的热病使他们的人口不会增长太快。他们与别的民族没什么关系，事实上周围也没有其他民族，而远方的敌人又无法通过沼泽。大江方向（估计是指赞比西河）曾经来过一支部队，准备袭击他们，没承想自己却被沼泽吞没。晚上时，看到他们熊熊燃烧的篝火，这伙军队以为是营房，打算冲过来，结果半数人溺死在沼泽中，剩下的不是得了热病，就是被饿死，很快便死光，根本用不着反击。她反复强调，如果不知道小路，绝对没有人能通过沼泽。这点我倒相信，要不是有人带领，我们自己无论如何也不可能到达这里。

在真正奇遇开始前的四天小住里，还从尤丝坦那里了解到许多其他情况，给了我们不少启迪。这里的一切都非同寻常，甚至叫人难以置信。不过最为神奇的却是我们的所见所闻或多或少地验证了陶片上的古文内容。看来，这里的确有一位神秘的女王，可怕也好，伟大也罢，人们流传着各种关于她的神秘传说，而且似乎说得有根有据，在我看来，所有传说都不过是表现人们对"她"的敬畏而已。总之，我和利奥都弄不清"她"究竟是怎样的人，应该说利奥的了解要比我深一些，因为我向来对这些传闻嗤之以鼻。至于乔布，他早就不再费心考虑自己的思想，只是人云亦云罢了。阿拉伯人穆罕默德的境遇现在好一些，但当地人依旧对他不屑一顾。他自己则对埃迈赫贾人充满了恐惧，我也搞不清楚他究竟怕什么。他经常整天坐在洞内的某个角落，请求真主和先知保佑自己。我追问他时，他只说这里的人根本就不是普通的男人女人，而是一群魔鬼，这是一块被施过魔法的土地，所以他才会感到害怕。有些时候，我也同意他的观点。时间就这样一天天过去，在比拉利离开的第四天晚上，倒是有件事情值得一提。

那天睡觉前，我们三人和尤丝坦一起坐在洞内的火堆边。这个女人先前一直没说什么话，突然间，她站了起来，抚摸着利奥金黄的卷发对他吟唱起来。时至今日，我闭上眼睛还能想起她那引人注目的美丽脸庞，时而被黑色的阴影挡住，时而被不断跳跃的火苗照亮。她站在那里，激情澎湃地诉说着心中的重负和不祥的预感，在场的人无不被她深深地打动。她诗一般优美的语句如下：

你就是我唯一的选择，我的生命因你而存在！

你就是最美，谁还有无瑕的卷发，谁又有雪白的肌肤？

谁有如此强壮的双臂，谁又能与你媲美？

你那双眸就是我的天空，目光便是指引我的星辰。

完美的你，幸福的脸，我的心为你而跳动。

啊，自从见到你的那一刻，我就深深地爱上了你。

天如人愿，我拥有了你，噢，我的爱人，

我要永远珍爱你，从此不再受到伤害。

我要用浓密的长发为你挡住灼热的太阳，

我属于你，你属于我。

可是好景不长，分离的一天终将到来。

不幸的一天何时降临？天哪，我的爱人，请你告诉我！

从此不见君之面，妾如身在黑暗渊。

位重权高的她夺去了你，哎，她的美丽胜过尤丝坦。

回头间，你把尤丝坦声声呼唤，美丽的眼睛黑暗中搜寻。

然而，她的美丽蛊惑了你，深陷恐怖的泥潭。

那一天，哎！那一天，我的爱人——

这位奇女子的吟唱戛然而止。对于我们来说，她的歌声简直就是美妙的音乐，高深得难以理解，不知她指的究竟是什么。她忽闪忽闪的眼睛好像盯着前面的阴影，突然，眼神变得茫然而惊恐万状，似乎看到了什么若隐若现的充满恐惧的景象。她把手从利奥的头上抬起来，指指黑影的方向。我们一齐朝那里看看，可是什么也没有。然而她却看到了，或者说她的样子像是看到了，明显有什么东西刺激了她紧张的神经，一句话也没来得及说，她就倒在地上不省人事。

利奥也已迷恋上了这位可爱的女子，他又痛苦又惊奇。说句实话，我自己也感受到了这种神秘的恐惧，此情此景太离奇了。

好在她不一会儿便醒过来，抖了一下坐起来。

"尤丝坦，你想说什么？"利奥问道。幸亏学过几年，他的阿拉伯语讲得悦耳动听。

"没什么，我的爱人。"她强迫自己挤出一点笑，"只是按照我们的风俗为你唱了一首歌。放心吧，没什么别的意思。如果你觉得不是这样，我又能说什么呢？"

"尤丝坦，你刚才看到了什么？"我紧紧盯着她的脸问。

"什么也没有，"她还是这样回答，"我什么都没有看见，不要再问了。我怎么会故意吓唬你们？"然后，她便转向利奥，用一种最温柔的眼神望着他，无论在文明国度，还是在原始部落，我从没见过哪个女人有如此温柔的眼睛。她双手捧着利奥的头，像母亲一样在额头上

114

轻轻地吻了一下。

　　她说："亲爱的，当我有一天离开你的时候，当你夜里摸不到我的时候，希望你能偶尔想起我，虽然没有资格天天侍候你，可我却是最爱你的人。此刻，让我们尽情享受爱情，尽情享受上帝赐予我们的幸福；因为坟墓里没有爱情，没有温暖，更没有亲吻。一切都将不复存在，留下的只有往昔岁月的痛苦记忆。今夜属于我们，明天的我们又将属于谁？"

第八章 人肉筵及其后

　　所有看到刚才一幕的人，无不留下深刻的印象。倒不是因为透露了多少秘密，而是对未来的某些暗示。第二天，他们便宣布专门要为我们摆一次筵席。我尽力回绝，便说，我们这帮人天生胆小怕羞，不在乎什么筵席不筵席。可是我的推辞只带来他们的满脸不悦，一句话也没说。因此，我认为还是不要继续推托更为明智。

　　太阳快要落山时，他们通知一切准备就绪。于是，我便在乔布的陪同下，走进洞穴的主厅。在里面遇到了利奥，尤丝坦还像往常一样黏着。他们刚从外面散步回来，压根儿不知道筵席一事。尤丝坦听到要特意为我们大摆筵席时，俊美的脸庞立刻被恐怖笼罩。她转过头，抓住一个过路人的胳膊，气愤地质问什么。那人的回答大概让她放心了一些，看上去不再那么紧张。但她还是不满意，又与这位当权者争吵起来，那人生气地骂了一句，一把将她推开。不过那人很快缓和下来，主动挽着尤丝坦的胳膊，拉她一起坐在火堆边，尤丝坦的另一边也是一个男人。看样子她是为了自己的什么目的才决定暂时妥协。

那天晚上的篝火特别旺盛，周围坐了三十五个男人，两个女人，其中一个是尤丝坦，另一个便是乔布像圣徒一样极力躲避的女人[1]。男人们阴沉沉地坐在那里，这正是他们的习惯。每人身后立着一支长长的刺枪，插在岩石上专门挖开的孔中。其中只有一两个穿着前面提过的黄色亚麻袍子，其他人只在腰间系着一块豹子皮。

"先生，他们准备干什么？"乔布有些疑惑，"上帝保佑。那女人也来了。还好，她不会再来纠缠，我没有给她任何可乘之机。这里的人让我毛骨悚然，每个人都很可怕。看看，他们又开始款待穆罕默德，先前看上我的女人正在与穆罕默德说话，极尽温柔文雅之道。庆幸啊，他们对付的不是我，这就放心了。"

放眼望去，那个女人果真陪着可怜的穆罕默德从他蹲坐的角落里走出来。由于一种天生的敏感和对恐惧的先知，穆罕默德先前一直坐

---

1 参见《圣经·创世记》第39章7—12节，约瑟夫曾拒绝向他示爱的波提乏（基督教中埃及法老之护卫长）的妻子。

在角落里哆哆嗦嗦地祈求阿拉保佑。他走过来显然并不是出于心甘情愿，就算不考虑其他原因，单单这份殊荣也让他享受不起，他此前的食物都是与别人分开的。不管起因如何，总之他吓得要命，颤抖的两腿几乎支撑不住公牛般壮实的身体。依我看来，并不是拉着他手的女人凭美色吸引了穆罕默德，而是身后那些野蛮的埃迈赫贾男人和他们手中虎视眈眈的大刺枪让他害怕，使他勉强过来坐在火堆边。

"各位，"我对他们说，"看势头有些不对劲，我们得做好应对。枪准备好了吗？真有可能会出事，咱们最好先把子弹装好。"

"我已准备好了，先生。"乔布拍拍他的柯尔特式手枪说道，"可是利奥先生只带了一把猎刀，不过这刀也挺管用的。"

如果回去取一趟武器，恐怕就来不及了。我们便斗胆向后挪去，三人背靠墙壁坐成一条直线。

刚坐好时，就有一只陶罐传过来，里面装着一种碾碎谷物发酵酿成的液体，虽然闻着没什么讨厌的气味，喝起来却叫人恶心。这种褐色谷物一穗穗长在秆上，不是印第安玉米，也不是南非人熟知的卡菲尔玉米。装液体的罐子看上去有些奇特，埃迈赫贾人拥有成百上千个类似的器皿，下面介绍一下这些多少有些相似的陶罐。大大小小的容器样式都很古老，不可能是这个国家近几百年甚至近几千年制造出的东西，应该都是从山岩里的墓穴中挖出的，至于墓穴以后再做单独介绍。根据我推断，这些东西像埃及的陶罐一样，用来盛装死人内脏，也许早先住在这里的居民与埃及有着某种关联。利奥则认为，这些器皿的作用与伊特鲁里亚人用的双耳陶瓶差不多，用来祭祀死者。这里的罐子多数都有两个手柄，最大的将近3英尺，还有很多尺寸小一些的。罐子的形状也多种多样，但每一款都优美而典雅，全是用优质的黑陶土烧成，表面稍微有点毛，没多少光泽。这些陶土艺术品上还雕刻着优雅的人物画，比我在其他古陶罐上看到的逼真多了。其中有些画表现爱情主题，简单朴素的风格与现代情调截然不同，有些画是少女舞蹈图，还有些画反映的是狩猎场面。比如我们当时用来喝那东西的陶罐上就有一幅非常逼真的狩猎图，画的是一些白人用刺枪追杀一头雄性大象。罐子另一面的图案没有这面精彩，画的是一个人用箭射击羚羊，猎物有点像非洲最大的大羚羊，也有点像一种叫捻的非洲大羚羊。

大家轮流喝这瓶发酵的东西，其实与筵会的真正主题没有任何关系，相对之后发生的一切，这个小小的插曲也不算长。除了陶罐转圈递来递去，剩下的就是往火堆里加燃料，整整一个小时几乎什么事也没有发生。大家沉默地坐着，没人说一句话，只是盯着突突跳跃的火苗和油灯投下的斑驳影子。顺便交代一句，这油灯不是古代的东西。在我们面前离火堆不远处有一张硕大的木盘，带着四个短短的把手，很像屠夫用的盘子，只是中间没有挖空。盘子旁还有一副巨大的长柄钳子，火堆另一边也有一套相同的东西。不知为什么，我讨厌这个盘子的样式，也不喜欢配套的钳子。我静静地凝视着这些器械和围成圆圈的那些暴戾而阴郁的脸，不由感到一阵恐惧，我们已完全被掌握在这帮人手中，自己却一点也不知道他们的真实面目，因此觉得更加可怕。他们或许比我想象的好一些，也有可能比我想象的更坏。不过，恐怕属于后者，我的感觉没错，这个筵席太奇怪了，竟然没有任何吃的东西，只不过是巴米赛德的把戏而已[1]。

后来，我觉得好像喝了催眠药一样。正当迷迷糊糊时，突然有人开始行动，坐在对面的一个男人大喊起来：

"准备吃的肉在哪里呀？"

于是在场的每一个人都把右臂伸向火堆，用一种低沉的语调回答：

"很快就到。"

"是只山羊吗？"先前的男人又问。

"是只没角的山羊，但比山羊更加鲜美，很快就要宰杀。"他们又异口同声地回答，然后大家一起转身用右手抓了一下刺枪，接着又同时放开。

"是头公牛吗？"还是那个男人问。

---

1 巴米赛德：《一千零一夜》中的波斯王子，佯请乞丐赴宴，但不给食物，仅以想象画饼充饥。

"是头没角的公牛，但比公牛更加鲜美，很快就要宰杀。"同样的回答后，又同样地抓了一下刺枪。

接着沉默了一小会，吓得我毛发倒竖，惊恐地发现坐在穆罕默德旁边的女人开始逗弄他，一边心肝宝贝地叫个不停，一边轻轻拍打着他的两颊。同时，她杀气腾腾的双眼不断地上下打量着穆罕默德颤抖的身子。犀利的目光令我胆战心惊，尽管我也说不清为什么，但的确让我们个个觉得恐怖异常，尤其是利奥。那个女人像条蛇一样缠着穆罕默德，这种爱抚明显是某个更大阴谋必不可少的前奏[1]。穆罕默德褐色的脸变成一种病态的惨白。

"可以煮肉了吗？"那个声音急切地问。

"马上就好，马上就好。"

"罐子烧热了吗？"这次变成了尖叫，叫声在空荡荡的岩洞内响起阵阵可怕的回音。

"热了，热了。"

"老天爷呀，我明白了！"利奥叫起来，"别忘了陶片上写着'当地的野人经常将红热的罐子顶在异邦人头上'。"

他正说着，我们还没来得及采取任何行动，甚至都没反应过来是

---

1 我们后来才弄明白，他们之所以这样做是为了假装让被害者感到爱和欣赏，达到抚慰受伤感情的作用，使其最后在欢乐和满足中死去。——路·霍·霍利

怎么回事，就见两个高大凶猛的男人跳起来抓住钳子，塞进火堆中央。前面一直爱抚穆罕默德的女人利索地从腰间抽出一条绳索，猛地套住他的脖子，然后使劲拉紧索子，旁边的男人则抱住了他的两条腿。火堆边的两个男人同时举起钳子，火苗抛得满地都是，从火堆中夹起一个烧得发白的陶罐。刹那间，他们几乎一步就跨到了穆罕默德挣扎的地方。虽然头上有索套，脚又被人紧紧抱着，可他还是像着魔般使劲尖叫着拼命厮打，那两个混蛋的目的因此一时无法得逞。这种可怕的情景简直叫人不可思议，大概正是应了"将红热的陶罐顶在异邦头上"这句话。

我吓得大叫一声，跳了起来，不自觉地就瞄准了那个戏弄穆罕默德的坏女人，她还死死地抱着穆罕默德。"砰"的一声，子弹刚好穿过她的背，当场就一命呜呼。对这一枪，我至今还感到特别解恨。后来得知，为了报复乔布的污辱，她便借着埃迈赫贾的吃人风俗，极力唆使组织了这次屠杀。现在，她已倒地而死，令我吃惊和难过的是，就在她倒下去时，穆罕默德也似乎从痛苦中摆脱，以超人的力量一下蹦得老高，接着便掉在她的尸体上，也死了。原来我射出的子弹竟然打穿两个人，顷刻间击毙了罪恶的谋杀者，也解脱了她的牺牲品，使其免于承受痛苦几百倍的死法。这是一桩可怕的意外，但也是最为仁慈的解脱。

大家惊得目瞪口呆，出现了短暂的安静。埃迈赫贾人以前从来没有听说过火器，其效果着实让他们大开眼界。一会，我们旁边的一个人回过神来，抓住刺枪，瞄准最近的利奥。

"赶快跑！"我大喊一声，率先拔腿拼命朝洞里跑去。如果有可能，我当然更愿意跑去洞口，可是前面堵满了人，从洞口的天际线可以看到洞外围了许多人。所以只好向里面跑去，利奥和乔布紧紧追来，后面还有蜂拥而至的食人族，他们都被那女人的死激怒了。我一跃从穆罕默德衰竭的身体上跳过，脚碰了一下旁边红热的罐子，还能感觉到一定的温度。就着罐子的亮光，我看见穆罕默德的手在微微颤动，还没有完全死去。洞穴的尽头有个高约 3 英尺、宽约 8 英尺的石头台子，上面点着两盏大灯。这东西究竟是专门留下的座位，还是为了挖洞方便砌起的站台，我没有搞清楚，至少当时不知道。后来我们三人都跑到这里，一跃跳到上面，准备让这伙人为我们的生命付出沉重代价。几秒钟后，紧跟在后面的人群也到了台下，我们迅速掉转头面对他们。乔布在左边，利奥居中，我在右面，背后便是那两盏油灯。利奥弯腰向前看看黑压压的人群，在火光和灯光下，一排排长长的影子晃来晃去，即使狂怒的时候，这群刽子手也似斗牛犬一般悄无声息，只有刺枪闪着点点寒光。在洞内还可看见的另一样东西便是那烧红的陶罐，依然在昏暗中发出可憎的红光。利奥眼中闪着一种异样的光芒，英俊的脸冷酷得像座石雕。他右手抓着猎刀，将刀把上的皮带往手腕挪了一下，伸出双臂抱住我。

"再见了，老伙计，"他动情地说，"亲爱的朋友，胜似父亲的亲人，我们不可能战胜这帮混蛋，他们不一会就会结束咱们的生命，然后吃掉我们。永别了，是我害了你们，希望你们能原谅我。再见了，乔布。"

"一切都是命中注定。"我咬紧牙关，已经做好了死的准备。这时，乔布大吼一声，举枪射击，一人应声倒下，但不是他瞄准的对象。一般来说，乔布的射击目标总会安然无恙。

敌人轰地一下冲过来，我也迅猛地朝他们发起进攻，将这帮人阻挡了一阵子。子弹用光时，包括那个女人在内，我和乔布已经撂倒五个，不死也是致命的重伤。可是，敌人又潮水般涌过来，我们根本没时间再装上子弹。他们还以为我们可以一直这样打下去，不要命的精神倒也令人佩服。

一个身材高大的家伙跳上了台子，利奥一刀就要了他的命。我也砍死了一个。可是乔布没刺中，只见那个强壮的埃迈赫贾人拦腰抱住乔布，一起滚下台子去了。就在这时，乔布绑刀的皮带绷断，猎刀掉出来。手柄向下，刀刃在石头台子上竖了起来。这一偶然对他来说，却是太幸运了。滚在下面的埃迈赫贾人刚好撞在刀刃上，当时就被刺穿。乔布后来的情况我也并不是很清楚，在我的印象中，他好像是一动不动地躺在对方尸体上，像美国人说的"装死"一样。我很快又卷入你死我活的争斗中，对付的却是两个恶棍。幸运的是，他们的刺枪都丢在了身后，上帝赐予我的强壮身体第一次派上用武之地。我先前曾用猎刀猛砍一个人的头部，没承想短剑一样又重又大的猎刀用力过猛，锋利的钢刃竟把他的脑壳一直劈开到眼睛处，那人旋即在我的身边倒下，我的刀也跟着掉落。

　　两个混蛋乘机一跃跳到我的面前。他们逼近时，我两手顺势一边抱住一人的腰，于是三人一起摔到台子下面，在石头地上继续翻来滚去。他们本也是非常强壮的男人，但我更是气得发疯。即使是我们这样受过教育的文明人，猛然间被人袭击，尤其是生命受到威胁时，强烈的好战欲望也会油然而生。我的两条胳膊一边夹着一个灰色的恶魔，拼命挤压他们，直到听见肋骨压得喀嚓作响。他们像两条蛇一样扭曲挣扎着，对我又抓又打，但我死也不肯松手。我仰面躺在地上，用他俩的身体挡住上面投下的刺枪。我就这样慢慢地把他们挤得粉碎，有趣的是，我当时竟然想到了远在剑桥文质彬彬的学院院长（他可是和平协会的会员）和我的同事们，如果他们能有千里眼，看到我竟然干出如此血腥的勾当，不知会有何感慨。不一会，这两个人就没多少力气，渐渐停止了挣扎。他们正因呼吸不畅慢慢死去，但他们死得非常缓慢，我还是不敢放手。我知道，如果现在放松钳制，他们还能活得过来。三人一起躺在台子下面的阴暗处，其他野人或许以为我们都死了，谁也没来打搅这场较量。

我躺在那里累得大口喘着气,这时,我掉头看看利奥,他也从台子上下来了,灯光刚好照在他身上,因此我看得比较清楚。他还站着,只是被穷凶极恶的敌人包围起来,他们正欲把利奥打倒在地,好似一群饿狼围着一头小鹿。可他依然鹤立鸡群般高高在上,漂亮的卷发不断前后晃荡,好像在苍白而俊美的脸上戴了顶金黄的王冠。我明白,他正用一种大无畏的勇气与敌人殊死搏斗。只见他抽出猎刀,一下就刺穿了一个野人。敌人与他混在一起,近得都不能使用刺枪了,他们又没有短刀或者棍棒。刺中的人倒了下去,没有看清怎么回事,利奥手中的刀也丢了,现在变成赤手空拳,我以为事情就要见出分晓。可没承想,他又拼命从包围圈中闯出来,手里高高举着刚才杀死的尸体,扔向这帮暴徒,他们愣住了,一下就有五六个人被打倒在地,但是他们很快又从地上爬起来,只有一个人例外,他的头盖骨已被砸得粉碎。这些家伙又紧紧追上利奥,慢慢地围过去,显出一种拼死的力量和决心,这群恶狼终于把勇猛的狮子压在下面。利奥甚至又一次挣脱出来,还用拳头打倒了一个埃迈赫贾人。但是没有任何一个人的力量可以长时间抵抗这么多混蛋,最后他又被摔在石头地上,就像一棵倒下的橡树,所有的人都压在他的身上。他们紧紧抓住他的四肢,又使劲摔下去。

"拿刺枪来。"有人喊道,"用刺枪戳他的喉咙,拿个盆子来接血。"

看到有人拿了一支刺枪跑过去，我吓得闭上眼睛。我现在也觉得虚弱极了，好像生了场致命的大病一样。压在身上的两个人又没有完全死去，我实在没法跳起来去帮助利奥。

突然响起一阵混乱，我不情愿地睁开眼睛，朝乱哄哄的方向望去。尤丝坦姑娘猛地扑到利奥身边，用自己的身体挡住了他，双手紧紧抱住了他的脖子。别人想拉开，她又用双脚钩住利奥的腿，简直就像缠着利奥这棵大树的藤条，怎么也拉不下来。于是这群野人又想法从旁边去刺杀利奥，以免伤着尤丝坦。可她还是想尽办法保护着利奥，因此并没有伤到利奥的要害。

他们后来终于失去了耐心。

"把这狗男女一起刺死。"一个声音响起来，就是先前筵席上提问的可怕嗓音，"也算是他们的结婚典礼，可以永远不分离了。"

然后我便看见那人站直身子使足力气准备刺下去。都能看到凶器的冷冷寒光，我再次痛苦地闭上了眼睛。

就在这一触即发之际，一个如雷贯耳的声音响了起来，余音久久回旋在石洞中：

"住手！"

然后我便不省人事，只觉得自己正一步步走向死亡，头脑一片空白。

第九章　纤纤玉足

再次睁开眼睛时，我已躺在了一张皮席子上，就在那次筵席时围坐的火堆不远处。旁边躺着利奥，仍然处在昏迷状态，他的身边是个子高高的尤丝坦姑娘，正拿冷水清洗他肋部的刺枪伤口，然后用亚麻布包起来。乔布斜靠在她旁边的洞壁上，除了擦破点皮，看样子没受什么大伤，不过还在瑟瑟发抖。火堆另一面，横七竖八地倒着不久前我们在残酷的自卫战中击毙的尸体，好像是累得精疲力竭倒地睡熟一样，我数了一下，包括那女人在内共 12 人，穆罕默德的尸体放在这群人的末端，是我亲手打死了他，肋骨上的枪口清晰可见，烧过的陶罐也仍然躺在他旁边。左边有些人正忙着将食人暴徒中的残存者两手反绑起来，然后又两两绑在一道。这些满脸冷漠的恶棍已经默默地向命运投降，但他们阴沉的双眼中依然闪着愤怒的火花。在囚徒前面发号施令的当然只能是我们的老朋友比拉利，他看上去有些疲劳，随风飘动的长髯为他平添了几分威严。他冷酷而漫不经心的样子，似乎正在指挥着杀死一头小牛犊。

不一会，他掉头时发现我坐了起来，便走过来非常客气地说，相信我一定感觉好多了。我只说，现在觉得浑身疼痛，其他还不知道。

他又弯下腰检查了一下利奥的伤口。

"这一枪刺得不轻，"他说，"不过，还没伤着内脏，他可以康复。"

"感谢您及时回来，亲爱的父亲，"我回答道，"要是再晚一会，我们就永远不可能康复。您的这些魔鬼会杀了我们，就像宰杀我们的仆人一样。"我向他指了一下穆罕默德。

老人气得牙齿咯咯响，眼中闪过恶毒的一瞥。

"别害怕，我的孩子。"他回答，"他们会受到最狠毒的惩罚，一般人听都没听过。他们将被送去'她'那里，她的报复同她的声望一样不同寻常，那个人，"他指了一下穆罕默德，"实话跟你说，他死得可要比这些恶狗们舒服多了，恐怕他们没这么便宜。孩子，告诉我，究竟是怎么回事。"

我简单地向他说了一下事情的来龙去脉。

"啊，是这样。"他说，"孩子，你不知道，当地有种风俗，陌生人来到我们国家时，他就有可能会被'陶罐'杀死再吃掉。"

"这种待客之道真是颠倒黑白，反客为主，"我用微弱的声音答道，"在我们国家，人们用自己的食物招待客人，而你们却要吃掉客人，用客人来招待你们。"

"这只是一种风俗。"他耸耸肩，"其实我也认为这是一种陋俗。再说，"他想了想又说，"我也不喜欢陌生人的味道，尤其是刚刚穿过沼泽、又吃过水鸟的人。'至高无上的她'传来命令赦免你们时没提到那个黑人，因此这伙久未吃人的髭狗便对他垂涎欲滴。正是那个死有余辜的女人，向他们提起了用'热陶罐'对付他的主意。反正，他们会得到应有的惩罚。与其在盛怒的'她'面前受刑，还不如压根就没来过这个世界。死在你们手里的这些家伙应该感到满足了。"

他继续说，"你们打了个漂亮仗。你这只长臂老狒狒，听说竟然把那两个躺在地上的家伙肋骨给夹断了？好像他们只是鸡蛋壳而已。还有那头年轻的狮子，他也打得非常精彩，一个人对付多人，其中三个已彻底死去，那个，"他指了指一个还在微微颤动的尸首，"也活不了多久，他的头盖骨已经裂开。被绑起来的人也有很多受伤了。你们打得真勇猛，我就喜欢这种你死我活的厮杀，咱们从此就是好朋友了。孩子，你的脸上长满了毛发，看起来太像一只狒狒。现在，

130

亲爱的狒狒，给我讲讲，你是怎么在这些人身上弄了个洞就把他们杀死的？他们说你先发出一声巨响，然后便杀死了那些人，他们是听到声音就倒地吗？"

我觉得自己很虚弱，但也只好勉强支撑，实在不敢得罪这位大权在握的长者。我尽量用简短的语言解释了火药的性质，可他还兴致勃勃地建议我再在暴徒身上做个试验。他说，这些人的生命没什么价值，在他们身上开枪不仅可以使他大开眼界，还可以立即为我自己报仇。我告诉他，按照我们的习惯，自己不能随意惩罚做错事的人，只有法律和上帝才有权利惩处罪犯，这着实叫他大为震惊，他从没听说过什么上帝。后来，我又补充了一句，等身体恢复后，我就带他一起去打猎，他也可以亲手打死猎物。听了我的许诺，他竟像将要得到新玩具的小孩一般，高兴得眉飞色舞。

我们还有一点白兰地，乔布在利奥的喉咙上灌下去一点。在其刺激下，利奥终于睁开眼睛，我们的谈话便暂时停下来。

利奥现在非常虚弱，还处在半昏迷状态，乔布和尤丝坦轻轻地把他抱到床上。如果她没什么意见，我真想吻一下这位勇敢的姑娘，感谢她冒着生命危险救下我的孩子。可尤丝坦毕竟是位年轻姑娘，我还是克制住了自己的冲动。万一引起什么误会，可就显得有些鲁莽了。虽然是遍体鳞伤，可我的心中第一次有了踏实的感觉，我悄悄地回到那间坟墓般的小卧室。睡觉前，我没忘做一番祈祷，从心底里感谢上帝，这里并没有成为我真正的葬身之地。经过一系列的事端，我能得以平安归来，完全是上苍的庇护，上帝永远与我同在。在这可怕的一天中，我们几近死亡，却又死里逃生，没几个人能像我们一样幸运。

哪怕再好的环境，我也经常会睡不好觉。那天晚上好不容易睡着，却没能做个好梦。穆罕默德痛苦地躲闪红热陶罐的情景一直萦绕在我的脑海。后来似乎又添加了一个用布遮起来的东西，也是挥之不去。时不时掀开一下盖布，原来是个青春貌美的可爱女子，一会又变成一个龇牙咧嘴的白骨骷髅，朦胧间吟唱着神秘而荒唐的句子：

活着的人知道死亡，死了的人却永远与死亡无缘，在生死轮回的圈子里，没有所谓的生，也没有所谓的死。相信吧，所有生命都是永恒，只不过有时会睡着，一时被人遗忘而已。

终于熬到天亮时，我才发现自己全身酸痛，动弹不得。七点钟时，乔布一瘸一拐地过来，圆脸上青一块紫一块，活像一颗烂苹果。他告诉我，利奥睡得很好，但身体还很虚弱。两个小时后，比拉利也过来了，手里还提着一盏灯，高大的个头几乎碰到了小屋的房顶。乔布叫他"比利羊"，意思是公山羊，他的白胡子很像山羊胡子，表示"雄性"的"比利"

一词也与他的名字有几分相似[1]，有时乔布干脆直接叫他"比利"，显得更加亲切。他进来时，我故意装着还没有醒，透过上下眼皮间的小缝，我偷偷观察着老人家那张幽默而不失英俊的脸庞。他一边用犀利的双眼注视着我，一边捋着他的美丽的白胡子。顺便说说，要是在伦敦，任何理发师都会希望用他的胡子做广告，愿意每年支付一百英镑费用。

"啊，"我听见他开始嘀咕，比拉利有自言自语的习惯，"他可真丑，与另一个的漂亮刚好形成对比，太像一只狒狒了。这名字不错，我喜欢这个人。真奇怪，在我这年龄竟然还会欣赏一个男人。那句格言是怎么说的？'不要相信任何男人，杀掉那些你最不相信的家伙。离开所有的女人，没有一个是好东西，否则最终只能毁在她们手里。'这句话说得好，尤其是后半部分，一定是句古训。不管怎么说，我还是喜欢这只狒狒，他从哪里学来讨人喜欢的本事？相信他不会被'她'迷住。可怜的狒狒！打了那一仗，一定是累坏了。我得走开点，要不会吵醒他。"

等他转过身，轻轻地踮着脚尖快走到门口时，我才从后面喊了一声：

"父亲，是你吗？"

"是的，孩子，是我。不打扰了，我只是来看看情况，顺便告诉你一声，我的狒狒，那些企图杀害你们的混蛋已经远在去'她'那儿的路上。'她'

1　公山羊的英文为 Billy-goat，比拉利的名字是 Billali。

还说你们也应尽快去'她'那儿，但我担心你们现在太虚弱。"

"的确还不行，"我说，"好一点再去吧。父亲，我求求你了，让我见点光明，我不喜欢这个地方。"

"这里是不太好，"他回答，"有种悲凉的感觉。小时候，我曾看见一个美丽的女人睡在你躺着的地方，对，就是这张床。她实在太美了，我经常提着一盏灯偷偷来这里看她。如果不是那双冰凉的手，我几乎认为她是睡着了，总有一天会醒过来。她穿着白色的长袍，美丽的脸庞泰然自若。她也是白人，金黄的头发几乎长及脚踝。在'她'居住的地区有许多坟墓，里面有许多这样安详的美人，我不知道他们是用什么方法保存了爱人的身体，虽然死神已夺去了性命，可她们的尸体却不会腐烂。我天天来这里，一次又一次凝视着她的脸庞。别笑我，陌生人，我那时也只不过是个傻小子。后来，我深深爱上了这个已经逝去的形体，一个曾经承载生命的美丽躯壳。我轻轻地趴在她身边，吻着她冰冷的脸颊。想象着自从她放在这里，又有多少人经历了生生死死，有谁曾在过去的岁月里爱抚过她，拥抱过她。亲爱的狒狒，其实我从她那里学到了不少智慧，我明白了生命的渺小、死亡的永恒。天底下所有的东西其实都在经历着相同的道路，一切都最终被永恒遗忘。我就这样一个人静静地沉思，仿佛这些意念都是从那死去女人的血管里流进我的身体。有一天,细心而脾气急躁的母亲发现了我的反常，跟踪我看到了这个美丽的白色尤物，她很担心我会因此着迷。事实上，我早就被她迷住了。所以，她又气又急，把那个死去的女人立在墙上，拿来油灯，点着她的头发就烧。这些保存起来的干尸总是很容易燃烧，不一会，就几乎烧到了脚。"

"孩子，你看看，她烧着时的黑烟冒到了房顶，现在还黑着呢。"

我疑惑地向上望了望，在这间停尸房的顶上的确有一摊黑乎乎油腻腻的痕迹，三英尺多长呢。毫无疑问，经过这么多年，墙壁上的印子已经全被擦去，只有顶上的痕迹还保留着。

"她被烧掉了，"他似乎还沉浸在过去的回忆中，"差点连脚也一起毁了，好在我返回来挽救了她的脚。我把烧焦的骨头从上面砍去，然后用一块亚麻布包起来，藏在这张床下。从此之后，我再也没进过这间房，今天是头一次。我仍然清楚记得这一切，好似发生在昨天一样。如果没人发现，应该还在那里，或许就在此刻的你的下面。等等，让我来找一下。"说着，比拉利就跪在地上，用他长长的胳膊在石床下摸索起来。不一会，他的脸上便露出了欣慰的笑容，高兴地叫出了声，从里面拉出一个落满灰尘的东西。他先在地上抖抖尘土，又解开外面裹着的破布，里面的东西让我大开眼界：一只小巧美丽的女人白脚，色泽鲜艳，栩栩如生，看起来简直就像昨天放进去一样。

"狒狒，你看，"他的声音显得有些凄凉，"我对你没说半句假话，还真的留下了一只脚。孩子，带上吧，仔细看看。"

我捧着这一小块冰凉的亡人残骸，在灯光下仔细地观赏起来。当时的心情极为复杂，既有惊异又有恐惧，还有欣羡，各种情感混合在一起，难以形容。这只纤纤玉足很轻很轻，要比长在活人身上时轻多了，还散发出一种淡淡的香味。看上去质感依然鲜活，一点都没有萎缩，也没有起皱。埃及木乃伊总是变得又黑又难看，而这只小脚却完全不一样，丰满如故，美丽依旧。除了有一点烧焦的痕迹，依然像刚死时一样完美，真是一个香料处理尸体的成功典范。

一只美丽的纤纤玉足！我把这只在下面躺了许多年的小脚放在石床上，不由得浮想联翩。在盛极一时的远古文明时代，这只纤纤玉足曾支撑着怎样的一个美丽女子，伴她走过壮丽而美好的一生，从快乐的童年到含苞待放的少女，最后变成一个完美的女人。她细碎的脚步曾走过怎样的人生之路，身后留下了怎样的回响？生命结束时，她又是以怎样的勇气踏上尘埃遍布的死亡之路？深夜，当黑奴在大理石地板上熟睡时，细小的脚步迈向谁的身边，谁曾期待过飘然而至的轻音？玲珑美丽的小脚！也许正是因为这小脚，胜利归来的勇士才拜倒在女人的石榴裙下；也许还是这双珠圆玉润的小脚，曾留下多少王宫贵族的亲吻。

我把这份遗物又用古旧的亚麻布包起来。这块布也有烧过的痕迹，一定是女人葬衣的一部分。然后藏在我的旅行箱里，又是一个奇特的栖身之地。后来，比拉利便扶着我去看望利奥。也许是由于皮肤太白嫩，他的身上青一块紫一块，外伤甚至比我还多。他肋骨处的伤口出血太多，现在还非常虚弱。唯一值得欣慰的是，他开口说想吃早餐。乔布和尤丝坦把他抱到专门取来的轿子底座上，或者干脆叫作一块大帆布更合适，上面的杆子架子都拆掉了。比拉利帮着他们一起把利奥抬到洞口的一个阴凉处，前一晚上大屠杀的所有痕迹都已被打扫得干干净净。我们吃了早餐后，整个白天都待在这里。此后两天，我们的大部分时间也在此度过。

　　第三天早晨，我和乔布就基本恢复。利奥也好多了，我同意了比拉利多次提出的要求，答应很快动身去克尔，听说那里就是神秘的"她"居住的地方。利奥身上刚刚结痂，我很担心颠簸的旅程又会把伤口震裂。如果不是比拉利急着出发，我不会答应这么快就动身。看样子，要是不能及时起程，或许会带来危险和灾难，否则比拉利也不会催得这么紧。

第十章 沼地冥想

决定动身不到一个小时，就有五顶轿子等在洞口，每顶配有四名轿夫和两名替补，此外还有五十名佩戴武器的埃迈赫贾人，兼做护卫和挑夫。其中的三顶轿子当然是为我们准备的。一顶给比拉利，听到他能陪同前往，我觉得放心多了。另一顶估计是给尤丝坦用。

"姑娘也和我们一起去吗？父亲？"我问比拉利，他正在检查临行前的准备。

他耸耸肩回答：

"只要她自己想去。在我们国家里，女人总是为所欲为。我们崇拜她们，呵护她们，因为没有女人，世界便不能延续，她们是生命的源泉。"

"哦，是这样。"我可从来没想这么多。

"我们纵容她们，"他继续说，"直到最后忍无可忍，在每一代的儿孙辈中总有些被惯坏的女人。"

"那你们怎么办呢？"我好奇地问。

"那时，"他的脸上带着一丝淡淡的笑容，"我们就会起来反抗，杀死一个老女人给年轻的瞧，叫她们明白男人才最强壮。三年前我可怜的妻子就这样被杀死，这件事真叫人有点伤心。不过，孩子，说句实话，我的日子却从此好多了。在我这样的年龄，没有年轻女人敢对我胡来。"

我引用了一句政治家的名言来回答他，埃迈赫贾人还不知道其中的哲理。

"你已是位高权重之人，所向无敌，却也少了一份牵制。"

我认为自己已经用阿拉伯语翻译出其中隐含的所有真意，但他还是一下没能理解这个有点含混的句子，等他领悟时，才觉得妙在其中。

"说得太对了，我的狒狒，"他说，"我现在明白了。但是所有'牵制'的人都已被杀死，至少很多人被杀死，这就是为什么当地老妇人很少的缘故。哎，她们也是自作自受。对这个姑娘来说，"他继续道，"我不知道该怎么说才好，她是个勇敢的好姑娘，真心爱着狮子，还救过他的命。你也看得出，她是一步也离不开狮子。再说，按照我们的风俗，她也算是嫁给了狮子，有权跟着他去任何地方。除非，"他意味深长地加了一句，"'她'说不行，任何权利都得服从她的命令。"

"如果'她'命令尤丝坦必须离开利奥，而姑娘又不愿意呢？"

他耸耸肩说道："倘若狂风要吹弯树枝，树木挺而不从，结果如何？"

还没等我回答，他就径直走向自己的轿子，十分钟后，我们已经上路了。

我们在火山灰形成的杯底平地上大约走了一个小时后，又花了半小时爬上对面的小山岗。山那边的景色非常优美，展现在面前的是一块绿草如茵的坡地，平整的坡面上间或点缀着丛生的灌木。斜坡下面不到十英里的地方，便是依稀可见的沼泽，上方笼罩着一团团瘴气，好像污染城市上空的黑烟。下坡时，轿夫们轻松多了，不一会，就到了荒凉的沼泽地边缘。停下来吃过中饭后，我们又沿着一条迂回曲折的小路前进，一头钻进泥沼中。对于没走惯沼泽的人来说，小路一会就变得模糊不清，与水鸟和水栖动物的足迹混淆成一片，再也分不出哪儿才是要走的路。挑夫在这一天中究竟怎么辨路，我始终没有弄明白。只见两个拿着长棍子的人走在队伍前面，不时用手中的棍子捅一捅前面的小路。说来也怪，沼泽地里土壤的性质不断变化，一个月前可以安全通过的地方，一个月后就完全有可能吞噬行人。在我看来，最为可怕、最令人沮丧的情景已出现在面前。除了一望无际的泥潭，便是一望无际的沼泽，偶尔几条绿色的带子和几潭死水，便算是这水泽里的风景。绿带子是较硬地面上长出的点点绿草,死水坑里除了多得数不清的麻鸦,只有呱呱叫着的青蛙,边上则是高高的灯芯草。方圆几百里都是这样的惨境,再几百里还是一样的光景,只有一团团燠热的瘴气挡住我们的视线。在茫茫水泽国,只有水鸟和以水鸟为食的动物才能生存,两者都多得不计其数。成群结队的水鸟围绕着我们,其中有野鹅、苍鹭、野鸭、水鸭、黑鸭、水鹬和凤头麦鸡,此外还有不认识的许多种类,所有动物都一点也不怕人,几乎可以用棍子打下来。在这些水鸟中,最美的要数一种羽毛鲜艳的水鹬,大小与山鹬差不多,飞行速度也与山鹬相仿,比英国水鹬快多了。池塘里生活着一种小鳄鱼,或者叫大蜥蜴,比拉利告诉我,它们也以水鸟为食。此外,水潭里还有大量的有毒黑色水蛇,虽然没有眼镜蛇或鼓腹巨蝰毒性强,但被咬了也很危险。此地的牛蛙个头很大,叫声也异常高亢。蚊子叮起人来简直比河边的还要狠,让我们吃了不少苦头,乔布称其为"巨蚊"。然而,沼泽地上最让人受不了的却是腐烂草木发出的臭气,再加上水中蒸腾起来的瘴气一道形成我们必须呼吸的气体,简直叫人难以忍受。

我们就这样跋涉在沼泽湿地中,直到惨淡的太阳落山,天变黑时,才来到了一块方圆 2 英亩的高地,这干地可真是荒野泥泞中的一个宝贵避难所,比拉利宣布,我们在此宿营。说是宿营,其实也相当简单,用干苇叶和随身带来的木头生一堆火,然后围着火堆坐下,就算安顿好了。在这种低洼地区，总是既潮湿又闷热，但我们还是尽量做了一顿可口的晚餐。为了抵御沼泽地里难闻的气味，我们便一边抽烟一边吃饭，胃口也不错，奇怪的是，偶尔还会有一丝凉气。虽然天气这么热，大家还是尽量靠近火堆，因为我们发现蚊子不喜欢烟气。大家随后便蜷缩在毯子里准备睡觉。暂且不提别的不适，几百只水鹬盘旋在头顶，发出刺耳的尖叫，再加上呱呱乱叫的牛蛙，让我根本无法入睡。掉头看看身边的利奥，他已经睡着，脸上有些潮红，真叫我担心。在摇曳的火光中，我看到了尤丝坦，她在利奥的另一边，不时用胳膊肘撑着爬起来关切地看看利奥。

　　然而，我却无能为力，什么也帮不了他。我们已经吃了很多奎宁片，这是唯一可以采取的措施。我只能躺在那里看着千千万万颗星星渐次登上天幕，直到浩渺的苍穹布满点点亮光，每颗星星就是一个世界！多么壮丽的天空，与其相比，人类显得何等渺小！万能的上帝在星球间穿越，人类便是他的作品，演绎着神的宗旨。倘若人类企图追随神的足迹，甚至打算征服无垠的宇宙，便注定要失败。不一会，我就觉得疲惫不堪，于是放弃了这些想法。它们太深奥，不是人力所及。知识属于强者，而我们注定只能当弱者。如果渴求太多的智慧，就有可能使原本微弱的洞察力更加迟钝；倘若贪图太多的力量，则有可能把我们压垮，将原本孱弱的理智击毙，最终湮没在虚无之中。人们用自己昏花的双眼顽强探索已久，可是又从大自然的书本中获得了什么？结果只不过是怀疑造物主的存在，甚至一切自己无法理解的疑惑的存在。真理永远蒙着一层神秘的面纱，正如我们总是无法看清火红的太阳，我们也永远无法仰视真理灿烂夺目的美丽光环。完美的知识并不是普通人所能掌握，虽然有人极力思索，事实上他仍然多么渺小。我们的头脑太有限，上帝虽然无言，却超过我们千万倍。倘若把指引日月星辰运转的智慧，推动天地万物运行的神力，统统装入我们的头脑身体，岂不被压得粉碎？他时他地，也许情况并非如此？可是谁又能说得清？我们只能看到受苦受难的芸芸众生，在命运之神吹起的希望肥皂泡中奔波辛劳，他们将其称为快乐。如果快乐的泡沫能在人们的手中稍做停留，便是幸福。希望的泡沫终于破灭时，生命也就到了尽头，卑微的灵魂不知又将走向何方。

　　我躺在地面，头上是永恒的星辰。看到沼泽地里产生的明亮气团正调皮地滚来滚去，有的飘在空中，有的则始终不愿离开地面。好像分别代表了人类的今天和其潜在的变化。主宰生命的上帝向人类发出命令，人类又将相同的符号施加于这些气团。

　　那天晚上，诸如此类的问题不断涌现在我的脑海中。这些念头总是来折磨人类，我之所以说折磨，哎，实在是因为人类思考越多，便越发感到思想的无助。在静默而无垠的宇宙中，我们这点小小的呐喊又能算得了什么？难道我们混沌的智慧能够探索繁星闪烁的夜空的秘密？难道苍穹能给出什么答案？当然不会，天际间，只有我们那微弱的呼声在回荡，还有这永恒不变的天幕。但我相信只要超越了死亡的地平线，就会有答案，忠实的信仰会给我们完美的答案。如果不相信基督，我们的精神便会死去。只有忠于上帝，我们才可能进入美丽的天堂。

虽然累得快要散架，我还是怎么也睡不着。又开始思忖着这次探险，真是有些荒诞，然而我们的遭遇却又似乎与多年前写在陶片上的故事不谋而合！这位生活在古代文明废墟中的女王究竟是怎样的一个奇异女子，就连她的臣民也是那么非同寻常。能使人长生不老的生命之火到底是怎么回事？难道真的存在所谓的生命精华或类似的液体？可以增强血肉之躯的抵抗力，从而使其年复一年地抵御岁月的侵蚀？虽说可能性极小，但并非完全不可能。也许诚如不幸的文西所言，生命的无限延续其实并不比短暂的生存更加叫人不可思议，甚至比生命的诞生还要普遍。如果真有生命精华，那么又在何方？能掌握其秘密的人无疑可以统治整个世界。他可以攫取无数的财富，集中世界上所有的权力，凝聚强大的智慧，他的一生就可以精通全部的艺术或科学。倘若事实果真如此，如若"她"真是长生不老，所有的权力、财富和智慧都唾手可得，她又怎么会心甘情愿长年与食人族为伴，生活在昏暗的洞穴之中？这便是问题的症结所在，我从来就没相信过这回事。此事本身有些怪诞，或许只是当时人们的一种迷信而已。不管怎么说，我是决不会去追求什么不死的生命。在我这四十年的人生旅程中，已经历了太多的痛苦和失望，还有多少难言的伤心，因此实在不希望这种日子还会无限延续。不过，话说回来，我这半辈子也不算过得太差。

最后，我的思绪又回到了目前正在进行的事业，估计不久就会夭折，无限延长的可能性很小。再后来，总算睡着了，如果曾有过类似的经历，任何读这个故事的人都会为我感到庆幸。

等我再次醒来时，天快要亮了。护卫和脚夫们开始出发前的准备，透过浓浓的晨雾看去，他们好像是来回走动的幽灵。火堆早就悄悄熄灭，我坐起来伸伸懒腰，在黎明的清冷中，不由全身上下打了个寒战。回头看看利奥，他也坐了起来，双手抱着脑袋，面色潮红，双眼发亮，眼珠却还有些发黄。

"喂，利奥，"我问道，"感觉如何？"

"好像快要死了，"他的声音有些嘶哑，"我的头马上就要裂了，全身都在发抖，而且还恶心得要命。"

利奥得了严重的疟疾！我不觉尖叫了一声，否则自己也要晕倒。然后我就朝乔布那边走去，打算找他要些奎宁片，幸运的是，这种药还有不少。没承想乔布的情况也好不到哪儿去，正抱怨脊背剧痛，头晕眼花，几乎连自己也照顾不了。在当时的情况下，我唯一能做的就是给他们每人吃了十多粒奎宁片，自己也吃了几粒，预防感染。然后，我就去找比拉利，如实汇报了他俩的情况后，征求一下他的意见，看看眼下如何是好。他和我一起过来看了下利奥和乔布。顺便说说，由于乔布比较胖，圆圆的脸上又长着一双小小的眼睛，所以比拉利戏称他为猪猡。

走到他们听不见的位置时，比拉利对我说："哎，这是热病！估计不会有错！狮子的病情较重，好在他身强力壮，应该不会危及生命。猪猡感染得较轻，当地人称之为'小热病'，初期症状便是整个脊背疼痛，好在他比较胖，想必可以扛得住。"

"他们还能继续赶路吗？父亲？"我又问道。

"孩子，不仅要走，而且一定要走出沼泽，否则只有死路一条。再说，他们坐在轿子里也会比待在地面好一点。如果路途顺利，我们今天晚上就可以通过沼泽地，到达空气较好的地方。来吧，把他们抱到轿子里去，站在晨雾中不活动很危险。早餐就在路上吃吧。"

一切听从他的吩咐，我又一次怀着沉重的心情踏上了特殊的旅程。开始时，我们一直走得比较顺利，基本按计划行进。没承想三个小时后却发生了一起意外，差点让我们失去可敬的朋友比拉利的陪伴。我们当时正穿过一片危险的湿地，他的轿子一直走在最前面，轿夫们有时都会被沼泽淹没膝盖。虽说旁边的两名替补轿夫此时也一起帮忙，可他们能抬着沉重的轿子穿过如此艰难的湿地，还是叫我觉得真不容易。

我们就这样跌跌撞撞地艰难前行，突然间，传来一声尖叫，接着一片惊呼，最后听到扑通掉入水中的巨大响声。我们的整个队伍都停下来。

我赶快从轿中跳出来跑过去。前面20码处便是一个死水塘，我们行进的小路就在池边最高处，这里刚好遇上一个陡坡。朝池中看去，令我惊恐的是，比拉利的轿子竟浮在水中，他本人不见了踪影。为了让读者不至于糊涂，我先解释一下事情的原委吧。比拉利的一个轿夫不小心踩中了一条晒太阳的蛇，蛇咬了他的脚踝，这时，他不由自主地松开了轿杆，摔倒在岸边，眼看就要掉进池子，他便抓住轿子想爬起来。结果可想而知，轿子被拉到池塘边缘时，轿夫们已无法控制，比拉利便与那个被蛇咬的轿夫一道滚入臭水坑。等我赶到水坑时，已经一个人也看不见。那个不幸的轿夫从此再也没有露过面，有可能是他的头刚好撞上了什么硬东西，也有可能陷入稀泥动不了，还有可能是蛇毒使他失去知觉。不管什么原因，反正他完全消失了。虽然我们也看不到比拉利，但浮在水面的轿子便说明了他的下落，他被帘子和轿底的帆布缠住，正在里面扑腾。

"他在那儿，我们的父亲在那边！"其中的一个人喊道，然而却连一个手指头也没有伸出去搭救，其他人也全都站在那里盯着水中看热闹，一动不动。

"滚开点，你们这帮畜生！"我用英语骂了一句，便丢掉帽子，跑过去纵身跳入黏糊糊的臭水坑，只游了几下便到了比拉利挣扎的帘子边。

我也记不清当时怎么才把他救出，只记得最后设法解开了缠在他身上的布条时，他整个脑袋都染上一层绿色的黏液，就像用常春藤叶子染成黄绿色的酒神巴斯克一样，终于露出水面。剩下的事就简单了，比拉利是个聪明人，并不像平常落水的人一样死死抓住我不放。我拉着他的胳膊游向岸边，通过稀泥时，我们走得相当吃力。我俩到了岸边的时候，都脏得不成人样，在我一生中都是仅有的一糟。比拉利超人般的威严仪态给我留下了终生难忘的印象。他当时虽被淹得半死，不停咳嗽，全身上下都是泥水和绿色黏液，漂亮的胡子也被滤在一起，还不断滴着水，活像一条抹了油的大辫子，但他看上去依然神情庄重，仪态威严。

"你们这群混账！"他刚能开口说话，就破口大骂那些轿夫，"丢下我不管了，让自己的父亲淹死。如果不是这位陌生人，我的孩子狒狒，我早就被淹死了。哼，我不会饶了你们。"说着他用水都没干的眼睛瞪了他们一眼，虽然这帮人竭力装出一副满不在乎的样子，不过我能看得出他们心里的不快。

"对于你来说，我的孩子，"老人说着转过头来，抓着我的手，"在今后的日子里，不管遇到什么事情，我都是你可以信赖的朋友。你救了我的命，只要有机会，我一定会回报你。"

接着，我们便尽量把自己收拾得干净一些，然后又捞出轿子继续前进，只是少了那个淹死的轿夫。不知道恰好是他人缘不好，还是他们天生冷漠自私，除了必须代替他抬轿子的新轿夫，几乎没有第二个人为他的死感到难过。

第十一章 克尔平原

　　太阳落山前一个小时，我们终于走到了沼泽边缘，真是谢天谢地，眼前出现一片跌宕起伏的丘陵地带。还没翻过第一座山冈，我们就停下来过夜。我的头等大事是检查利奥的状况。病情比早上更加严重了，而且又出现了一种新的危险症状——呕吐，直到第二天天亮还没有止住。我那天晚上连一个小时也没睡，一直帮尤丝坦照顾病人。她可是我所见过的最和蔼可亲最不知疲倦的看护，整个晚上都在伺候利奥和乔布。好在这里的气候温暖宜人，而且不太热，蚊子也少多了。我们的高度远在沼泽上面，脚下就像笼罩在城市上空的大烟池，湿地中不断升起一团团浓密的烟雾。相对来说，现在的环境好多了。

天亮时，利奥有些神志不清，说自己头疼得好像要被劈成几瓣。我伤心极了，开始担心这场热病的结局。天哪，我已不止一次听过这种病的可怕后果。正当我胡思乱想时，比拉利过来说，必须马上出发。在他看来，利奥还没有到达安全地带。再过十二小时，如果仍然不能得到适当的照顾，他的死也就是一两天的事情。我唯一能做的就是同意他，于是我们便把利奥抱上轿子出发了。尤丝坦走在他的旁边赶蚊子，同时看着不让他从轿里掉下来。

太阳出来不到半小时，我们就爬上山顶，一片宜人的美景映入眼帘。脚下是一片青翠欲滴的草地，还有可爱的树木，美丽的鲜花。再远一点，大约 18 英里外的地方，平原上骤然升起一座壮丽的山峰。离山脚近的地方看起来像草坡，500 英里高度处变成光秃秃的悬崖峭壁，有1200—1500 英尺高。山顶呈圆形，看样子本是一座火山。山体一定非常庞大，现在只能看到圆形的一小部分，具体尺码一时难以估测。后来发现，其占地面积不少于 50 平方英里。这座巨大的天然城堡豪华壮观，在空荡荡的平原上拔地而起，我有生以来第一次见到如此雄伟壮观的景象，恐怕以后也难得一见。大山的傲然独立更为其增加一份庄严肃穆，陡峭的山岩直插云霄，亲吻天幕。朵朵白云围绕着大山，恰似团团羊毛裹住了宽阔的城堡和坚固的城墙。

坐在摇摇晃晃的轿子里，我透过平原盯着这令人心动的景色发呆。

大概是比拉利注意到了我的痴迷，他的轿子赶上来与我并排走着。

"注意看，前面就是'至高无上的她'的王宫！"他说，"哪个女王能拥有如此壮丽的宝座？"

"父亲，的确太壮观了。"我回答，"但是我们怎么才能进去呢？那些悬崖峭壁看着很难爬上去。"

"狒狒，你是个聪明人，看看我们脚下的路，相信你会有所领悟。看出了什么门道？跟我说说吧。"

我低头看看，虽然上面覆盖着一层草皮，但隐约可以看出这是一条大路，直通山底。道路的两边都有高出路面的堤，虽说时有中断，但总的来说还在延续下去。我实在弄不明白这些堤究竟是用来干什么的，筑路的人似乎特别奇怪。

"父亲，"我说，"我看这是一条大路，否则就是河床，再要么，"我注意到河床呈笔直形状，又加了一句，"就是一条运河。"

昨天掉进水里的事，似乎对比拉利没什么影响，他依旧很有风度地点点头，回答道：

"你猜对了，孩子。的确是早先居住在这里的人们为了引流湖水，挖出的一条人工河，我有充分的证据。前面那座大山，也就是我们的目的地，山顶的岩石圈在很久以前是一个巨大的湖泊，可是先前的居民却用某种神奇的方法，在坚硬的岩石上掘出一条小道，一直通往湖底，把湖里的水引了出去。他们先在平原上挖出你看到的河道。湖里的水放出来后，便从这些专门修好的河道中汹涌而下，最后穿过平原，甚至溢出高起的堤坝，一直流到堤坝边上的低地，也许便形成了我们经过的沼泽。等到湖里的水干涸后，他们便在湖底建造了一座伟大的城邦，不过，现在除了留下克尔这个名字，城邦实际上只有一片废墟。他们后来又在里面凿出了不少岩洞及相互连通的过道，一会就可以看见。”

"这也有可能，"我回答，"可是，倘若此话无假，难道天上的雨水和湖里的泉水就不会再重新蓄起来？"

"不会的，孩子，那些人聪明着呢，他们在上面留了排水沟。你看到右边的那条河流了吗？"他向我指了指一条蜿蜒穿过平原的大河，河面很宽阔，大约离我们有 4 英里。又接着说："那就是排水沟穿过山体一直流下来的大河。或许很久以前排出来的水就是从我们现在走的人工河床里流淌，后来他们又改了河道，留下这条河槽当大路来使用。"

"除了排水沟，再没有其他可以进山的路吗？"

"还有一个人口，"他回答，"勉强可以容得下人和牲口步行，不过，那可是条秘密通道，也许给你一个月也找不到。这条路一年只用一次，山坡上和平原里的牛犊喂肥时，便从这条小路赶进去。"

"'她'总是住在里面吗？还是偶尔会走出大山？"我问道。

"是的，她从不出来。她在何方？她在那里。"

现在，我们已到了广阔的大平原上，我兴奋地观赏着美丽的亚热带风景，树木茂盛，鲜花遍地。这里的树大部分一棵棵单独生长，最多也是三四棵长成一簇。基本属于常绿栎属树种，长得高大挺拔。此外还有100英尺高的棕榈树，我平生见过的最高最美的桫椤树，树上停着好多的宝石般亮晶晶的蜜雀和好看的大翅膀蝴蝶。大至犀牛，小至野兔，这里几乎什么样的猎物都有，或游走在高大的林子里，或蹲坐在毛茸茸的长叶子草丛中。我看到的有犀牛、水牛、大羚羊、斑驴，还有羊类中最美的黑貂羚羊，更别说各种各样的小动物。另外还有三只鸵鸟，看见我们过来时，便像一团白云在大风中倏忽飘过。看到这么多的动物，我再也抑制不住内心的冲动。我在轿中随身携带了一支马提尼牌快枪，闷在"快递专车"一样的轿子里实在叫我难受，看到一只漂亮的肥羚羊在橡树下蹭痒痒，我再也按捺不住，一跳冲出轿子，悄悄地靠上前去。到了大约80码远时，羚羊发觉了我，掉头看了我一眼便准备逃走。我连忙举起枪，羚羊正侧身对着我，因此我选择瞄准肚子到肩胛之间，紧接着就扣动了扳机。大羚羊只是蹦了一下，就倒地而死。在我大大小小的打猎生涯中，还从没干得这么漂亮。停下来看热闹的轿夫们也不由发出低声的惊叹，得到这些少言寡语的人们的称赞可真不容易，他们似乎从不对任何东西感到新奇，此时却有几个护卫冲上去收拾猎物。虽然我也很想跑上去亲自看看，但还是忍住了。

好像我是个打羚羊的老手，对此习以为常，甚至感觉自己在埃迈赫贾人心中的地位忽然提高了一大截，他们还以为我玩了什么高超的魔术。事实上，这也是我平生第一次在野外看到羚羊，可我还是矜持地返回轿子，倒是得到了比拉利热情的夸赞。

"太精彩了，我的狒狒，"他大声说道，"了不起啊！虽然你长得不怎么样，可是技艺却高超不凡。如果不是亲眼所见，我真不相信有这样的事。你说过的教我这样打猎是不是也这样？"

"当然，父亲，其实也没什么大不了。"我甚至觉得有些轻飘飘。

我打好主意，"父亲"比拉利学习射击时，我就躺在地上，或躲在树后，以免他的子弹伤着我。

离太阳落山还约有一个半钟头的时候，我们到达了先前提过的那座高耸入云的火山脚下，中间再没发生什么值得一提的故事。耐力很好的轿夫们在古河道上艰难地朝着深褐色的山岩攀爬，这里完全是悬崖连着峭壁，直到顶端消失在云雾中，其险峻庄严实非我的拙笔所能描绘。唯一能说的便是那傲然独立的雄姿深深地震撼着我。我们先沿着阳光明媚的山坡向上前进，后来，上面投下的阴影挡住了光明，不一会，便进入了人工开凿的石头通道里。越来越深的通道真是一项庞大的工程，估计要花上几千人许多年的工夫才能完成。我到现在也想不明白，在没有任何炸药的年代，当时怎么才能开出这样的山洞。这一疑问必定是这块尚未开化的土地上永恒的秘密。唯一的猜测便是这些道路和山洞都是由远古时代居住此地的克尔人花了许多个世纪才开凿出来的，就像古埃及人利用数以百万的俘虏修建下那些永久的纪念物一样。但是这些克尔人究竟是什么人呢？

终于到达了峭壁处时，发现一个黑乎乎的山洞入口，我不由得联想到了十九世纪工程师在修建铁路时挖出的隧道。洞里流出了一股不小的溪流，也许我还不曾提到，事实上，在我们开始走上石头通道时，就一直逆着溪水前行。这条溪流出去后便是我前面提过的向右拐弯的大河。通道的一半是河床，另一半稍高点的便形成了 8 英尺宽的路面。在通道的末端，溪水就顺着另外的河床流向平原。我们的队伍在岩洞入口处停下来，一行人忙着点亮随身带来的陶土油灯。比拉利也下了轿子，用一种客气中带着强硬的语气向我们通知了"她"的命令：为了防止我们认识穿过大山内部的秘密路径，我们必须蒙上眼睛。我当然愉快地答应了，可是，热病已经好起来的乔布则坚决不同意，估计他一定以为这是被热陶罐杀死的前奏。我告诉他，他们手边没有陶罐，更没有可以用来烧热陶罐的篝火，乔布这才放心一些。令我欣慰的是，可怜的利奥辗转反侧好几个小时后，这会终于睡着了，抑或是昏迷也未为可知，所以没必要蒙上他的眼睛。他们所谓的蒙眼，就是用黄色亚麻布将眼睛紧紧地蒙住。埃迈赫贾人喜欢用这种亚麻布来做袍子，以显示自己的身份。我起先还以为这种布是他们自己生产的，后来才知道是从墓穴里挖出的。他们先把绑带在后脑勺上拉紧，然后再用两个布头在下巴上打结，以防滑落下来。

有意思的是，尤丝坦也被蒙上了面，或许是担心她会向我们透露里面通道的秘密吧。

蒙好眼睛后，我们又继续前进，根据轿夫脚步的回音和水流在有限空间的回音，可以判断我们已进入山体中心地带。想想也真是可怕，被带入这死沉沉的山岩中央，自己却一无所知。不过，我也学会了适应诸如此类的事情，能够做到处变不惊。因此，我舒舒服服地躺在轿子上，听着轿夫们吧嗒吧嗒的脚步声和潺潺的流水声，自欺欺人地想着是在享受生活。不久，轿夫们又唱起了忧郁的抬轿歌，我们刚从鲸形船上被俘虏的那个晚上，他们就唱过这种歌。他们的声音在山洞里听起来更奇怪，简直难以言表。后来，沉闷的空气变得更加凝重，我简直觉得快要窒息。此后，轿子到了一个拐弯处，然后又接二连三地拐了好多次弯，直到流水声完全停止。这时，空气渐渐变得新鲜起来，但还是不断地转来转去，我被蒙成这样，简直完全懵了。我本来一直在心里默默记着路线，以备必要时逃脱，可是一点用也没有，一会就糊涂了。大约又过了半个小时，透过绷带可以感到一点蒙蒙的亮光，还有扑面而来的新鲜空气，我突然意识到已进入露天地带。又过了几分钟，轿子便停了下来。我听见比拉利叫尤丝坦解下眼睛上的绷带，再来替我们解开。没等尤丝坦过来，我就自己打开结，朝四周看看。

我的感觉没错，我们已穿过峭壁地带，到达了另一面，就在向上突出的峭壁下面。我首先注意到的是这里的悬崖没有那么高，估计大概只有500英尺。这就证明，原来的湖底，或者说我们所在的古代火山底，要比外边的平原高很多。此外，我还发现我们好像进入了一个巨大的茶杯，杯壁是四周环绕的岩石，而我们就在杯底，与先前经过的地方有些相似，只是足足大了十倍。的确大得很，我连对面弯弯曲曲的岩石线条都看不大清楚。在这块天然屏障环绕的平原上，大半土地都种有庄稼，周边还有石头围起来的篱笆，用来挡住成群的牛羊入内。

平原上还不时有一些高高的草垛。远远望去，隐约可见规模宏大的古城遗址。不一会，我们就被一群埃迈赫贾人围住，再也无法观察当地情况。这些人与我们先前见到的埃迈赫贾人没什么区别，秉性如出一辙。他们虽然不说什么话，可把轿子围得水泄不通，好像是专门为了挡住轿中人的视线。突然间一伙带有武器的人员列队出现在远处，手持象牙棒的指挥官率领他们迅速朝这边跑过来。在我看来，他们就好像从峭壁上的小洞里冒出来的一群蚂蚁。这帮人都与他们的指挥官一样，除了腰间系着一块豹子皮，还都披着袍子。估计他们便是"她"的贴身卫士。

他们的头目径直走向比拉利，横着把象牙棒举在额头前，用以行礼，然后又问了一些问题，具体内容我没能听清。比拉利简单地答了一句，卫士们便转身走向悬崖边上，沿着小道向前走去。我们一行人也跟在他们身后。走了半英里后，我们在一个高达6英尺、宽约8英尺的巨大洞穴口停下来。比拉利在此下了轿，又叫我和乔布也下来，只是利奥病得太重，不便走路。下轿后，我们就走进那个巨大的山洞。落日的余晖斜射在里面很长一段距离，日光照不进去的地方就变得昏暗起来，点着油灯照明，感觉这幽暗的山洞简直长得没有尽头，好像夜间点着煤气灯的伦敦街头一样，空空荡荡。

首先引起我注意的是墙壁两边都刻有浅浮雕，多数图案与刻在陶罐上的比较相似。表现爱情主题的居多，其次是狩猎图，处决罪犯图，还有头上顶着热陶罐的痛苦囚犯，可以想象陶罐必然又红又烫，看样子我们的主人大概正是从这里学来的火罐术。虽然有一些决斗、赛跑和摔跤的场面，但几乎没有一幅表现战争主题，由此可以推断，这里的人们很少受到外敌侵袭，可能是由于与世隔绝的地理优势，也有可能是由于他们自身太强大。壁画之间是石头柱子，柱子上刻着一种从没见过的文字，肯定不是我熟悉的希腊语、埃及语，也不是希伯来语和亚述语，倒是有些像中国字。在通道入口处的雕刻和书法都已有些磨损。但是，越往里走，越有许多完整无损的图画和文字，简直就像雕刻家当年刚完成时一样清晰。

到了通道尽头时，卫队就停了下来，他们在此排成整齐的队伍，让我们从中间通过。刚走进王宫，就有一个穿白袍子的人迎上来，他深深地鞠了一躬，但一句话也没说，此事不足为奇，因为我们后来发现他是一个耳聋的哑巴。

大约在离开洞口20码的地方，有一个与主洞垂直的小洞，或者叫作宽阔的走廊，同时在主洞左右两侧的岩石上挖掘形成。左边的走廊上有两个卫士，看其戒备森严的样子，里面应该就是"她"的寝室。右边的走廊没人把守，哑巴示意叫我们进去。里面点着油灯，走了没几码就到了一个房间的门口，挂着一条草帘，与桑给巴尔岛席子基本相同。哑奴彬彬有礼地揭开帘子，请我们进入里面宽敞的房间，也是从巨大岩石上凿出来的。令我欣喜的是，这里有一个通往外面峭壁上的天窗用来照明。房间里有石床，几只盛满洗脸水的陶罐，还有一些漂亮的豹皮毯子。

依旧昏昏沉沉的利奥便留在这里，尤丝坦陪着他。我注意到聋哑人很不满意地瞥了尤丝坦一眼，仿佛在说："你是什么人？谁叫你来的？"然后又领着我们来到了另一间类似的房子，乔布住了下来。再后来的两间分别供我和比拉利居住。

第十二章 "她"

　　安顿好利奥后，我和乔布的第一件事就是洗澡换衣服。自从独桅帆船失事后，我们还一直没有换过衣服。如前所说，我们提前把多数个人用品装上了鲸形船，这才得以保留下来，现在又由脚夫们带到了这里，只是送给当地人的礼物和一些准备用来交换的东西丢失了。我们所有的衣服几乎都是用不缩水的灰色法兰绒做成，非常结实耐用，这种地方穿着行走相当不错。在热带地区旅行,必须严格限制负载重量，用这种料子做成的诺福克夹克、衬衣各一件再加上一条长裤总重量才不过4磅。天气炎热时，是理想的遮光料子。更为可贵的是，天冷时也能防寒，在这种气温骤变的地区穿着再合适不过。

我永远也不会忘记这番"梳洗打扮"带来的清爽和换上干净法兰绒衣服的快感。唯一美中不足的是，少了块香皂，带来的已经全部用光了。

与埃迈赫贾人的其他陋习相比，他们算不上太不讲卫生。我后来看到他们使用一种煅烧过的泥土当肥皂，开始不习惯其粗糙的手感，用久了也觉得不错，完全可以替代肥皂。

换好衣服后，我又修剪了一番黑胡子，乱蓬蓬的，实在不成样子了，难怪比拉利叫我"狒狒"。再后来就觉得肚子饿极了，这时，有哑奴揭开帘子进来，是个年轻姑娘，用手势告诉我吃的东西已经准备好。她张开嘴巴又指指里面，我很快明白了她的意思。她没有任何一点提示或警告，径直走入我的房子，我也毫不客气跟着她进了另一间没去过的房子，乔布已经坐在里面。叫他难为情的是，也是一个美丽的哑女领他来的。乔布永远谨记那位"火罐"女人对他的殷勤，以为每个靠近他的姑娘都有着相同的目的。

"先生，这些年轻的姑娘都用同种眼光看人，"他不无遗憾地说，"我觉得这样有些不太礼貌。"

这间房子足有我们卧室的两倍大，我很快就看出，这里原来就是间餐厅，同时也供牧师对尸体进行防腐处理。我得在此说明一下，这些挖出来的洞穴本就是巨大的地下墓葬，一个早已消失的伟大种族的遗体在此保存了千百年。周围到处都有他们的遗物，其高超而完美的技艺远非今人所及。可是，这个民族现在却消失得无影无踪。在这个特殊石室的两边各有一张坚固的长条形石桌，宽约 3 英尺，高约 3.6 英尺，都是从整块岩石上凿出来的，底座仍与地面岩石连在一起。在岩洞边上距石桌 2 英尺的地方各有一排石头台子，可以拿来当凳子用。石桌下面都已挖空，坐在凳子上的人可以把腿放在下面。两张桌子的末端正上方刚好各有一个连通外界山岩的天窗，用来通风采光。再仔细瞧瞧，才发现原来它们之间也有着细微的差别。也就是说我们进门左手边上的桌子曾经是用来处理尸体的，上面的五个人形浅槽便可说明一切。每个凹槽都有专供放置死者脑袋的地方，还有支撑脖子的小凸起。尺寸大小不一，用来盛放从小孩到大人各种身材不同的尸体，上面还间或有些供液体流出的小孔。如果想进一步证实这张桌子曾经的确用来盛放尸体，就请看看旁边的墙壁，上面保存如新的雕刻表现的便是一个长胡子老人死亡、防腐和埋葬的全过程，他或许是个古代国王，也有可能是别的什么显贵。

第一幅雕刻表现的是他死亡时的情景。老人躺在一张床上，床腿是四条弯弯曲曲的柱子，每条下面有个圆球，看起来就像乐谱上的音符。生命垂危的老人大概已奄奄一息，床边围满哭泣的女人和孩子，女人们蓬乱的头发都拖在背后。

第二幅雕刻描述的是给他抹油防腐的场面。死者赤裸裸地躺在一张有凹槽的桌子上，与我们面前的石桌颇为相似，或许雕刻的正是这一张。共有三人在参与这项工作，其中一位是总指挥。一位手持漏斗形的葡萄酒筛网，漏斗下面的细嘴插入尸体胸部的一个切口里，一定是连通了肺部的大动脉。另一位则两腿分开，骑在尸体身上，手里高高提着一把大茶壶，冒着热气的液体正从壶里倒入漏斗。这幅雕刻中最让人不解的是手持漏斗和倾倒液体的人都用另一只手捏着鼻子，估计可能是由于尸体发出了臭气，更可能是强行流入死者血管的滚热液体气味太浓。还有一个让我不明白的奇怪现象是，他们三个人脸上都蒙着一块亚麻布，只有眼睛处开了两个洞。

　　第三幅雕刻描绘的是死者的葬礼。冰冷僵硬的尸体外裹着亚麻布袍子，睡在一块石板上，与我最初睡觉的地方无异。在他的头顶和脚底都点着油灯，旁边放着几个图画精美的罐子，估计里面装满了吃的东西，就是我前面介绍过的那种陶罐。小小的墓室里挤满了前来送葬的人，还有乐师捧着类似七弦琴的乐器在奏哀乐，死者的脚下另有人手持一块布单，准备盖在他的脸上。

　　这些雕刻看上去都是精美的艺术品，给我留下了深刻的印象，因此我不遗余力地对其详尽地描写。让我更感兴趣的是，它们有可能准确地表现了一个消失已久民族的殡葬礼俗。如果有机会能把这些遗迹讲给剑桥研究古文物的同事，他们会多么羡慕我。虽然这本书的每一页都有充分的证据，我不可能伪造这么多内容，但他们还是有可能认为我言过其实。

现在书归正传，我刚才忘记交代一句，这些图画都属于浮雕。匆匆看完一遍后，晚餐就准备好了，我们便坐下来享受水煮羊肉，新鲜牛奶，还有粗粮蒸成的小饼，所有食品都盛在干干净净的木盘子里。

吃完饭后，我们回去看利奥，而比拉利却要去等候"她"的命令。到了利奥的房间，我发现他的病情又加重了。虽说已从昏迷状态中醒过来，但脾气有些反常，变得很暴躁，还不断说胡话，念叨着什么剑河上的划船比赛。进去时，尤丝坦正扶着他躺下。我安慰了几句，似乎我的声音能使他平静一点，至少变得安静多了，愿意吞下奎宁片。

天色暗下来时，我陪着利奥坐了一个钟头左右，当时只能看见他的头发在枕头上闪着金色的光芒。其实所谓的枕头也不过是随手在一个包裹上盖了块毯子而已。突然间，比拉利神色庄重地走了进来，说"她"愿意亲自接见我。他告诉我，这可是天大的荣幸，几乎从来没有过这样的先例。我对她的恩赐没有感激涕零，反倒让我们的比拉利感到有些惊骇。不管她有多大的权威，多么神秘，即将见到这些未开化黑人的女王并不能让我感到欣喜若狂，更主要的是利奥当时生命垂危，我对他实在放心不下。当然，不管怎么说，我还是打算站起来跟他去，临走时我看到地上有个东西闪闪发亮。或许读者朋友还能记得，在装陶片的首饰盒里，还有个椭圆形的圣甲虫宝石。上面刻有一只鹅和其他象形文字，意思是"太阳神之子"。这块宝石其实很小，利奥坚持镶嵌在一个很大的金戒指里，就像人们平常用来当签章的戒指一样。此刻掉在地上的正是这枚戒指，估计是他的热病太严重，脱下来不小心掉在地上。如果不捡起来的话，戒指就有可能丢失。我拾起来套在小指上，然后就与比拉利一起去了，留下乔布和尤丝坦陪着利奥。

我们沿着门前的小过道走出，经过高大的岩洞主通道后，就到了对面的小过道，口上有两个雕塑般一动不动的士兵把守。我们走过去时，他们先点头行礼，然后又举起长长的刺枪横放额前，正如我们先前遇到的头目用象牙棒敬礼一样。从他们中间穿过后，看到了一个与我们卧室那边酷似的过道，只是这里被灯光照得非常壮丽。走了没几步，就有两男两女共四名哑奴迎上来，行礼后两个女的走在前面领路，两个男的跟在我们后面。随后，经过好几个与我们住处相似的房子，上面都挂着相同的门帘，后来得知这些房子是用来给照顾"她"的哑奴居住的。又走了一小会，到了一个与我们左边房间完全不同的门口，看起来已经到了过道的尽头。这里又有两个身穿发黄白袍子的卫兵把守，他们点头敬礼后，揭开沉重的帘子让我们进入了一个很大的接待厅，此厅长宽都有 40 英尺，里面有十多个年轻漂亮的黄头发女人，个个又聋又哑。她们坐在皮垫子上，手里拿着象牙针在类似绣花桌的架子前飞针走线。这个灯光通亮的大厅另一头又有一个小门，上面挂着厚厚的东方式绣花织锦，与我们门口的帘子完全不同。门口站着两名非常漂亮的哑女，她们的头深深地低下去，双手交叠在一起，看上去非常谦恭有礼。看到我们走近，她俩各伸出一只手揭起沉重的帘子。比拉利从这里开始简直就像变了个人，这位令人尊敬的老绅士竟然趴在地上，双手和膝盖着地，用这种极不体面的动作慢慢向里面的卧室爬去，白胡子拖到了地上。我依然跟在他的后面，像平常一样慢慢地走着，他偶尔回头时才发现我并没有爬下。

"跪下来，我的孩子。快点跪下来，我的狒狒。要用双手和膝盖爬着进去。马上就要见到'她'了。如果不表现得谦逊点，她顷刻间就会毁了你。"

我犹豫了一下，感到有点害怕，两个膝盖似乎已开始发抖，好像就要跪下来。但是转念一想，不觉又勇气倍加，我是一个堂堂的英国人，为什么要趴在那个野女人面前？比拉利叫我狒狒，难道我真的要像猴子般手脚并用爬着去见她？除非马上要了我的命，我决不趴下，决不能干这种事。如果第一次趴下，以后就得永远爬着进去，这就等于公开承认自己低人一等。也许正如英国人所谓的偏见一样，我向来讨厌"叩头"，这种厌恶感此时又从心底升起，我终于下定了决心，打算贸然前行。

不一会，我们就到了另一间卧室，比前面的接待厅小多了，墙壁上跟门口一样挂满了漂亮的织锦。稍后便弄明白了这些东西正是坐在前厅里的女人们一针一线织出来的，她们先织成一条一条，然后再缝成一大块。房间里到处都有镶着象牙的漂亮黑檀木高背椅，地上铺着美丽的绣花织锦，或者准确点叫作地毯。尽头处似乎是一间密室，前面也挂着帘子，里面有隐约的亮光。房间里的其他地方空空荡荡，没放什么东西。

比拉利在大厅中艰难地慢慢爬行，我跟在他的后面，尽量让自己显得神气些。但后来才明白实在是枉费心机。首先，跟在一个像蛇一样在地上蠕动的老人后面，要想故作威严根本不可能。其次，为了走得慢一些，我要么每走一步都把脚在空中多摇晃几秒，要么每步之间多停一会，就像一部戏剧中的苏格兰女王玛丽赴刑场时一样。也许因为上了年纪，比拉利爬得很慢，因此感觉这段路程特别漫长。我紧紧跟在他的后面，好几次都想踢一脚让他爬快点。这样走去野蛮民族的皇宫简直太荒唐了，我就像一个赶着猪去市场出售的爱尔兰人。看上去真的很像那么回事,这个想法差点让我笑出声来。我只好使劲吸鼻子，强忍着不笑，却惹得比拉利惊恐万状，回头用可怕的眼神看看我，不断低声嘟囔着："哦，我可怜的狒狒！"

挪到帘子边上时，比拉利差不多虚脱了，两只胳膊向前一伸，平平展展地趴在地上，好像死人一样。我有些手足无措，于是朝里面看看。虽然看不见人，但明显可以感觉帘子里有人望着我。这目光叫我不寒而栗。我吓得要命，却不知道究竟是为了什么。尽管这里有精美的挂毯、柔和的灯光，可我还是觉得有些奇怪，看起来凄凉冷清。事实上，这些装饰品不但没有减少冷清的感觉，反倒更让人觉得孤寂。正如空旷的街道夜晚灯火通明反而比漆黑一团更让人感觉形单影只。房子里静得没有一点声音，只有比拉利像死人一样爬在帘子下面，一种奇异的香气透过帘子在拱形屋顶上飘荡。时间一分一分地过去，没有任何声响，甚至帘子也一动不动，但能感觉到里面的目光渐渐将我看穿，一种莫名的恐惧袭来，吓得我沁出一身冷汗。

帘子终于动了一下。里面究竟是一个什么样的人？赤身裸体的野人女王？一个形容憔悴的东方美人？还是一个正在喝午茶的十九世纪美艳少妇？我一点也猜不出，什么样的形象都不会让我吃惊。其实，我早已吓得不知惊奇为何物。不一会，帘子又动了一下，里面露出一只美妙无比的玉手，白如雪，形似葱，还有粉红色的指甲盖。这只手抓住帘子，拉到一边，一个银铃般的声音开始说话，温柔甜美的音质让我想到了山间潺潺的流水。

"陌生人，"那个声音用阿拉伯语说，但是要比埃迈赫贾人说的纯正优美多了，"你为何如此害怕？"

自我标榜一句，当时我虽然内心噤若寒蝉，可表面还是装得镇定自若。听到她这样问，我不觉大吃一惊。还没想好怎么回答她的问题时，帘子就全部揭开，露出一个高挑的形体。我之所以称之为形体，是因为她的身躯和头脸全部用一块柔软的白纱包了起来，让我想到包在裹尸布里的死人。其实她的包布很薄，能清楚看到里面粉红色的肉体，却不知怎么会想到尸体，或许是由于包布的方法，也有可能只是胡乱联想。不管怎么说，看到这个幽灵似的幻影，我觉得更加恐怖，毛发根根倒竖起来，真切地感受到一种不可预料的危险。尽管如此，我还是能感觉到木乃伊般用布裹起来的是一位高挑而美丽的女子。她的浑身上下，无处不散发着美的气息，具有一种美女蛇般无与伦比的优雅气质。举手投足间，整个身子便像波浪一样婀娜起伏，她的头从不低下，只是左右扭动一下脖子，看起来迷人极了。

"你为什么会如此害怕？陌生人？"甜美的声音又响起来，像曼妙的音乐般轻柔，我的心几乎为之痴迷，"我身上有什么让男人害怕的东西吗？还是男人们已今非昔比了？"她娇滴滴地转了个身，举起一只美丽的手臂，乌黑而浓密的头发随之像波浪般倾泻在洁白的袍子上，几乎长及她穿着便鞋的脚跟。

"您的美貌叫我望而生畏，尊敬的女王。"我随口胡乱说道，心里却紧张得简直不知道自己在说什么。只听见仍然平卧在地上的比拉利小声说："答得好，我的狒狒，回答得太好了。"

"原来男人们依然知道如何用谎言来哄骗女人，"她说着笑了，笑声好像远方响起的银铃声，"哦，陌生人，其实是你的内心害怕，因为我的目光看穿你的内心世界，所以你才觉得胆怯。不过，我毕竟是个女人，有这样温文尔雅的恭维，我就原谅你了。现在，跟我说说，你是怎么来到这片只有洞穴居住的土地？怎么来到这片沼泽遍布、邪恶充斥、死亡阴影笼罩的地方？你究竟来这里干什么？怎么如此不珍惜自己的生命，将其置于恐怖的'海娅'统治之下，让自己掌握在'至高无上的她'手中？还有你怎么也会讲我说的语言？这是一种古代的语言，是古代叙利亚语的一个柔美的分支。现在世界上仍有人讲这种语言吗？你看，我居于洞穴，死人为伴，对外面的世界几乎一无所知，也不想去了解。哎，陌生人，我是一个生活在记忆中的人，这些记忆埋藏在我自己亲手挖掘的坟墓中，可以说，我也是自作自受呀！"她悦耳的声音颤抖了一下，好像林中小鸟婉转的啼鸣缺了一个音符。突然间，她的眼光落到了趴在地上的比拉利，她才又从记忆回到现实。

"哦，你在那里，老家伙。告诉我你的家族究竟犯了哪门子邪，听说竟然去攻击我的客人，其中一名差点被'火罐'所杀，差点要被你那些野人吃掉。要不是其他人奋力反击，也会被害死。如果他们的灵魂一旦出窍，我也无能为力了。这究竟是怎么回事？老头子？你还有

171

什么好说？你让我怎么向手下解释？怎么才能饶你不死？"

女人生气地提高了嗓门，清脆的余音回荡在岩石间，我几乎可以透过薄纱看到她愤怒的眼睛。可怜的比拉利，我向来认为无所畏惧的人，现在却被她吓得全身哆嗦。

"尊敬的海娅，尊敬的'她'，"他连头都不敢抬起来，继续说道，"尊敬的'她'，您永远至高无上，充满仁慈。过去、今天、将来，我永远都是您忠实的仆役。尊敬的'她'，此事不是我的错，我没有指使他们这样做，全是我那帮所谓的子孙们干的坏事。事情的起因是您的客人猪猡拒绝了一个女人，由于您没对那个肥胖的黑人发过什么命令，他们便按照当地风俗想要乘机吃了他。他与您的客人狒狒和狮子一起来，狮子现在病了，没能来觐见您。狒狒和狮子看到他们动手，便杀死了那个女人，也杀了他们自己的仆人，使他免于可怕的火罐之刑。这些地狱中的魔鬼天生噬血，看到那个女人死了，便发疯了一般冲上去想要狮子、狒狒和猪猡的命，不过他们三人也打得非常勇猛。尊敬的海娅，他们像真正的男子汉一样拼搏，杀死了许多人，从而才保住了自己的性命。正当危急的时候，我回去救下了他们。我已把这些干坏事的家伙都送来克尔，听凭您的处置。尊敬的'她'，他们已到达这里。"

"我知道了，老头子，我明天就去大厅审理这帮无法无天的家伙。

至于你自己嘛，我就勉为其难，饶你一次吧。以后管好你自己的家就是了，滚吧！”

　　惊喜交集的比拉利爬起来跪在地上，连着磕了三次头。然后便像爬进来时一样，拖着白胡子爬了出去，直到最后消失在帘子的另一头，留下我一人与那既可怕又极富魅力的女人在一起，令我惊恐万分。

第十三章 天仙艾依莎

"他已经走了,一个白胡子的老傻瓜!哎,人在一生中能获得的知识太有限了,知识就像水滴一样慢慢渗入心田,也会像流水一样在指缝间轻轻淌过。即使某人的双手偶尔被露珠打湿,无知的人们也会惊呼:'瞧!他是个多么聪明的人!'难道不是这样吗?他们怎么称呼你来着?好像叫你'狒狒',"她说着笑了笑,"这便是野人的习惯,他们几乎没什么想象力,因此总是喜欢用动物来取名。在你的国家里,人们叫你什么名字?陌生人?"

"别人叫我霍利,尊敬的女王。"我回答道。

"霍利,"她说得有点拗口,可音调依然动听,"霍利是什么意思?"

"'霍利'就是多刺的树木。"我答道。

"是这样啊，你的确看起来像棵长满小刺的树木，身强体壮，却外表丑陋。如果我没看错的话，你应该是个正直诚实、值得信赖、而且还善于思考的人。不过，霍利，别站在那里，进来吧，坐在我的旁边。我不希望你像奴隶一样趴在我的面前。我已厌倦了他们整日毕恭毕敬、诚惶诚恐的样子，有时气得受不了时，我就杀死几个解恨，顺便看看其他人吓得面如死灰、心惊肉跳的样子。"说完，她用象牙般洁白细腻的手揭起帘子，让我进去。

我战战兢兢地走了进去，这女人太可怕了。里面果真是个密室，长12英尺，宽10英尺。房里有一只床，一张桌子。桌上摆着水果和亮晶晶的水，旁边有个用石头雕成的容器，样子颇似圣水盆，里面也装满了纯净的清水。整个房间里弥漫着柔和的光线，样式精美的灯具都是用我先前描述的古陶罐做成。空气中似乎还有一种淡淡的幽香，香气好像来自她美丽的黑发，又好像来自她洁白的衣裙。我走进小房子后，便忐忑不安地站在那里。

"坐下呀！""她"指了指自己的床榻，"你应该没有理由害怕我。即使有你也不用怕得太久，我很快就会杀了你。不用那么心事重重，放松一点吧！"

我坐在床边上，靠近那个圣水器形状的水盆，"她"自己也慢慢地在另一头坐下。

"霍利，现在告诉我，"她说，"你怎么会说阿拉伯语？这是我的母语。我是阿拉伯人，最正宗的阿拉伯人，我的祖先亚拉伯是约坦的儿子，我生在伊玛乐园优美的古城奥扎勒。不过你说的阿拉伯语与我们过去说的并不完全相同，缺乏这种语言应有的甜美和音乐节奏，与我过去常听海米亚人讲的有些不同。还有你的词汇也有些变化，甚至有点像这些埃迈赫贾人说的阿拉伯语。他们把这种优美的语言糟蹋得不成样子，因此对我来说，跟他们讲的几乎是另外一种语言。"[1]

"我学了好几年呢，"我答道，"埃及和其他地区也使用这种语言。"

"这么说还有人用这种语言？埃及也还存在？哪位法老在位？波斯人奥丘斯的后代还在吗？阿契美尼斯人走了吗？现在离奥丘斯的年代是不是已很久了？[2]"

"波斯人两千多年前就离开了埃及，此后托勒密王朝、罗马人还有

---

1 亚拉伯是约坦的儿子，生活在亚伯拉罕以前几个世纪，是古阿拉伯人的祖先，最先将他们的国家称为阿拉伯。"她"说自己是"最正宗的阿拉伯人"，无疑是用来强调自己的血统，以示与归化阿拉伯人的区别。意思是说自己并非亚伯拉罕与夏甲的儿子以实玛利的后代。一般说来，古莱氏方言是最清晰明了的标准阿拉伯语，而海米亚方言则更为优美纯净，接近其母语叙利亚语。
　　——路·霍·霍利

2 奥丘斯，即波斯帝国的阿尔塔薛西斯三世，公元前 343 年至前 338 年在位。阿契美尼斯人为古波斯国最强大的一个部落。

176

朱迪亚地区也变得一片荒芜。"

"原来如此！罗马人可真是个伟大的民族。他们勇往直前，视死如归，身后留下一片和平。他们简直像雄鹰捕猎，其神速更似天助。"

"他们把世界搅得一团乱，却美其名曰和平。"我不觉说了一句拉丁语。

"哦，你还会说拉丁语呢！"她惊奇地说道，"许多年没听过拉丁语，我的耳朵都有点不适应。不过，在我听来，你的语调好像与罗马人不太一样。这是谁的名言？我没听过这句话，但的确是对这个伟大民族的真实写照。我似乎找到了一个博学的人，双手捧着的是整个世界的知识之水。你懂希腊语吗？"

"知道一点，女王陛下，也懂一点希伯来语，但都说不好，这些语言都已没人用了。"

她像个孩子一样快乐地拍拍手，"你这棵奇丑无比的树上，却结出了美丽的智慧之果。不过，霍利，"她说，"我讨厌犹太人，他们叫我'异教徒''野蛮人'，否则的话，我早就把自己的智慧教给他们了。他们的弥赛亚果真降临了吗？统治世界了吗？"

"他们的弥赛亚是来了，"我恭敬地回答，"但他卑微而贫穷，一无用处。他们将其痛斥一顿，然后用十字架钉死在一棵树上。但他毕竟是上帝的儿子，他说过的话和写过的作品都留传下来了。现在的确统治了世界的另一半，不过在这尘世上可没有属于他的帝国。"

　　"这些狼心狗肺的畜生，"她说，"许多所谓的信徒其实不过是唯利是图、勾心斗角的小人，我知道这些人的险恶用心。他们真的在十字架上钉死了弥赛亚？我绝对相信。不管他是不是上帝的儿子，但的确是神的儿子，当然不会与他们同流合污。无论是什么神，如果不能给他们带来财富和权力，这些人就不会去崇拜。他们既是那个所谓的耶和华的选民，也是巴力神的选民，还是阿什脱雷斯的选民[1]，更是埃及诸神的选民，实在是一帮叫人头痛的刁民，见风使舵，一心巴望着能给他们带来权势的任何东西。竟然钉死了身份卑微的弥赛亚！他们现在流散在世界各地？如果我没记错的话，他们先知的预言倒变成了现实[2]。哎，这些人可真叫我伤透了心，随他们去好了。这帮犹太人，把我赶到了这种荒野之地，不过说实话，此地当年建国比他们还早呢。是他们使我变得愤世嫉俗，从此用仇恨的眼光看待世界。当年，我在耶

1　巴力神是迦南人、腓尼基人和叙利亚人的主神之一。阿什脱雷斯是腓尼基人的丰饶神之一，巴力神的妹妹和妻子。与巴力神太阳神相对就是月神，因此也是管理阴间的女神。腓尼基人认为她和巴力神是象征女人和男人的两大主神。

2　《圣经·利米书》中有记载（第 13 章第 24 节）：他们将像断了头的植物杆一样被荒野的风吹向世界各个角落。《圣经·以西结书》中也有记载（第 5 章第 10 节）：我将会执行上帝的惩戒，所有剩下的犹太人都将散落风中。

路撒冷教给他们智慧文明时，这些人竟然朝着我扔石头。我记得清清楚楚，就是在神庙的大门口，那白胡子的伪君子和犹太法师教唆人们用石头砸我！看看，现在还有伤痕呢。"她突然间卷起罩在圆润手臂上的薄纱，白若凝脂的肌肤上露出一块红色的疤痕。

我吓得倒退了一步。

"原谅我，女王，"我说，"我这下可是弄糊涂了。犹太人的弥赛亚在高尔高沙被钉死在十字架距今已有两千多年，您怎么可能在弥赛亚之前去给他们传授智慧？您是女人，又不是神，一个女人怎么可能活两千多年？您为什么要和我开这么大的玩笑？女王陛下？"

她向后斜靠在床上，藏在薄纱中的眼睛又在我的浑身上下扫视，好像要把我的五脏六腑都攫出来。

"哎，知识渊博的人呀，"她终于一字一顿地慢慢说道，"看来这世界上还有你不知道的秘密，难道你也像那些犹太人一样相信所有的生命都有一死？告诉你吧，其实没什么东西会真正死去。世界上并没有所谓的死，有的只是变化。看看，"她指着石壁上的雕刻，继续说，"刻下石雕的伟大民族在三个两千年前就因瘟疫而灭绝，可事实上，他们并没有死去，他们的灵魂现在甚至还活着，我几乎能感到这些幽灵此刻一步步向我们走来。"她说着向四周看看，"有时我都能亲眼看到他们。"

"您说得也有道理，可对我们生活的世界而言，他们已经死了。"

"只是一段时间而已。其实，对整个世界来说，他们还会再生，在生生死死中轮回。陌生人，告诉你吧。我——艾依莎，这是我的名字，就是在等待我的爱人再一次来到这个世界，我专门守候在这里等着他来找我，因为我确信此地，也只有此地才是我们再次相会的地方。像我这样的人，美貌胜过无数诗人歌颂的希腊海伦，聪明博学超过智慧之王所罗门，还知道世界上的所有秘密和财富，而且能将万事万物归我所用，有时甚至可以抵抗变化，也就是你们所说的死亡。你知道我为什么要待在这里管辖禽兽不如的野人吗？"

"实在不知道。"我谦逊地说。

"我在等待我的爱人。或许我的生命中有时充满邪恶，其实我自己也说不清，可是谁又能说得清什么才是真正的善、什么又是真正的恶？我的生命也有死亡的一天，当然，除非命中注定，我不会白白去送死。我们之间隔着一堵无法逾越的高墙，因此我不愿意冒着生命危险去另一个世界找他。再说，到日月星辰轮回的浩渺天际一定很容易迷路。然而，正如天上的最后一片彩云必将融入黑暗的夜空，我们相聚的一天也必然会到来，也许我要为此付出五千年的代价，消失并融会到时间的苍穹，或许明天就能见到他也未为可知。总之，只要我的爱人再生，无法违背的天意一定会指引他，在这个我们曾经亲吻过的地方找到我。虽然我曾做过对不起他的事，但他的心一定会在这里重新变得温柔起来。即使他已经将我忘却，也一定会因我的美貌重新爱上我。"

一时间，我瞠目结舌，无言以对。我有限的智慧无法理解如此神奇的事情。

"尊敬的女王，就算您说的一切属实，"我后来终于说道，"我们普通人都可以死而复生。可是，按照您的说法，您却不是这样。"她犀利的目光又一次落在我的身上，吓得我面如死灰，胡乱说道，"您怎么从来没有死过？"

"的确如此。"她回答道，"此事一半靠机遇，一半靠学识，我已经掌握了世界上最大的秘密之一。陌生人，请你告诉我，生命是什么？为什么不能延长？既然上万年的风吹雨打几乎不能使高山之巅削减一毫，那么在生命的历史长河中，一万年、两万年甚至五万年又算得了什么？两千多年来，这些山洞基本没什么变化，一切都依然如故，只是里面的包括人在内的动物不断生生死死。只要你能够想得明白，其实世界上的一切都不足为奇了。生命是美好的，可是一旦无限制地延长，也就不再那么美妙。正如她的孩子们一样，大自然也有生机勃勃的灵魂，如果有人能找到她的精灵所在，并吸取其精华，那么就可以与自然同生共死。当然也并不是长生不老，因为大自然本身也有生命。她也会有消亡的一天，正如其中的月升月落一样。当她自己死去，或者可以叫作改变的时候，便一直睡到适当的时候才会再醒过来。然而她究竟

182

什么时候会死去？也许还要过很久。只要大自然存在，吸取其精华的人也必将与她同生。我还没有完全吸取大自然的精华，但是已经有了一些，或许比过去的人类都要多。对你来说，这些东西太不可思议，因此，我现在也不打算把这些思想强加于你。兴许我哪天高兴的时候还会再对你讲，也有可能永远不再提起。你知道我是怎么晓得你们来到这片土地，并救下你们性命的吗？"

"不知道，尊敬的女王。"我小声回答。

"看看那里面的水。"她示意了一下像圣水盆一样的容器，又弯腰用手指了一下里面的水。

我站起来看看，那水倏忽间变成了黑色。然后又变得澄清，我清楚地看到了曾经发生在生活中的一幕。看到了行驶在那条运河中的鲸形船。利奥睡在船尾，身上盖着一件外套挡蚊子，好像还故意把脸埋在里面。还有我和乔布、穆罕默德在岸上拉纤。

我吓得连连后退，大叫着这是魔法。我能认出其中的每一个细节，完全是曾经发生的真实画面。

"不，不要大惊小怪，霍利。"她答道，"魔法只不过是无知者的梦幻，我用的并不是魔法。虽然大自然的确有些一般人不能轻易发现的秘密，但根本没有所谓的魔法。这水就是我的镜子，我可以从中看到过去发生的事情，可以把当时的图片召回来。我也可以让你看看你的过去。

任何发生在这个国家的事情，所有我知道的，或者朝里面看的人了解的情况，都可以在水里显现出来。随便想一个你认识的人，他的脸就会从你的脑中反射到水中。不过，我也并不是无所不知，还没学会从中看到将来发生的事。虽然一些阿拉伯和埃及巫师在几个世纪前就知道了，但我还没有掌握这个古老的秘密。有一天，我偶然想到了许多年前曾航行过的那条老运河，很想再看看那里。于是朝水里看了一下，结果就发现了那条小船，还有三个人走在岸上，看起来一位出身高贵的年轻先生睡在船上，只是没看清他的脸。于是我才发话救了你们。今天就说这么多，再见吧。噢，不，再等一下，跟我说说那个年轻人，老头称之为狮子的那位。我本想见见他来着，可他病了。你说他得了热病？还在搏斗中受了伤？"

"他病得很严重，"我伤心地说，"博学多才的伟大女王，难道您能见死不救吗？"

"当然，我能救他，我可以治好他的病。但你为什么那么悲伤？你爱那个年轻人？他是你的儿子吗？"

"他是我的养子，尊敬的女王，要把他带过来吗？"

"现在不用，他感染热病几天了？"

"今天是第三天。"

"没关系，让他再躺一天吧。或许能依靠自身的力量抵抗过去，这样要比用我的药好一些，因为我的药会伤着元气。如果到了明天晚上他最初得病的时刻还不能缓过来，我就去看他。你在这里，谁照顾他呢？"

"我们的白人仆人，比拉利叫他为猪猡，还有，"说到这里，我有点犹豫，"尤丝坦，一个漂亮的当地姑娘。第一次见到狮子的时候，她当众拥抱了他，从此便与他形影不离，我知道这是您的人民的风俗习惯，女王陛下。"

"我的人民！不要再说什么我的人民，"她急忙说，"这些奴隶并不是我的人民，只有当我待在这里时，他们才是执行我命令的狗腿子。至于他们的风俗，与我没有丝毫关系。也不要再叫我女王，我已厌倦了谄媚，也讨厌这些名号。还是叫我艾依莎吧，这个名字听起来甜美悦耳，是往昔美好岁月的回忆。我并不知道尤丝坦这个人，她就是我得提防的那个女人吗？我该小心一点才是。她是不是……，等等，让我看看，"她向前弯下腰，用手在圣水盆上方晃了一下，然后静静地看着，轻声说，"你过来看看，是这个女人吗？"

我朝水中一看，平静的水面上正是尤丝坦端庄的面庞，她弯腰向前注视着下面，脸上显出无限的柔情蜜意，栗色的卷发披在右肩上。

"正是，"我小声答道，看到这些不平常的景象，我又感到一阵心烦意乱，"她在注视着熟睡的利奥。"

"利奥！"艾依莎心不在焉地说，"噢，这是拉丁语中狮子的发音。老头这次还叫对了。真是奇怪，"她似乎在自言自语，"太奇怪了，怎会这么像？不可能。"她不耐烦地在水上挥了挥手。水又重新变成了黑色，里面的影像无声无息地消失，恰似出现时一般神秘莫测。清澈的镜子里又出现了灯光，而且只有灯光摇曳其中。

"在你离开之前，还有什么想说的吗？霍利先生？"她沉思了片刻后说道，"这里的人都野蛮未化，尚且不知文明人的生活，所以你们在这里也只能过得简单点。其实，真正叫我烦恼的也并不是这个。看看我的食物吧，"她指了一下桌上的水果，"我一直只吃水果，再加上一点面饼和清水。我已经吩咐过姑娘们好好照顾你们。你知道，她们都不会吱声，又聋又哑，只要别人弄不明白她们的表情和手势，她们便是最为安全的仆人，我花了许多心血用了几个世纪的时间，才把她们培养出来，不过总算成功了。我以前也培养过一批仆人，但长得太丑，所以又把她们弄死了。不过，现在的这些仆人可是截然不同。我曾经还试验成功过一些巨人，但不久就得病死去。你还有什么要求吗？"

"是有一件事，艾依莎，"我斗胆说道，心里却有些胆怯，"我希望能一睹芳容。"

她发出一阵银铃般的笑声，"你看你，霍利，"她回答道，"多有意思呀，难道你不知道古老的希腊神话故事吗？知道那个太爱看美色而身亡的阿克特雷[1]吗？要是看到了我的容貌，你也可能会悲惨死去，也有可能从此一蹶不振，对生活失去热望，因为我不属于你，我的生命只属于一个人，他曾经在我的身边，但现在还没来。"

"随您让不让我看，艾依莎，"我说，"我不会害怕您的美丽，我的心已经死了，早就不会对女人的漂亮动心，那只不过是些昙花一现般的虚无。"

"不，你错了，"她说，"美丽并非转瞬即逝，我的美貌几乎与我同在。如果你还是想看的话，这个粗鲁的家伙，我就随了你的心愿吧。不过，当理智无法控制情感时，可不要怪我啊。你会像埃及驯马师一样，不小心骑上一匹小野马，结果便身不由己。只要我一旦摘下面纱，从来没有哪个男人会无动于衷，所以即使在这些野人中，我也一定要蒙上面，免得他们骚扰。如果胆敢有什么非分之想，我便会杀了他们。怎么样，你现在还想看我的容貌吗？"

"想！"我无法控制自己的好奇心。

慢慢地，慢慢地，她抬起了洁白如玉、圆润似藕的手臂，轻轻地摘下头上固定白纱的发夹。霎时，裹尸布般的白纱从她的头上滑落到

---

1 阿克特雷：年轻猎人，因无意中见到阿耳忒弥斯（希腊神话中的狩猎女神和月神，与阿波罗为孪生姊妹）沐浴而被她变为牡鹿，最终被他自己的猎狗咬死。

脚下。我的目光再也无法从她的身上挪开，她现在全身上下只穿了一件紧身白色长袍，衬托得更加丰满妖娆，华贵迷人。浑身散发着比青春还要鲜活的蓬勃生机，透出一种美女蛇般的优雅迷人，她的美不属于人类，只属于天上的神。她美丽的小脚上套着一双便鞋，用金鞋扣系着，上面是一双雕塑家梦寐以求、美得不能再美的脚踝。洁白的衣裙腰间系着一条双头实心蛇形金腰带，极具魅力的身材在此隆起，形成高雅迷人的线条。她的双手交叠在胸前，裙裾一直延伸到她银白的胸脯上。我继续向上看到了她的脸，毫不夸张，她耀眼的光芒简直让人睁不开眼，我吃惊地倒退几步。我曾经听说过天仙的美貌，如今终于一睹芳容。她的美丽具有无可比拟的魅力，还有尘世中难得的纯洁，美得甚至让我感到有些邪恶，当时真有一种美得太邪乎的感觉。该怎么来描述她的美丽？我茫然无知，一个词也想不起，恐怕还没有哪个作家能够描绘艾依莎的美貌。温柔的黑眼睛深邃得让人捉摸不透，粉红色的脸颊，高贵而宽阔的前额，一头亮丽的秀发，还有一个亭亭玉立的优美身影！还有什么比这一切更美的呢？然而，艾依莎的魅力却不止于此，而是在于永恒不变的青春，在于磅礴的气势，在于女王的优雅，在于女神的温柔，所有这一切像光环一样笼罩着容光焕发的她。我过去总以为美与崇高无缘，她的崇高却无可比拟;壮丽不只属于天堂，她的壮丽丝毫不亚于天国。虽然呈现在我面前的只是一张不足三十岁女人的年轻的脸，既健康无瑕，又初具成熟的丰韵，同时也流露着一种激情燃烧的痛苦，嵌刻着一段难以言表的往事。即便悄悄爬上嘴角的笑容也无法遮掩这种悲伤和绝望，在她明媚的眼眸，在她帝王般的气势中，甚至也闪现着忧伤，仿佛在说："请看看我吧，一个古往今来美貌无双的女人，一个长生不老、聪明绝顶的女人！痛苦的记忆年复一年地吞噬着我的心，燃烧的激情引我误入歧途。罪孽和忏悔从此把我陪伴，永无休止的罪孽，没有尽头的苦难，只等有人来拯救我的灵魂！"

好像是有种无形的魔力在牵引着一样，我几乎失去了抵抗力，我的双眼不由停留在她闪闪发光的眼球上，只觉得一股热流向我传来，于是我完全迷惑了，眼睛甚至看不清。

她笑了！啊！她的笑声多像美妙的音乐！可爱的小脑瓜又向我点点头，娇媚恰似胜利者维纳斯[1]！

"轻率的家伙！"她说道，"也与阿克特雷一样，你已称心如意。不过，上点心，别像阿克特雷一样悲惨死去，别被你内心升起的烈火烧成碎片。霍利，我也是贞洁的女神，这世界上只有一个男人让我动心，但他不是你。告诉我，你看够了吗？"

1　胜利者维纳斯：由意大利雕塑家安东尼奥·卡诺凡创作的著名维纳斯雕像。

"我的眼中只有美，我的眼睛都要闪瞎了。"我的声音都有些嘶哑了，说完便举手挡住了眼睛。

"原来是这样啊，我以前对你说过什么？美貌似闪电，充满魅力，却可以摧毁一切，尤其是树木。噢！霍利，你这棵多刺的树。"

艾侬莎突然停了下来，透过指缝间，我发现她脸上的表情骤然突变。她的大眼睛突然间充满恐怖，似乎正在与内心深处扬起的某种巨大希望抗争。漂亮的面孔顷刻间待在那里，杨柳般柔美的身材也陡然僵硬。

"臭男人！"她半尖叫半嘶鸣，像要打斗的蛇一样把头向后仰了一下，"你这个臭男人，你手上的圣甲虫宝石戒指从何而来？快说，否则我就用生命精华叫你就地身亡。"她向我逼近了一小步，眼中闪着可怕的光，在我看来简直就像火焰，吓得我瘫倒在她的面前，神志都有些不太清楚，嘴里也不知道胡说了些什么。

"别害怕！"她突然又恢复了常态，用先前柔软的语调说道，"我一定吓着你了，请原谅！霍利，有时候，我驰骋的思维会与慢腾腾的现实不合节拍，这时我就会发怒。差点把你吓死吧？我想起来了，那个圣甲虫戒指，究竟是怎么回事？"

"我捡来的。"我站起来时，小声嘟囔了一句。事实上，我的头脑当时一片混沌，只记得戒指是从利奥的房间捡来的。

"太奇怪了。"她像个普通女子一样颤抖着激动地说，与刚才那个可怕的女人简直判若两人，"我当年也见过一个这样的圣甲虫宝石，挂在一个人的脖子上，他就是我的爱人。"她抽泣起来，尽管她已经有可能很老了，可也毕竟是个女人啊。

"既然这样，"她继续说，"一定是两块相似的圣甲虫宝石，可我从没见过类似的东西，其中一定有段不同寻常的故事，任何佩戴的人都会因此而感到自豪 [1]。但我见过的那颗宝石不是镶在戒指里。霍利，现在回去吧。尽量忘记刚才的蠢事，忘记艾依莎的美貌。"她转过身，径自倒在床上，把脸埋进枕头里。

我跌跌撞撞地从她房里走出来，也不知道怎么回到自己房里。

---

1 我曾经把这枚精美的圣甲虫宝石交给一位著名的古埃及文物专家检验，可他说从没见过这样的东西。虽然埃及王室经常赐予"太阳神之子"一类的封号，但是这枚不一定属于长老，因为他们一般会将自己的年号或姓名刻在上面。对于这枚特殊圣甲虫宝石的历史，我们今天已无法考证，但却在埃及公主阿米娜特丝和伊希斯女神的祭司卡利克拉提斯的爱情悲剧中发挥了不可低估的作用。——原书编者

第十四章 炼狱中的灵魂

躺在床上时，已经快要十点钟，我不由开始回想白天的所见所闻，借此整理一下零乱的思绪，可是我却越想越糊涂。是我发疯了吗？喝醉酒了吗？是在做梦？还是中了一个精心设计的大圈套？我这样一个理智健全、精通科学的人，一个绝对不相信欧洲人所谓的超自然现象之类的任何骗术的人，几分钟前竟然相信自己在和一个活了两千多年的老女人说话，真是不可思议。此事有悖于人类的常识，根本不可能是事实，必定是个骗局。可是，如果真是骗局，一切又该如何解释？水中的影子是怎么回事？既然那个女人对远古时代了如指掌，为什么对此后的历史却一无所知？难道她超越常人的美也可能有假？不管怎么说，我实实在在感受到了她的光环，她的美不属于尘世凡胎之人。哪个女人能像她一样超乎自然，光芒四射？她至少有一句话说对了，任何男人看到她的美都不会不为之心动。因为年少无知时的一次痛苦经历，我已经几乎不再去想那些温柔的妖精（有时我自己也觉得这个词太过分），可以说我对女性的美貌具有很强的抵抗力。然而，我现在却深感不安，知道自己从此再也不会忘记那光彩夺目的美。更糟的是，我的天哪，尽管那么可怕那么令人厌恶，可这个女人身上的邪气似乎对我更有吸引力。一个具有两千年资历的女人，一个权尊势重的女人，一个掌握神秘知识能将死神拒之门外的女人，任何这样的女人当然都值得爱慕。可是，天哪，这似乎根本就不是一个值不值得爱的问题，我对这类问题没有多少研究。问题是，我作为一个大学研究员，一个人所皆知的不近女色者，一个体面富裕的中年人，竟然不可救药地拜倒在这样一个白人女巫婆的石榴裙下。可笑，实在是太可笑了！她明明警告过我，而我却不愿听从。该死的好奇心，让男人们不可救药地希望摘下女人的面纱，更该诅咒的还有那与生俱来的产生这种好奇心的冲动。这便是男人不幸的根源所在，而且是占据了多一半的根源。为什么独自幸福的生活不能满足男人？也让女人们过着清静的快乐的日子？不过这样一来，女人们似乎并不高兴，至于男人们究竟是否乐意，我也说不清楚。我自己就是一个很好的例证，竟然在这把年纪成了现代版瑟茜女巫[1]的牺牲品！其实她也算不上现代，按照她自己的说法，年纪与传说中的瑟茜也相差无几。

我痛苦地撕扯着头发，从床上蹦起来，似乎觉得不做点什么就会发疯一样。她怎么会提到圣甲虫宝石？这是利奥的东西，来自二十一年前文西留在我房间的箱子里。难道说一切都是真的？写在陶片上的故事并不是伪造，也不是某个古人头脑错乱时臆想出来的？倘若果真如此，利奥不正是她要等待的人吗？一个久已亡故的人的再生！不可能！这种猜想太荒唐！有谁听说过人死还会转世？

如果一个女人真能活到两千年，那么此事也未尝不可，世界上就没什么不可能。也许现在的我也是某个被忘却的本我的转世，也就是一串长长的自我中的最后一名。啊！Vive la guerre！[2]值得欢呼啊。可惜的是，我对过去各代的事情没有任何记忆。这种想法太荒谬了，我不觉笑出声来，对着昏暗岩洞墙壁上雕刻的武士大声喊道："老伙计们，说不定咱们当年还是同代人呢。啊，或许我就是当年的你，你就是我的过去。"一会儿，我又为自己的可笑举动大笑起来，笑声回荡在昏暗的拱形屋顶上，好像那些武士们的鬼魂也是附和着笑声的幻影。

---

1 瑟茜：希腊神话中的女巫，据荷马史诗《奥德赛》记载，她拥有把人变成猪的法术。

2 法文，意思是战争万岁。

一会我才想起，还没有去探望利奥呢，于是便提上旁边一盏燃烧的油灯，脱掉鞋轻手轻脚地来到利奥睡觉的洞口。夜晚干燥的空气轻轻地晃动着门口的帘子，好像是幽灵的双手一会揭开一会又合上。我悄悄地溜进拱顶卧室，里面还有一盏灯亮着，可以看到利奥躺在床上，可熟睡的他还因热病难受得辗转反侧。在他的床边，尤丝坦半蹲在地上，半靠在床上。她也睡着了，仍然抓着利奥的一只手，构成一幅叫人怜惜的美丽画面。可怜的利奥，两颊烧得绯红，下眼睑开始发黑，呼吸也变得粗重。他已经病得非常非常严重，利奥有可能死去的感觉又一次向我袭来，将我一人孤零零地留在这个世界。然而，如果他活过来的话，就会成为竞争艾依莎的情敌。就算他不是那个人，凭着我这丑陋的中年人，何以敌得过他亮丽的青春美貌？还好，感谢上帝！我的良知并没有完全丧失。"她"还没能让我失去理智，我站在那里，发自肺腑地恳求上帝保佑我胜似亲生的孩子。即便他果真就是艾依莎等待的那个人，我也同样祈求他免于一死。

　　一会儿，我又像来时一样轻轻地退了出去，可还是怎么也睡不着。利奥沉重的病势犹如火上加油，让我更加坐立不安。劳累的身体和过分紧张的神经激起了我异常活跃的想象力，意念、幻觉、甚至灵感都变得异常清晰，在我驰骋的想象中静静流淌。这时的思想多数荒诞不经，也有些恐怖吓人，还有的唤起了多年来一直潜藏在心中的某些意念和感觉。然而，那个可怕的女人的影子却无处不在，凌驾于一切之上，又深藏在一切之中。似乎时时处处都闪现着她那令人神魂颠倒的微笑，我不耐烦地在洞中踱来踱去，从前走到后，又从后走到前。

突然间，我发现在岩石墙壁上有一条狭窄的缝隙，以前从没注意到。拿过油灯仔细观察一番，发现缝隙后面是一条通道。我的头脑还没有完全糊涂，在我们当时的处境下，发现一条不知通往何方的过道连着自己的卧室，实在算不上什么令人愉快的事。既然有通道，就可能有人进来，而且可以乘着你睡熟时进来。一方面想看看究竟连着什么地方，一方面由于内心的躁动不安，总想做点什么事情，于是，我沿着通道走出去。尽头是一处石头台阶，我便顺着台阶走下去，接着又是一个通道，其实也是个隧道，从岩床上凿出来的，感觉这个隧道正好位于进入我们房间的过道下方，并穿过中央大岩洞。我走进去，里面像坟墓一样死寂，没有一点声响。我也不知道究竟是什么吸引了自己，不停地向前走去，只穿了袜子的双脚在光滑的岩石地板上没有一点声音。走了50码后，我进入了垂直右拐的第三个通道，这时发生了一件意外，里面强大的气流吹灭了油灯，把我留在这个神秘的黑洞深处。我又向前走了几步，想弄清隧道交叉处的方向。心里感到害怕极了，如果一旦搞错方向，我就有可能陷入无边的黑暗。静心想想，该怎么办呢？身上没有火柴，返回原路得走很久，这里漆黑一片实在是太可怕。而我又不可能在这里站上一夜，话说回来，即使我站上一整夜也没有用，因为即使到了中午，岩洞内部也是与半夜一般漆黑。回头看看，没有一丝光亮也没有一点声音。向前瞅瞅。哇！很远的地方似乎有微弱的火苗在闪光，或许我可以在那里找到光亮，不管怎么说也应该过去看看。我小心翼翼地在隧道里摸索着前进，用手紧紧扶住墙壁，同时每踩一步都先用脚探探虚实，免得掉进什么坑里去。走了三十多步后，终于看见了一片亮光透过帘子在闪烁！五十步时，亮光就在眼前！终于走了六十步，感谢上帝！

我已经到了跟前，那帘子挂得并不严实，所以我能清楚看到里面是个不算太大的岩洞，有点像墓穴，中央点着一堆火，火光有些苍白，但没有烟。左边是块带着三英寸高凸边的石头搁板，估计上面躺着的是一具尸体，还盖着一层白色的东西，看起来很像死人。右边也是一块相似的石板，盖着绣花罩子。火堆边有个女人，似乎正对着火焰发呆，她的侧面朝着我，脸向着尸体，全身上下包在一件尼姑一样的黑斗篷里。正当我思考着下一步该怎么办时，那女人突然痉挛了一下，深深的痛苦似乎在折磨着她，接着便站起来，斗篷滑落在地上。

竟然是"她"！

穿的衣服仍然与白天脱掉披纱时无异，白色的紧身裙胸口开得很低，腰间束着有点野性的双蛇头腰带，黑色的卷发像瀑布一样垂到脚跟。

可是，这次吸引我目光的却是她的脸，但不是美的缘故，而是那满脸的恐惧迷惘。美丽依然如故，脸上却是深深的痛苦、无法燃烧的激情，还夹杂着复仇的表情，使她整个人都有些颤抖，还有那一动不动的痛楚眼神，都深深震撼着我。

她静静地站了一会，然后双手高高举过头顶，白色的裙子便一直滑落到她的金腰带外，露出美丽的胴体。她依旧站在那里，一种可怕的恶毒表情在吞噬着她的脸，两个拳头紧紧地握着。

万一被她发现，结果会怎么样？我突然想到了这个问题，吓得一阵发呕，浑身上下顿觉虚弱无力。虽然我知道待下去只有一死，却还是一步也挪不动，我已经完全被她迷住了。但我还是清楚知道自己的危险，倘若她透过帘子听见或看到什么，再比如我打个喷嚏，或者是她的魔力告诉她有人正在偷看，那么我的命运便只有一条，那就是脑袋搬家。

她紧握的双拳慢慢落在两侧腰际，然后又举过头顶，这时，屋子里白色的火焰随着她的双手直往上蹿，几乎一直冒到顶上，猛烈而可怕的火焰把她自己照得通亮，照亮了盖布下面的白色尸体，也照亮了岩洞四周的墙壁。我以我的生命和人格发誓，我的话句句是真。

这时，她象牙般洁白的手臂又放了下来，同时开始用阿拉伯语自言自语，或者说声嘶力竭地低声吼叫。恶毒的声音简直让我的血液都凝固，心脏也停止了跳动。

"诅咒她，愿她永世受到诅咒。"

手臂降低时火焰落下来，等她再举起手臂时，火舌又随之冒高，然后又一同落下。

"愿她忘掉所有，愿这个该死的埃及女人忘掉一切。"

她的手臂一会抬起一会又放下。

"诅咒尼罗河的女儿，诅咒她的美貌。"

"诅咒她，她的魔力胜过了我。"

"诅咒这个可恨的女人，让她抢走了我心爱的人。"

火苗不断降低，火焰随之缩小。

一会她又用双手蒙住眼睛，停止低声咒骂，失声痛哭起来。

"诅咒又有什么用？她已经逃走了，她胜利了。"

她又开始用更加恶毒的声音咒骂。

"不管她身在何地，都要受到诅咒。我的诅咒与她同在，叫她永世不得安宁。"

"愿我的诅咒穿越星空，愿她的影子一起受到诅咒。"

"愿我的法力能在天际间追寻她。"

"愿她在天际间听到我的诅咒，让她永远躲藏在黑暗中，不得重见天日。"

"让她永世跌入绝望的深渊，总有一天我要把她揪出来。"

火焰又降了下去，她用双手蒙住了眼睛。

"我是多傻呀，"她大哭起来，"谁能侵犯上帝羽翼保护下的灵魂？我连碰也碰不到她。"

接着她又开始恶毒地咒骂。

"诅咒她的再生，一落地就受到诅咒。"

"让她从出生那一刻就受到诅咒，直到死亡。"

"让她永世受到诅咒，我一定要报仇雪恨，把她撕成碎片，永世不得复生。"

还有无数诸如此类的咒语。

火焰时起时落，影射在艾依莎痛苦的双眼中。她恐怖的诅咒在洞壁上回荡，余音慢慢消失，令人毛骨悚然。猛烈的火焰和深沉的黑暗交替映照着石棺上那团可怕的白色东西。

后来，她似乎精疲力竭，停止了诅咒。在石板地上一屁股坐下，浓密的黑发随之散落，披在她的脸上和胸脯上，撕心裂肺般的嚎叫起来。

她哀号道："两千年了，我等了你整整两千年啊，我忍受了两千年的折磨哪！一个世纪又一个世纪，时间总是悄然而过，永不停息地穿梭交替。记忆的伤痛却丝毫没有减少，希望的光芒依然那么遥远。两千年来，狂热的爱情一点点吞噬着我的心，过去的罪孽时时叫我不得安宁。岁月啊，为什么不能抹去我的记忆？痛苦的过去，即将到来的明天，还有永恒的未来，我的痛苦难道就像这滚滚而来的岁月，永无休止吗？"

"心爱的人！心爱的人！心爱的人呀！为什么那个陌生人又把你推到了我的面前？我已经有五百年没这么痛苦过。如果说我曾经做过对不起你的事，可是眼泪还不足以洗刷我的罪恶吗？你什么时候才能回到我的身边？我拥有一切，却唯独没有你，没有你便一切都没有意义。我该怎么办？怎么办？怎么办？怎么办？也许那位埃及姑娘时刻陪伴着你，还在嘲笑我的痴情。哎，我杀了你，却为什么不能和你一起去死呢？天哪，我死不了呀，老天呀，老天呀！"她猛地扑在地上，涕泪如雨，悲痛欲绝，心都要哭碎。

突然间，她停止哭泣，挣扎着站起来，整理好衣服，又胡乱地把长发拢在背后，然后便冲向陈放尸体的石床。

"哦，卡利克拉提斯！"她哭叫着，听到这个名字，我不禁颤抖起来，"虽然这样做只会增加我的痛苦，可我还是忍不住想要再看看你的脸，已经有几十年没有看你了，是我杀了你呀，是我亲手杀死你啊。"她用颤抖的手抓住尸体上的盖布，停下来又开始哭，这次却变成了胆怯的低语，仿佛她的思想使自己都感到害怕了。

"我把你扶起来吧，"很明显在对尸体说话，"这样你就可以站在我的面前，还像过去一样。我能让你站起来！"她说完就向被单下面的尸体伸出手，突然间她的身体变得僵硬，目光也随之发呆。看起来非常可怕，我吓得躲在帘子后面缩作一团，毛发倒竖。不知道究竟是事实还是错觉，我似乎看到被单下面的尸体抖动起来，仿佛是个熟睡的人，上下起伏的被单也像要揭开一样。突然间艾依莎缩回了手，尸体也好像停止了动弹。

"这样做又有什么用呢？"她心事重重地说，"我唤醒你的躯壳，却招不回你的灵魂，有何裨益？即便站在我的面前，你还是不知道我是何人，只能按我的意志行事。你身体中的生命只能是我的，并不是你自己呀！"

她待在那里想了片刻，然后跪在尸体旁，嘴唇吻在被单上，又哽咽起来。这个使人畏惧的女人向死者表白她炽热的爱情时，看上去更加恐怖，甚至比我以前见到的任何事情都要可怕。我实在受不了这种场面，于是便悄悄地掉头离去，每走一步都是摇摇晃晃，慢慢摸索着通过漆黑的通道，颤抖的心不觉感慨，我看到了一个烈狱中的灵魂！

我跌跌撞撞地往回走时，心里也有些迷迷糊糊。我摔倒了两次，在交叉处拐错了一次弯，好在及时发现。艰难地前行了二十多分钟后，我突然意识到自己必须登上石头台阶，先前就是从上面下来的。吓得半死的我精疲力竭地一头倒在石板上，不省人事。

醒过来时，发现身后的通道里射来一束光线。我艰难地爬过去，才发现黎明微弱的曙光已经洒在石阶上。爬过台阶后，终于安全地回到了卧室。我一头倒在床上，很快就睡得稀里糊涂，昏昏沉沉。

第十五章 艾依莎惩戒

等我睁开眼睛时，看见的便是乔布，他的热病已基本好了，正站在洞外射进来的一束阳光中抖衣服，权且当作洗刷整理吧，这里根本就没有刷子。然后又整整齐齐地叠好，放在石床上我的脚下。接着他又从旅行袋中取出装洗漱用品的皮盒子，打开等着我用。开始时，他把盒子放在我的床脚，大概担心我会踢翻，又挪到了地下的一张豹皮垫上，接着后退一两步观察，结果还是不满意。于是他又把旅行袋扣上，靠在床边立起来，将洗漱盒子放在上面，然后又去检查陶罐里供我们洗漱用的水。"唉！"我听到他叹息了一声，"这种野蛮的地方连热水都没有，估计贱人们只会用热水来彼此煮着吃掉对方。"说完又深深地叹了一口气。

"什么事，乔布？"我问道。

"吵醒您了？先生，"他说着不好意思地抓抓头发，"我还以为您睡着呢。看样子，您现在的确需要休息，好像昨晚玩了个通宵。"

我只是含混不清地答应了一声，的确是"玩了个通宵"，我可再也不希望这样"玩"了。

"利奥先生现在怎么样？乔布？"

"情况没多少变化，先生。如果不能有什么好转，恐怕就要完蛋了。先生，他的情况大致如此。不过我想告诉您，虽说是个野人，尤丝坦对利奥可真够好，简直像个受过洗礼的基督徒。她整天待在利奥身边，细心地照顾着他。我偶尔进去打扰一下，就会看见她气得发根倒竖，还会像野人一样骂个喋喋不休。我是从她的表情看出肯定在骂人。"

"那你怎么办呢？"

"我会对她礼貌地鞠个躬，并说，'姑娘，我不太明白你的身份，也难以弄得清楚。我只知道主人病得厉害，我该履行职责。只要动弹得了，我就会来侍候我的主人。'但她一点也不理会我的话，甚至骂得更凶，还从身上穿的睡衣里抽出一把卷边刀，于是我也拔出手枪，两个人互相兜圈子，直到最后惹得她笑出声来。对于基督徒来说，要忍受这些野人也真是够呛。她长得那么漂亮，却也摆脱不了野人的愚昧。

205

不过话说回来，也是意料中的事。"乔布把"愚昧"二字说得特别重，"这种鬼地方能有什么好东西？想也甭想。先生，依我看，这是老天在惩罚咱们。现在报应还不到一半呢，等到全部报应时，咱们也该完蛋了，到时就会死在这些野人的山洞里，永远与那些孤魂野鬼做伴。现在，要是那个野猫子女人允许，我得去看看利奥先生的肉汤。先生，另外您也该起床了，都九点多了。"

对于刚刚折腾了一夜的人来说，乔布的建议并不那么受欢迎，可是他的话却句句说到了点子上。回想每一桩事情，不管从哪个角度来看，我们能从这里逃出去的可能性都几乎为零。即便利奥好起来，即便"她"不会在盛怒中毁了我们，而是放我们一条生路（当然这种可能性极小），即便埃迈赫贾人没用火罐杀死我们，我们也无法找到沼泽地中纵横交错的小路。在绵延数百英里的沼泽地上，零星点缀着埃迈赫贾人的大家族，形成不可攻陷的天然城堡，任何人类设计修建的城堡都无法比得上。然而，除了面对现实，坚持下去，我们又能怎么样？对我自己来说，虽然神经几乎崩溃，可还是对这个荒诞的故事充满好奇，希望能弄个明白。我已别无所求，即使为此付出生命，也觉得值了。对于生理正常的男人来说，只要有机会，谁会愿意放弃了解艾依莎这样的神奇女子？探索的艰难更为其增加了无穷的魅力。况且，即使在这样头脑清楚的白天，我也不得不承认，我无法忘记这个女人的魅力。

就算见证了昨晚那可怕的一幕，也不可能改变我头脑中的荒唐想法。哎，我必须得承认现实！从今往后，这个神奇的女人永远也不会从我的记忆中抹去！

起床梳理过后，我就去餐厅或者说那个处理尸体的地方吃饭。还像以往一样，早餐仍然由哑女送来。吃完后，我就去看可怜的利奥，他依然昏昏沉沉，甚至连我也认不出。我向尤丝坦打听了一下他的病情，她只是哭着摇摇头，认为希望已经很渺茫。我下定决心，只要有一点可能，我一定要请"她"亲自来看看利奥的病。如果她果真有魔力，一定可以救活利奥，至少她自己对我这样说过。我还没离开时，比拉利也来到了利奥的房间。

"夜幕降落时，就是他的最后时刻了。"他说。

"但愿上帝不允许发生这样的事，父亲。"说完我就伤心地掉过了头。

"'至高无上的她'要你去一趟，狒狒。"老人出门时对我说，"不过，我亲爱的孩子，你还是小心一点吧。昨天，你不愿意爬着进去，我还以为她会把你杀掉呢。她今天要坐在大厅里去审判那些差点杀了你和狮子的混蛋。孩子，过来，快点走吧。"

于是我跟随他沿着过道走了出去。到了洞穴中央的大通道时，看见里面有不少埃迈赫贾人，有的披着袍子，有的只简单地在腰上系了一块豹子皮，正匆匆朝前走。我们也加入人群中，沿着漫长的洞穴向前走，洞内处处雕刻着精美的壁画。每二十步左右就有垂直的小通道，比拉利告诉我，这些小通道全都通向"早先居民"在岩石上挖出来的墓穴。他还说，现在已经没有人去这些墓洞参观。想到眼前这么好的研究古文物的机会，我的心中不觉暗自高兴。

我们最后终于到了洞穴的另一头，这里也有个石头台子，与几天前我们在上面殊死拼搏过的台子几乎一模一样。这些石台当初有可能用来祭祀，也有可能用来举行宗教仪式，还有可能用来为死者举办葬礼。比拉利告诉我祭坛两边是通向存放许多死人的小洞穴。他还补充了一句："其实整座山上都几乎堆满了死人，而且全部保存完好。"

台子的前面已经聚集了许多男男女女，依旧带着阴郁的表情东张西望，他们这副模样，保证能让马克·塔普列[1]在五分钟之内变得垂头丧气。祭坛上有一个粗陋的座位，镶有象牙的黑木椅子，上面有草编的坐垫，旁边连着木板做的脚凳。

突然间人群中响起了"海娅！海娅！"的叫声，所有前来观看的人都猛地卧倒在地，无论单个看还是整体看，都好像突然全部死去，留下我孤独一人，俨然是大屠杀的唯一幸存者。同时，一些卫兵列着纵队从左边通道过来，分别站立在祭坛左右两侧。接着走进来的是

1　马克·塔普列：狄更斯在《马丁·查尔日利维特》中塑造的乐天派形象。

二十个男性哑奴，后面跟着二十个手里提灯的女性哑奴，最后是一个高挑的影子，从头到脚包着白布，我认得出正是"她"。登上祭坛后，她便坐在椅子上，开始用希腊语对我说话，想来是为了避免周围其他人的耳目。

"您过来吧，霍利。"她说，"坐在我的脚边，看看我怎么惩罚这帮企图杀死你们的混账。如果我的希腊语有些蹩脚，请您原谅吧。我已太久没听过这种语言，舌头有些发硬，转不过弯来。"

我鞠了个躬，然后就走上祭坛，坐在她的脚边。

"睡得好吗？亲爱的霍利？"她问道。

"不太好，艾依莎。"我如实答道，内心颇为胆怯，害怕她是不是已经知道我昨晚的行踪。

"其实，"她笑着说，"我也没睡好。昨晚一直在做噩梦，我想这都是您引起的，亲爱的霍利。"

"您梦到了什么？艾依莎？"我淡淡地问。

"我梦到了，"她匆匆说，"我又爱又恨的人。"然后好像要转移话题一样，用阿拉伯语向她的卫兵头目喊道，"把那帮混蛋给我带上来。"

那个头目向她深深地鞠了一躬，然后就带着部下走进右边的小通道。卫兵和仆人不必俯卧在地。

这时洞内一片死寂,她把包起来的脑袋斜倚在手上,陷入沉思。脚下的臣民依然肚子贴地趴着,只是偶尔转转头,以便能用一只眼睛偷看我们一下。可见他们的女王极少在大庭广众之下露面,这么多人愿意受这份罪,甚至是冒着生命危险,只为了一睹她的风采,准确点说只为了看看她的衣服,除了我,这里没有一个人见过她的芳容。最后我们终于看到了摇曳的灯光,听到了窸窸窣窣的脚步声。接着走出的便是卫兵,还有准备杀死我们的一些幸存者,有二十人左右,他们脸上惯有的冷漠显然已被心中强烈的恐惧代替,在祭坛前排成一队,也准备像看热闹的人一样趴在地上,但她发话了。

"不用了,"她柔声说道,"站着吧,我允许你们站着。也许过不了多久你们就会嫌躺着累得发慌。"她说完后发出了一阵悦耳的笑声。

这些死到临头的可怜虫个个吓得缩成一团,虽然他们都是十恶不赦的坏蛋,可我还是忍不住有点同情。时间一分一分地过去,大概有两三分钟一点动静也没有。我们看不到"她"的眼睛,但从她不断移动的脑袋可以看出,她似乎在仔细地挨个检查这帮犯人。最后,她用一种平静而慎重的语调问我:

"尊贵的客人,您能认得出他们吗?"

"是的,尊敬的女王陛下,差不多都在这里了。"我回答时看见他们个个对我怒目而视。

"现在，当着我和所有在场的人，请您把事情的原委讲个清楚。"

听到她的命令，我简单地讲了一下那场人肉筵及其相关的事情，还有我们可怜的仆人差点遭到的非人折磨。我叙述时，大厅里鸦雀无声，罪犯和观众们都静静地听着，甚至"她"自己也听得很认真。我说完后，艾依莎又传唤比拉利，他只是把头从地上抬起来，身子没敢动。老人证实了我的话，于是艾依莎便没再进一步取证。

"你们自己也听见了吧？""她"一字一顿地冷冷说道，完全不同于平常的甜美语调，她总能在特定的时间使用最为恰当的语调，这也是这个非凡女人最值得称道的特殊才能之一，"还有什么好说的？这群叛贼，难道你们不该受到惩罚吗？"

好一阵子没人答话，最后其中的一个罪犯开口了。这是一个外貌英俊的壮年汉子，长着一副宽阔的胸膛，线条分明的五官，还有鹰一样犀利的眼睛。他说他们得到的命令只是不许伤害白人，并没有关于他们黑人奴仆的只言片语，所以他们才在一个现已死去的女人的怂恿下，打算遵从当地值得炫耀的古风，用火罐杀死后吃掉他。至于对我们的袭击，完全是由于意外的冲突引起，他们现在也深感悔恨。他最后可怜巴巴地请求女王仁慈一些，把他们赶入沼泽，生死自有天命。从绝望的神色看，他自己也没抱多少希望。

接着又是一阵沉默，死一般的沉寂笼罩着昏暗的大厅，只有闪烁的灯光在墙壁上投下大片的怪影，即使在这片充满魔力的土地上，我也感觉到这些影子古怪离奇。祭坛前的地板上平趴着许多像死人一样的围观者，黑压压的人群直到完全消失在昏暗的岩洞尽头。俯卧地上人们的面前便是那帮丧尽天良的家伙，极力想用貌似英勇的漠不关心来掩饰内心的恐惧。左右两边庄严地站立着身穿白袍的卫士，手持巨大的刺枪和精悍的短匕首。男男女女的哑奴用好奇的眼光观看着周围发生的一切。剩下的便只有高高地坐在粗糙的椅子上的"她"，全身裹着白布，还有坐在她脚下的我。她的威严和魅力就像无形中发出的耀眼光芒，使她全身上下笼罩在美丽的光环中。此刻当她全副精力惩戒罪犯时，显出了无比的威严，全身用白布裹住的身体看起来从没这么可怕。

她终于发话。

"毒蛇恶狗们，"她开始的声音很低，但渐渐积聚力量提高嗓门，直到全场都回荡着她的声音，"这帮吃人肉喝人血的家伙，你们犯了两条不可饶恕的罪过。第一，冒犯了这些尊贵的白皮肤客人，还想杀死他们的仆人，单此一条就死有余辜。但你们的罪责还不止于此，竟敢违背我的命令！难道我没有让我的仆人，你们的父亲比拉利，传来命令吗？难道我没有叫你们热情款待客人吗？可你们竟敢攻击，还想要了他们的命。如果不是他们聪明机智、身强体壮，岂不就惨遭杀害？

212

难道你们从小不知道'海娅'的命令就是永恒不变的法律？胆敢有半点不遵就要杀头？难道小时候你们的父亲没教过吗？难道你们不知道借故不执行我的命令，或自作主张对我的意思添油加醋，是根本不可能的吗？就像你们命令这些洞穴坍塌、太阳停止转动一样，永不可能！想必你们不会不知道，这帮十恶不赦的坏蛋！你们的五脏六腑装满了坏水，对你们来说，邪恶就像春天山泉里源源不断的流水。如果没有我的管教，内心的邪恶就会让你们彼此你争我斗，过不了几代就要完全毁灭。因为你们的罪恶，也因为你们差点杀死我的客人，更因为你们竟敢任意篡改我的命令，现宣布对你们的惩罚：送入酷刑洞 [1]，交由专门负责施刑的人员处理。如果明天太阳落山前还没有死去，再拖出去斩首，就像你们杀死客人们的仆人一样。"

她讲完后，洞中响起一阵恐怖的低语。罪犯听到宣布自己悲惨命运时，再也没法保持那种对一切满不在乎的矜持样子，一头倒在地上失声痛哭。哀号着请求饶恕，凄惨可怜的样子真是叫人看不下去，我

---

1 酷刑洞：我后来才对这个可怕的地方有所了解，是住在克尔平原上的史前居民留下来的遗迹。洞中只有一些石板，安排在不同的位置用于实施酷刑。容易渗水的石板上有不少过去受刑者血迹变成的黑色。岩洞中央有个开孔的炉子，用来烧热陶罐。洞里最可怕的情景是每张石床的上方都有一幅雕刻，记载了曾在上面用过的酷刑。这些雕刻实在是太可怕，我就不在此仔细描述，免得吓着了我们的读者。——路·霍·霍利

甚至掉头向艾依莎求情，希望能饶恕他们，至少不要使用那些可怕的死刑。但她似乎没有一点商量的余地。

"亲爱的霍利，"她又开始用希腊语说话，不过，说句实话，虽然大家向来公认我是个水平不低的希腊语学者，但我却很难听懂艾依莎的话，可能是由于古往今来的语调变化太大的缘故[1]。"亲爱的霍利，不能这样做。我一旦宽恕了这些豺狼，你们在这里的生命安全就一天也得不到保障。你并不了解，他们是嗜血成性的猛狼饿虎，也许此刻都在垂涎着你们的身体。你以为我是用什么来统治这个国家？只有一个团的卫兵来执行我的命令呀。我靠的不是武力，而是恐怖！我的帝国里充满了驰骋的想象力。除了这次之外，我大概在每一代人中执行一次惩戒，用酷刑杀戮二十多个。相信吧，我不是个残酷的人，也不是在报复什么，报复这些人对我自己又有什么好处？对于我这样活得太久的人来说，除了自己真正感兴趣的事情，对别的东西没有多少热情。表面看来，是因为我性情乖戾，盛怒之下才杀人，其实根本不是这么回事。你看见过天上无缘无故飘荡的小云朵吗？其实，无论飘到哪里，都是有强大的风力在背后追逐。对我来说也是一样的道理，霍利。我

---

1 艾依莎说的是她自己那个时代的希腊语，而我们却只能用现代的语音语调来校正发音。——路·霍·霍利

的心情和脾气便是小小的云朵，不停地变化，控制它们的便是与我人生最终目标相关的大风。此事没什么好商量，他们只有一死，而且死法也不能改变。"突然间，她又转向卫兵队长补充一句，"一切按照我的命令，执行吧！"

第十六章 克尔墓群

受刑者被带走后，艾依莎挥了挥手，于是围观的人也掉过头，向洞外爬去，就像一群四散分离的绵羊。等他们离开祭坛很远时，才站起来走出去，只留下我和他们的女王，还有哑奴和几个卫兵，多数卫兵已经随同犯人走掉。我想这正是个好机会，于是仔细对她讲了利奥的病况，请求"她"去看望一下，但她没有同意，认为他不会在晚上之前死掉，据说所有患热病的人都是死在黄昏或拂晓，还说热病应该尽量发得充分一些再让她去治疗。最后，我只好打算起身离去。可她又命令我跟着去参观洞内的各处奇迹，希望和我聊聊天。

我已深深陷入情网，就算心里不想去，也很难在她的魅力面前说

216

出半个"不"字,于是我便鞠躬应允。她从椅子上站起来后,向哑奴做了个手势,四个哑奴走过来,两前两后拥着我们向前走去。其余的哑奴和卫兵们一起退下。

她说:"你现在想不想去看看这里的奇迹?亲爱的霍利?我们去看看这个庞大的洞穴吧!以前有没有见过类似的地方?这里还有许多山洞,都是一个消亡了的民族挖出来的,他们以前就居住在平原上的城邦里。这些生活在克尔的人们一定是个人口众多的伟大民族,但他们也像埃及人一样,对死者比活人还要重视。你想想,要挖出这样的一个山洞,再加上数不清的小通道,需要花费多少人力多少时间呀!"

"大概要数万人吧。"我回答。

"当然了,霍利先生。这些人生活的年代比埃及人还要早。我已摸索出一点他们的文字,能读懂他们的碑文。看看这里,就是他们最后流行的岩洞式样之一。"她转向旁边的石壁,示意哑奴把灯举得高些,祭坛上刻了一个坐在椅子里的老头,手里拿着一条象牙棒,我突然间意识到他的容貌与雕刻在餐厅里进行防腐处理的人非常相似。老头坐的椅子与艾依莎审判时坐的那张也一模一样,椅子下面有一段用特殊文字书写的短短的铭刻,只可惜现在记不清了,但与我熟悉的文字都截然不同,看起来有些像中国字。艾依莎费了好大的劲才断断续续地把这段话读了出来,并翻译成阿拉伯语。其内容如下:

217

克尔帝国建国 4259 年，克尔国王蒂斯诺完成此寝陵。此
洞凝聚了全国人民及所有奴隶三代人的心血，拟供本国贵族
及后裔墓葬之用。伟大的蒂斯诺国王即长眠于本洞，其画像
雕刻于铭文上面。愿蒂斯诺国王和所有休憩于此洞的在天之
灵幸福安康，直到复苏[1]，愿他所有的仆人和后裔安息。

"知道了吧，霍利先生，"她又说道，"他们在建成这个岩洞的四千
多年前就修建了那座城邦，远处的平原上现在还有许多遗迹。两千多
年前，我第一次看到那些废墟时，几乎就与现在一模一样。想想看，
这座城邦都有多少年了。跟我来吧，看看这个民族在厄运降临时如何
毁灭。"说完后她领着我来到岩洞中央，这里有块圆形的石头嵌在地面
上人工凿出的洞口，大小刚好合适，就像伦敦大道盖在煤道口上的圆
铁片一样。她在此停住，说道："猜猜看，这个用来做什么？"

"全然不知。"她走去岩洞左手边，面朝入口方向，示意哑奴举起灯，
墙壁上有些用红色颜料写下的字迹，与克尔国王蒂斯诺刻像上面的字
体非常相似，颜料看上去依然色泽鲜艳，字体也清晰可辨。艾依莎又
把这段长长的铭文翻译给我听，其内容如下：

1　这句话需加以注意，暗示了当时的人们确信有来世。——原书编者

218

克尔国大神庙祭司朱尼斯于克尔帝国建国 4803 年在寝陵洞壁上书此铭文。克尔帝国就要毁灭了！克尔帝国的统治从此不复存在，世界各地再也没有克尔商人的身影，克尔岩洞里也不再会有盛宴欢歌。克尔帝国即将陨落！克尔人所有的杰作就要毁灭，无数美丽的克尔城邦就要消亡，所有码头和运河就要荒芜，从此变成飞禽走兽的乐园，只为日后到来的野人们享用。两年多前，一片阴云笼罩了克尔大地，随之而来的瘟疫毁灭了克尔，无论老少，相互传染，无一幸免。人们一个个先是全身发黑，继而惨死，有老人，有孩子，有富人，有穷人，有男人，有女人，有王孙贵族，有平民奴隶。瘟疫不停地漫延，日夜作恶，偶尔有人幸免，还因饥荒难免一死。因死亡人数过多，根据克尔旧俗，未成年人的尸体便不再保存，从此洞内地板上的圆孔内投入地下的一个大坑。最后，这个伟大民族的幸存者便成为整个世界的希望，他们沿海而下，乘船北上。现在，本人，祭司朱尼斯已经是这座城邦中唯一活着的人，别的城邦是否也有幸存者，未为可知。写下这些文字时，我已伤心欲绝，因为克尔帝国将不复存在，大神庙将无人祭拜，克尔的土地将空空荡荡，所有王宫贵族，达官贵人，富裕商人，还有所有美丽的女人都将永远化为尘土。

我惊叹地嘘了一口气,这些随意涂鸦的文字中蕴含的孤苦伶仃太令人震撼了。我们不妨想象一下,一个伟大民族的最后一名残存者,在自己行将倒下之际,写下民族的厄运,该是何等凄凉的场面!他在可怕的孤独中,借着油灯的昏暗光线,在洞壁上草草记录下自己民族消亡的过程时,老人都想了些什么?他是一个多么富有道德责任感的人,一个多了不起的书画家,任何伟大的词语用在他身上都不算过分。

艾依莎用手扶住我的肩膀说:"霍利,难道你不认为那些乘船北上的人有可能就是埃及人最早的祖先?"

"无法知道,"我回答,"地球的历史似乎太长了。"

"太长了?当然已经很长了。是啊,岁月轮转,多少精通技艺、高度发达的国家一个个从地球上消失,从此被遗忘,甚至没有给人类留下任何记忆。克尔城邦就是这样的一个国家。时间可以吞噬人类创造的一切,除非他们像克尔人一样挖下巨大的岩洞,可岩洞也有可能被大海吞噬或被地震毁坏。谁能弄清地球上曾经发生过什么?谁又能知道将来会是什么样?也许正如一个希伯来哲人曾说过的一样,世界上其实没有什么真正新生的东西。我估计克尔人并没有完全被毁灭,因为他们有许多城邦。后来又从南方来了一些野蛮之人，或许就是我们阿拉伯人，在此定居，并娶当地女人为妻，现在的埃迈赫贾人可能就是克尔人的混血后裔，可以说他们就居住在埋藏祖先白骨的山洞中[1]。但是我也不能确定，有谁能知道那么早的事情。我的才智无法穿过黑暗的时间隧道。不过，克尔人的确是个伟大的民族，他们征服了整个世界，然后舒舒服服地居住在山间岩洞，他们拥有数不清的男女仆役，行有吟游诗人陪伴，夜有风情万种的女子侍候，雕刻家还为他们留下珍贵的画像。他们或吃喝玩乐，或山间行猎，或贸易交往，或神庙雄辩，生活好不快活自在，直到他们的末日到来。来吧，我带你去看看铭记中提到的大坑，那可是难得一见的景致。"

我跟随着她来到了主洞边上的一个小通道，向下走了许多台阶后，我们来到一个地下通风道，其深度至少低于地面60英尺，顶上有些稀奇古怪的通风眼，只是不知道究竟通向哪里。艾依莎在此停下来，叫哑奴举起油灯，正如她说过的一样，我大概一辈子也不会再看到这样的景象。我们站在一个很大的坑里，或者说是站在坑边，因为大坑不

----

1 正如赞比西河的许多民族一样，"埃迈赫贾 (Ama-Hagger)"这个名字本身就暗含了一种混合种族的意思，其前缀"埃迈 (Ama-)"是祖鲁人的常用语，表示是同族人，而后缀"赫贾 (-Hagger)"则是阿拉伯语，意思为石头。——原书编者

断向下斜着，坑口砌了一圈石头边。搞不清大坑在我们站着的地方以下究竟还有多深，但可以看得出其面积与伦敦的圣保罗圆顶大教堂相差无几。哑奴把灯高高举起，下面原来是个庞大的尸骸堆，成千上万人的白骨堆成高高的圆锥形，大概是上面丢下新的尸体时，周围的尸体便顺势溜下去。这个业已灭亡民族的无数尸体堆积起来的巨山实在让我震惊，然而，更可怕的却不止于此。由于这里空气干燥，许多尸体已经风干，可人皮还卡在上面，正从白骨堆中龇牙咧嘴地瞪着我们，模样五花八门，恐怖至极，恰似对人类最大的讽刺。我不觉吓得大叫一声，回音在拱顶上久久回荡，没承想却振动了顶上一块几千年来刚好平衡的脑瓜盖，骨碌碌向我们滚过来，带动无数骨头一齐跟着稀里哗啦向下滑，整个坑中咔嗒咔嗒响成一片，好像所有白骨都在跳起来向我们致意。

"走吧，"我说，"我们去那边看看。这些人都死在那场流行病中吧？"掉头走时，我又问了一句。

"是的，克尔人的后代当年像埃及人一样要对尸体进行防腐处理，而且他们的技术要高明多了。埃及人的方法是挖去内脏，除去脑子，而克尔人则是在血管中注入液体，可以到达身体各部。别着急，马上就可以看个明白。"她随便停在过道里的一个小门口，让哑奴们照亮道路。走进去后，发觉有些类似我第一次睡觉的地方，只是这里有两张石床，躺着盖了黄色亚麻布的尸体[1]。如此漫长的岁月，上面只有一层不易察觉的薄薄灰尘，完全不似人们想象的那么厚，因为这些深洞里没有什么东西会产生尘土。在尸体旁边的石板上，或周围的地面上，陈列着许多绘有图画的漂亮陶罐。不过，在所有墓穴中都极少有装饰品和武器陪葬。

"揭开盖布吧，霍利。"艾依莎说，我伸出了手又缩回来，似乎感觉有些亵渎神灵。说句实话，我是有点害怕这里的寂静，眼前的尸体也让我发怵。她大概察觉到我心里的畏怯，笑着自己掀开盖布。没承想下面还有一张好看的裹尸布，她又将其揭开。千万年来第一次有活人的眼睛注视这冰冷的尸体，死者是个女人，大概35岁左右，或者更年轻一点，当年一定是个美人。即使现在，清秀的脸庞依然显得温文尔雅，弯弯的眉毛清晰可见。灯光映射下，长长的睫毛在象牙般洁白细腻的脸上投下细小的影子，实在太美了。深蓝色的长发像流水般铺在她洁白的袍装下，肘弯里躺着一个婴儿，小脸紧紧贴着妈妈的胸脯，她就这样度过人生中最后的长眠。这幅画有些可怕，却也非常甜美，有点不好意思告诉大家，我几乎感动得哭了。刹那间，我仿佛跨越了

---

1 埃迈赫贯人穿的所有亚麻布都来源于坟墓，其发黄的颜色便是证实。实际上，如果好好洗一下，还可以恢复雪白的真面目，这是我见过的最漂亮最柔软的亚麻布。——路·霍·霍利

昏暗的时空深渊，走进当年克尔帝国那些幸福的家庭，这位衣着华丽的迷人的女子就生活在其中，她临死时还带走了最后一个孩子。母亲和孩子活生生地躺在我们面前，无言地讲述着一段久被遗忘的人类历史，却比任何文字记录更能摄人心魄。我又怀着崇敬的心情慢慢地盖上裹尸布，不觉慨叹这些永恒美丽的花朵现在却只能在坟墓里盛开。转向对面的石床，我轻轻地揭开裹尸布，下面是一个上了年纪的男人，胡子已经花白，也穿着一条白色的长袍，应该就是那位女子的丈夫了，大概在她之后又活了许多年，最后才又一次，也是永远地躺在了她的身边。

我们离开后还去了别的不少地方，如果把所见所闻一一记录，未免有些冗长。从陵墓建成到这个民族的灭亡大概经历了五百多年，这么长的时间足以塞满所有的地下墓室，里面的确有无数的遗骸，几乎所有的尸体都与放进墓洞里那天一样原封未动。如果把看到的每一具尸体细细加以描述，都可以写成一部巨著。不过除了个别有些不同，其他也只是简单的重复。

在这种安静的地下岩层深处，没有什么东西能来伤害他们，地面上的寒冬酷暑、风霜雨雪无法影响到这里，注入他们的体内的香料又似乎永远不会失效。因此几乎所有的尸体都像几千年前刚刚死去时一模一样，他们处理遗体的技术实在高明。不过有些却是例外，从表面上看，这些尸体也是完好如初，但是只要一摸便会塌陷下去，原来已经变成一堆灰土。艾依莎告诉我，这些尸体应该是由于埋葬时太匆忙或别的什么原因，只在防腐剂[1]中浸泡过，没有将其注入身体。

不管怎么说，我还是要对最后看到的墓穴啰嗦几句，比第一座更能引起人类思想上的共鸣。里面有两具尸体，却只睡一张石床。打开上面的裹尸布。哇！里面竟是一对心贴心紧紧拥抱着的尸体，一个英俊的年轻男子和一位妙龄少女。姑娘的头躺在小伙子的臂膀上，小伙子的嘴唇吻在姑娘的额头上。揭开男人的亚麻布袍子，心口上露出匕首的刀痕，姑娘丰满的胸脯上也有相似的伤口，她就是因此而丧命。在他们上面的岩石上刻有几个字，艾依莎翻译给我听：死神面前的婚礼。

这一对正在花季的青年生前该有多么动人的故事啊，即使死亡也没法将他们分离！

---

1 艾依莎后来带我看过叶子可以用来提炼古代防腐香料的树木。这是一种低矮的灌木类植物，现在仍然长得满山遍野，通往我们所在岩洞的山坡上就长满了这种树。叶子又细又长，颜色鲜绿，秋天时变成亮红，与普通月桂树很有几分相似。这些叶子在翠绿时没有什么气味，但在水中煮沸后，则有浓郁的味道，香气熏得人简直受不了。最好的防腐香料却是根须，据艾依莎后来带我看的一处铭刻记载，官位没达到规定等级的人如果使用根须制成的药水处理尸体，将会受到严厉的惩罚。其目的显然是在保护该树种，防止灭绝。只有政府才有权利经营和买卖其树叶和树根，克尔国王们也因此获得了大笔收入。——路·霍·霍利

我轻轻地闭上眼睛，任想象的丝线随风飘荡，飞速旋转的梭子渐渐回溯到许多年以前，编织出一幅清晰生动的图片，恍惚间，我似乎感到自己战胜时间，双眼一直透视到神秘的过去。

　　我仿佛看到了这个美丽的姑娘，金黄色的头发像瀑布一样披在肩头，在雪白的袍子映衬下更是闪闪发光。她的酥胸比袍子更要洁白无瑕，胸前熠熠发光的金项圈因此黯然失色。我还看到一个巨大的洞穴，里面站满身穿盔甲的勇猛武士，甚至还看到他们脸上的胡须。在艾依莎先前惩处罪犯的祭坛上，站立着一个身穿长袍的男人，全身上下佩戴着神职人员的标志。这时，从洞外进来一位身穿紫衣的男人，身后跟随着许多歌手和美丽的姑娘，他们正一起高唱婚礼赞歌。一袭白衣的姑娘背靠圣坛站着，最美的女人也要逊色三分，百合般纯洁的姑娘，心却比清晨的露珠还要冰冷。男人靠近时，她吓得不由颤抖起来。突然，人群中挤出一个黑头发的小伙子，伸手抱住了久违的姑娘，热吻印在她苍白的脸颊上，一片红云像朝霞一样悄悄爬上她的脸庞。接着场下乱成一团，叫喊声此起彼伏，飞扬的短剑寒光闪闪，把姑娘从男人的怀抱中拉出，一刀结束了男人的性命。姑娘尖叫一声冲上去，从小伙子的腰带上抽出他随身佩带的宝剑，一挥手刺入自己雪白的胸脯，正中心房，她也虚弱地倒了下去。于是，哭叫声，哀号声，所有伤心欲绝的声音一起袭来。这时，盛大的演出在我眼前落下帷幕，过去的岁月紧紧关上大门。

请读者原谅我在真实的经历中插入了这段想象。但对我来说，却与真实无异，那一刻，我清清楚楚地看到了一切。在想象驰骋的时候，谁能说得清多少是真多少是假，何时是现在，何时是过去，何时又是未来？为什么会有这样的梦幻？有可能是晦涩真理的曲折反射，也有可能只是心灵的胡思乱想。

不一会，这幅图画便从我的脑海消失，艾依莎又开始跟我说话。

"想想这些人的命运！"艾依莎一边盖上那对恋人的裹尸布，一边对我说。她的声音听起来显得特别庄重，产生一种令人敬畏的效果，恰与我刚才的梦境相似。"坟墓是我们每个人的最终归宿，被世界遗忘是我们注定的命运，其实忘却也是一种死亡！哎，就算我活了这么久，最终也难免一死。霍利先生，再过几千年，那时你已跨过死神的门槛，消失在滚滚红尘，我也会在其中的某一天死去，与你没什么差别，也与他们一样。虽然我比你们多活了几千年，可是又有什么用呢？只不过是凭着自己掌握的智慧又向大自然多讨了一些岁月而已，最终也是走向死亡呀！一万年是个什么概念？十万年在时间的长河中又算得了什么？太微不足道了，恰似太阳升起时悄悄溜走的晨雾，又似春天里消融的残雪，好像睡了一觉便飞逝而过。再想想这些人的命运吧，当然，谁也无法逃脱这样的命运，有一天都要永远地睡去。不过，我们还会醒来，还会再生，然后再睡，就这样周而复始地循环，在时空中无限轮回，直至我们所在的地球死亡，直至地球以外的世界消亡，只有生命之神才会永生。但是对我俩和这些已经死去的人来说，最终的结果是生还是死？如果说死亡是生命中的黑夜，那么黑夜过后又是新的一天，白天过后又会有黑夜来临。总而言之，无论白天还是黑夜，无论活着还是死去，来的地方便也是消失的地方。我们的命运会怎样？霍利？谁能看得那么远？我也无能为力。"

然后她又加了一句，只是完全换了一种语气。

"你看够了吗？陌生的客人，还想不想再去看看我王宫大厅中的精彩墓室？在那里，你可以看到克尔国最伟大最骁勇的蒂斯诺国王的陵墓，这些墓洞就是在他的手上完工的。他那豪华壮观的墓葬似乎是对死亡的讽刺，好像至今还在强迫死去的灵魂对自己刻在石头上的雕像顶礼膜拜。"

"尊敬的女王，看够了，"我回答道，"我的心快要被死亡压得喘不过气来。人类是这么脆弱，尤其是看到自己化为的尘土时更是不堪一击。还是带我回去吧，艾依莎。"

第十七章 平静不再

　　哑奴们悠然自得地提着油灯走在前面，这些油灯在她们手里简直就像挑夫手中的水桶一样平稳，好像灯光自己向前飘去。不一会，我们就来到了连着"她"的接待厅的台阶，也就是比拉利前一天四肢并用爬进爬出的那一间，我打算在此告别女王，可她不同意。

　　"不要走，霍利先生，"她说道，"跟你谈话真是件令人愉快的事情，随我进去吧。霍利，你想想，两千年来，除了那些奴隶和自己的灵魂，我没有与任何人交谈过。虽然孤独使我悟到了不少智慧，解开了许多秘密，然而，我还是厌倦了自己的思想，憎恶现在的生活。记忆的滋味只是苦涩，唯有心怀一线希望，我们才有可能勉强咀嚼这颗苦果。

虽然你的头脑还天真幼稚，可作为年轻人，仍不失为一个善于思考的智者。说实话，你让我想起了古老的哲学家，我当年在雅典和阿拉伯的贝卡时还与他们辩论过。你与他们有着同样的固执，看上去同样满面尘土，好像你也整天忙着阅读那些晦涩难懂的希腊文，书本里的灰尘弄脏了你的脸。打开帘子吧，坐在我的旁边，我们可以一边吃水果，一边聊些愉快的话题。如果你想看见我的脸，我就摘下面纱。其实，你也真是搬起石头砸自己的脚，我不是早就警告过吗？现在，你还是免不了会像古代的哲学家们一样称颂我的美貌。好了，忘记那些无聊的家伙，让他们的哲学滚蛋吧！"

她没再说什么就站起来摇了摇，抖落身上雪白的包布，像一条刚刚蜕皮的美女蛇一样，浑身上下闪着耀眼的光芒，美丽的双眼直勾勾地盯着我，甚至比任何蛇怪[1]都要让我窒息。她的美丽一点点浸入我的心脾，耳畔还不断传来银铃般欢快的笑声。

她的脸上洋溢着一种快乐的神采，深不可测的思想也似乎随之变化。没有痛苦的折磨，心中也没有仇恨，她在跳跃的火苗中诅咒情敌的神态已荡然无存；也不是一副冷若冰霜的样子，与她在大厅审理罪

1　蛇怪：古代和中世纪传说中的怪物，由毒蛇从公鸡蛋孵出，状如蜥蜴，有一双可怕的红眼睛，人触其目光或气息即死。

犯时简直判若两人；也不再像推罗人[1]一样善于雄辩，脸色阴鸷，甚至不可一世，那个墓穴里谈古论今的思辨哲人已不见踪影。此刻，她只是欢乐的阿佛洛狄忒[2]，美轮美奂，光芒四射，令人心醉神迷。青春的活力洋溢在她的全身，整个人都散发着生命的魅力。她轻语低言，顾盼流连，神采飞扬。轻轻一摇浓密的卷发，沁人心脾的异香顿时充满整个房间。踢掉小脚上的便鞋，还哼起了古老的希腊婚礼颂歌。女王的庄严不翼而飞，当然也有可能藏在了她笑盈盈的双眸中，像晴天里的闪电一样难以察觉。复仇中的火苗，审判时的威严，坟墓里的感慨，所有这一切就像披在她身上的洁白包布一样，被她抛到九霄云外，呈现在我面前的只是一个迷人可爱的女子，一个更加聪明颖悟更加完美的女人，一个古往今来无人能及的奇女子。

"亲爱的霍利，就坐在那儿吧，这样你就可以看到我。别忘记，这可是你自己的决定。我再说一遍，要是你有朝一日在痛苦的相思中度过余生，后悔于今日因好奇而窥视我的容貌时，你也应该欣然接受，不要怪我哦！好了，就坐在那里，告诉我，我是不是很美？说实话，

1　推罗：古时腓尼基的奴隶制城邦之一。

2　阿佛洛狄忒：希腊神话中的爱情女神，美之女神，激情女神。她是个水性杨花的女神，对于追求她的神来说，人人有希望，个个没把握。她的丈夫曾为其编织过一条有魔力的金腰带。

我的心里也在渴望着赞美。不过，也不用着急，想好了再说到点子上。仔细看看我的脸，也别忘了我的身姿，还有我的双手，我的双脚，我的头发，当然还有我洁白的肌肤，然后再以实相告。有没有见过比我更美的女人？哪怕只有一小部分比我好看？比如，她的睫毛是不是比我的更弯？耳朵是不是更像圆圆的贝壳？可以像一盏明亮的灯把我比下去？现在，看看我的腰肢吧，或许你觉得太粗了，其实我的腰一点也不粗，只是这条金腰带太大，系不到我的腰那么细。这是条聪明的蛇腰带，好像也知道系在腰上不合适。不过，你可以感觉一下，把手伸过来，扶住我的腰，稍微用点力，你的手指差不多碰到我的腰了吧？亲爱的霍利？"

我实在是有些不能自持了。我只不过是个普通男人，而她却是非同寻常的女人。只有上帝才了解她，而我却一无所知！可是此时此刻，我已身不由己，双膝一软，跪倒在她的面前，神魂颠倒地大肆表白，我对她的崇拜胜过任何一个女人可以得到的爱慕。哎，人在这种时候总是乱成一团，我还说要把永生不变的灵魂献给她，我要娶她做新娘。的确，我当时真是恨不得把心都掏出来，换了任何一个男人，或者说，世界上所有的男人，都会这么做。她开始显得有些吃惊，过了一会，竟然高兴地拍手大笑。

"哦，亲爱的霍利，竟然这么快！"她说道，"原来还不知道要过多久才能让你跪倒在我的面前，已经有好多年没有男人拜倒在我的脚下，相信我，女人在这种时候心里总会甜滋滋的。这是女性唯一的特权，看来，无论是高深的智慧，还是漫长的岁月，都无法剥夺女人的这种快乐。"

"你想怎么样？你想干什么？其实你根本不知道自己在做什么。难道我没有对你说过，我不属于你吗？我爱的人只有一个，但那人并不是你。智慧无穷的霍利，聪明绝顶的霍利，你现在怎么比傻瓜还傻？只要你高兴，只要你敢看着我的眼睛，你就可以吻我。看吧！"她说着把身子向我靠过来，摄人心魄的黑眸子紧紧盯住我的双眼，"感谢上帝，世界万物各有其道，你想亲吻就吻我吧，亲吻并不会留下什么痕迹，除非吻在心上。可是你一旦吻了我，对我的爱就会一点点吞噬你的心，接踵而来的便是死亡。"她凑得更近，柔软的头发轻拂着我的额头，芬芳的气息在我脸上荡漾，我不觉变得神志迷离。突然，就在我伸出胳膊抱住她的时候，她猛然间站了起来，像换了个人似的，伸出一只手压在我的头上，似乎有股东西流入我的身体，使我滚烫的血液骤然间冷却下来，霎时恢复常态，重新意识到什么才是适当的行为，什么才是所谓的美德。

"这种荒唐的游戏到此为止。"她严厉地说，"你听好了，霍利。你是个正直诚实的人，我就原谅你这一回。一般来说，女人在这种事上很难宽恕人。我已经说过，我的心不属于你。但愿你的激情就像风一样在我身边消失得无影无踪，但愿你的胡思乱想化为尘土落入地狱。如果乐意的话，就把你的绝望也一同打入十八层地狱。霍利，其实你并不了解我，十个小时前，心中的激情把我折磨得死去活来，如果你在那时看到我，一定会吓得瑟瑟发抖，恐怕躲开我还来不及呢。我是个变化无常的女人，就像那圣水盆里的水，经常会想起许许多多的事情，但都会过去。我的霍利，全是些转瞬即逝、很快便会忘记的东西。水依然是水，我依然是我，水还是原来的水，我还是原来的我，这些东西不能改变我一丝一毫。因此，不要刻意去感受我的表面，你永远也不会了解真正的我。如果你还来打扰，我就蒙上面，你再也不会见到我的脸了。"

我站起来，坐在她旁边软绵绵的床垫上。虽然狂热的激情已荡然无存，可身子仍然在发抖，正如吹动大树的狂风已停止，可树叶还会继续颤抖。我不敢说看到了她的灵魂在炼狱中深陷痛苦的样子，也不敢说看见了她在坟墓中升起火焰念动咒语的情形。

她说："好了，尝尝这种水果吧。相信我，这才是人类唯一的真正的食物。现在，跟我说说希伯来人弥赛亚的哲学吧，他生活的年代比我晚。你对我说过，他已经统治了罗马、希腊、埃及还有许多荒野地区？他所传授的哲学一定大相径庭。其实，在我们那个年代，根本就没有

234

什么生活哲学。及时行乐，吃喝嫖赌，相互残杀，聚众斗殴，这便是他们当时崇尚的教规。"

我现在已经恢复了一点，对自己刚才的软弱和失态深感羞愧。尽量详细地向她说明了基督的教义，只是回避了我们对天堂和地狱的理解。我发现她对这些理论没有多少兴趣，她真正想了解的是创立教旨的人。我还告诉她，在她自己的祖国阿拉伯，现在出现了一个新的先知——穆罕默德，传播着一种新信仰，也有千百万人追随其后。

"啊！"她说，"我明白了，又出现了两种新的宗教。我了解的教派已经不少，可是，除了克尔的洞穴外，我这些年几乎什么也不知道，一定还涌现出不少别的宗教。人类总是希望苍天能为他们勾画出身后的情景。死亡虽然可怕，但也是自我的重要变化，这便是宗教的起源。霍利，注意到了吗？每种宗教都向信徒大肆渲染来世，至少要讲讲来世的好处。其实愚昧的追随者才是真正不幸的人，他们什么也不会得到。看看那些善男信女们虔诚崇拜的所谓圣灵光华，其实只不过像鱼儿看到的星星一样昏暗朦胧。一种又一种新的宗教发展，然后又消失，一个又一个新的文明诞生，然后又毁灭，除了世界和人类，没有什么东西真正永恒。哎，人类唯有寄希望于自身，而不是虚无的外在，才有可能拯救自己。生命本身就存在于人类自身，善与恶的概念也只能存在于人们心中，正如善良与邪恶本身就在人体中并存一样。但愿人类

235

能够自立自强，不要去崇拜什么上帝，那只不过是愚蠢的人类根据自身臆造出来的虚无，只是大脑袋可以想出更多的馊主意，长胳膊可以干更多的坏事。"

她的理论听起来也没什么新鲜，其实就是神学中经常争论的一个话题，好像在今天十九世纪的什么地方也听过，只是不在克尔洞穴中。我坚决反对这种论调，可也不想与她争论。首先是因为我很疲惫，这阵子经历的感情起伏太多了。第二是我知道自己不会辩得过她。与一个普通的实用主义者争论就是一件非常棘手的事，他会利用无数的统计数据、完整的地球结构体系向你发起进攻，而你所拥有的武器却只有推理和直觉，还有像雪片似的信仰，我的天哪，这些东西在火热的辩论中实在不堪一击。而我现在要面对的则是一位头脑无比聪明、具有两千年人生阅历、而且可以调用大自然的神秘力量的非凡女子，获胜的机会实在是微乎其微，结果只能是她改变我，而不是我改变她，明智的做法便是顺其自然，因此我一句也没有驳斥她。可是，我后来却经常对这种做法深感懊悔，失去了唯一可以了解艾依莎信仰的机会，没能弄明白她的"哲学"究竟是什么。

"霍利，"她继续说道，"也就是说我们阿拉伯人也确立了一位新的先知，按照你的说法是个假先知，因为他不是你所尊崇的，不过，我自己却并不怀疑。在我生活的时代，情况大不相同，他们信奉许多神。

236

比如，阿拉伯人或塞白人信奉的真主安拉，要用祭品鲜血供奉的乌扎和石头神马纳特、旺达、萨瓦，还有也门人崇拜的狮神叶巫斯，穆拉德的坐骑叶欧格，希米尔人的鹰神奈斯尔等，[1] 还有许多呢。唉，全是一帮蠢货，卑鄙无耻的家伙。然而，如果我当年向他们传授自己的智慧，那些人一定会借着激怒了神的名义杀死我。哎，从古至今都是如此呀！不过，我的霍利，难道你也厌倦我了吗？怎么一句话也不说呢？还是担心我要把自己的哲学强加于你呢？要知道我也有自己的哲学，试想想，一个导师如果没有自己的哲学，后果将会如何？小心点，别惹我生气，否则你就必须得学我的智慧，成为我的门徒，这样我俩倒可以创立一种全新的信仰，世界上所有的宗教都会被我们吞没。你这个变化无常的家伙，半小时前还跪在我的脚下，信誓旦旦地表明你的爱，别忘了，霍利，你现在还没有恢复常态。现在我们做什么？噢！有了，去看看跟你一起来的那个年轻病人吧，老比拉利叫作狮子的那位。热病现在一定已经发透，如果正发发可危，我就去治好他。霍利，你不用担心，我不会使用什么魔法，我已经告诉过你，虽然人们可以控制和掌握大自然中的一切力量，但世界上根本不存在所谓的魔法。你先

1　塞白人是阿拉伯的一支。旺达、萨瓦、叶巫斯、叶欧格、奈斯尔为阿伯人崇拜的五个偶像，其原型为五个令人生畏的地方首领。参见《古兰经》第71章第23节。

去吧，我配好药随后就到。"[1]

于是我先去了利奥那里，只见乔布和尤丝坦正伤心欲绝，认为利奥的生命已到了尽头，他们刚才还到处找我。我冲到床前，看看我的孩子，的确快要去世了。他已经不省人事，呼吸也变得困难起来，嘴唇正在不停地颤抖，还时不时全身抽搐。就我这点医学知识也能明白，再过一个小时尘世间的医术对他就没有回天之力了，也许连五分钟也用不了。我的孩子在生死线上挣扎，而该死的我却是多么自私，多么愚蠢，竟然还逗留在艾依莎的身边！即使一个正直的男人也难以抵挡女人的秋波，多容易被拖下罪恶的深渊啊！我真是一个卑鄙小人！最后的半个小时里，竟然很少想到利奥，他可是我二十年来最亲密的伙伴，生活中的全部快乐所在呀！现在，也许一切都太晚了！

我焦急地扭动着双手，不安地东张西望。尤丝坦坐在床边，绝望的眼神有些发呆。乔布坐在一个角落里号啕大哭，他极度的痛苦简直无法形容。发觉我在盯着自己，他便起身到外面的走廊去尽情哭泣。最后的一线希望就系在艾依莎身上，她是唯一可能救活利奥的人，相信她不会欺骗我。我一定要去求她，让她来这里看看利奥。正在我准

---

1 艾依莎是一名伟大的化学家，事实上，化学也是她唯一的工作和娱乐。她有一间专门用于做实验的洞穴，虽然只有一些简单粗陋的设备，可她的成就却令人难以置信，我以后还会进一步加以介绍。——路·霍·霍利

备出发的时候，乔布突然一阵风似的跑回房间，吓得毛头倒竖。

"哦，但愿上帝保佑，先生。"他都不敢大声说话，"有个尸体，正从走道里飘过来。"

开始我也吃了一惊，但很快就明白怎么回事，他一定是看到了艾依莎。她全身上下包着一块裹尸布，轻盈稳重的脚步上下起伏，真像一个白鬼飘然而至。不一会，问题便水落石出，艾依莎亲自来到了我们的住所（或者叫我们的洞穴）。乔布一扭头，看到了她裹起来的影子，又痉挛地大叫起来"它来了！"，便一下蹦到墙角，恨不得一头钻进去。而尤丝坦则已猜出了来者是何人，立刻全身扑倒。

"艾依莎，你来得正是时候。"我说，"我的孩子正在做最后挣扎。"

"那好，"她的声音依然很轻柔，"只要他还活着就没什么关系，我可以把他救回来，我的霍利。那人便是你们的仆人吗？难道你们国家的仆人就这样待客吗？"

"你的衣服吓着了他，有点像死人的味道。"我回答。

她笑了笑。

"那个姑娘是谁？啊，我明白了，你对我说起过她。好了，现在叫他们两人都出去吧，我们来看看你这只病狮子。我不希望下人看到自己的本事。"

我用阿拉伯语和英语分别告诉尤丝坦和乔布离开房间。乔布早就受不了这种恐惧，于是欣然接受，很快就出去了。而尤丝坦则有些不愿意。

"'她'想怎么样？"她低声嘟囔道，既不舍得离开利奥，又对可怕的女王心中发怵，"丈夫生命垂危，妻子理应守在旁边，不，我不想离去，狒狒大人。"

"那女人为什么还不走呢？霍利？"艾依莎在洞里另一头问道，她正在看那边洞壁上的雕刻。

"她不想离开利奥。"我只好如实以答，否则实在不知该说什么才好。艾依莎转过身来，指着尤丝坦姑娘说了一个词，也就只有一个词，但是已经足够，威慑有余。

"滚开！"

尤丝坦便乖乖地用四肢爬了出去。

"看到了吧？霍利？"艾依莎微笑着说，"我要不给他们点颜色瞧瞧，这些人就不会服从。那个姑娘差点想要违背我，她中午一定没看到我是怎么处置那些不听话的刁民，所以才会这样。还好，她已经走了，现在看看你的孩子吧。"说完她便走向利奥睡着的床，他的脸在暗处，面朝墙躺着。

"他看起来很高贵。"她弯下腰准备看利奥的脸时说道。

可是就在这一刹那，她杨柳般高挑优美的身子竟然跌跌撞撞向房间另一头退去，好像是中弹或遇刺，直到重重地撞在有雕刻的墙壁上，嘴里才迸发出怪异恐怖的尖叫，我从未听过这样的声音。

"怎么了，艾依莎？"我叫道，"他死了吗？"

她像个母老虎一样转身朝我冲过来。

"你这只害人狗！"她咬牙切齿地叫道，就像蛇在嘶鸣一样，"为什么把他藏起来？"她伸出一条胳膊，我还以为要杀了我。

"究竟是怎么回事？"我胆战心惊地问道，"怎么回事呀？"

"唉！"她说，"或许你不知道呢。知道吗？霍利，那儿，那儿躺着的就是我失去的卡利克拉提斯。卡利克拉提斯，他终于回到我的身边！我早就知道他会回来，会回到我的身边。"她又是哭又是笑，完全像个激动得不知所措的傻女孩，嘴里不住地念叨着，"卡利克拉提斯！卡利克拉提斯！"

"完全是胡说八道！"我自己心里想着，但嘴上并不敢说。我当时心里只挂念着利奥的生命，其他的什么都忘了。最让我害怕的是，艾依莎只顾自己激动得精神失常时，利奥便已死去。

"艾依莎，现在最重要的是救活他，"我小心地劝了她一句，"你的卡利克拉提斯很快就会听不到呼唤，他现在也有可能死去了。"

"真是这样啊。"她吃了一惊，"哎！我为什么没有早点来呢？我在发抖，我的手抖得很厉害，我甚至……，虽然这事很简单，过来，霍利，

241

你来吧，拿好这个小药瓶，"她从衣服口袋里摸出一个小陶瓶，"把药水倒进他的喉咙里，只要他还没死就可以活过来。快点！马上！快点！他就要过去了！"

我看看利奥，一点也没错，正在最后挣扎。他的脸色渐渐黯淡，呼吸开始变得急促。药瓶口上有个小木塞，我用牙齿轻轻拔出，一小点液体流到我的嘴里，味道甘甜芬芳。我马上便感到头脑轻飘飘，眼前好像蒙了一层薄雾，不过这种感觉很快就过去了。

到了利奥面前时，他正要断气，金色的脑袋慢慢向一边歪过去，嘴巴一张一翕，看样子马上就不行了。我叫艾依莎扶住他的头，虽然她从头到脚都在颤抖，但还是扶起了利奥，全身上下抖得像一片风中摇曳的白杨叶，胆怯的样子就像一匹受惊的骏马。我把利奥的嘴巴撬开一点，将瓶里的药水倒进去。一会儿，他的口里便冒出股气体，好像打翻了硝酸瓶一样，但也没多少希望，疗效还是微乎其微。

不过，他死亡前的痛苦倒是的确止住了。开始我还认为他已经离去，渡过了那可怕的冥河。他的脸色变成灰白，原来就非常缓慢的心跳现在好像完全停止，唯有眼皮偶尔抖动一下。我满腹狐疑地看看艾依莎，她在房间里焦急地转来转去时，身上的蒙布已经掉落。她依然抱着利奥的头，脸色一如利奥苍白，焦虑不安地盯着利奥的脸庞，我从没看见过她这样痛苦焦虑，看来她自己也不知道利奥是死是活。五分钟慢慢地过去，她也一点点丧失了希望，精神的重压下她似乎瘦削了许多，美丽的鹅蛋脸霎时瘪下去，两只空洞洞的眼睛周围出现一圈圈黑色，就连嘴唇上的那点红色也好像消失了，几乎与利奥的脸色一样惨白。尽管我当时也痛苦万分，可还是能够感觉到她心灵的震颤。

"太晚了吗？"我紧张地问。

她把脸埋进手里，一句话也没有说，我只好撇开脸。就在这时，利奥深深地倒吸了一口气，低头看时，一缕红晕正悄悄爬上他的脸颊，一缕接着一缕，奇迹渐渐出现了，我们都以为就要死去的人竟然侧转身子睡了。

"看到了吧！"我轻轻地说。

"看到了。"她的嗓子都有些嘶哑，"他活过来了，我还以为太迟了。如果再晚一点，哪怕是再晚一点点，他就离去了。"说着她的眼泪便似山洪暴发般喷涌而出，哭得心都要碎了。不过，眼泪汪汪的她看上去更加可爱。好久才终于停下来。

"原谅我，霍利，请你原谅我的软弱，"她说，"要知道，我也毕竟只是个弱女子。不妨设身处地想想今天早上你对我说过的地狱或冥府，即新宗教中所谓受苦受难的地方。在那个生命精灵存活的地方，人世所有的记忆都没有忘却，曾经的错误和过失、无法满足的情欲、头脑中虚幻的恐惧，永远都会不可救药地嘲笑、讥讽、困扰和折磨着你无

243

助的心灵！我就是这样在地狱中活了足足两千年，按照你们的纪年，也就是整整六十六代啊。我时常被自己犯下的罪恶折磨，日夜因无法满足的欲望而痛苦，没有朋友，没有慰藉，没有死亡，指引我在这条孤寂道路上前行的只有那沼泽中的点点希望之火，时而这边，时而那边，时而强烈，时而虚幻，但我的智慧早就知晓，这小小的火苗总有一天会引领我解脱。"

"霍利，如果愿意，我可以再给你一万年生命。然而，哪怕再活一万年，你也不会再听到如此离奇的故事，不会再看到这么美妙的景象。超度我的人终于来了！我守望这么久的人终于到了！他终于如约前来找我，我的智慧不会错！虽然不知道具体时间和地点，可我早就知道他终究会来！然而，我又是多么无知！我的知识何等有限！我的力量何等微弱！生命垂危的他在这里躺了一个又一个小时，我却浑然不知！我等了他两千年，却一点也不知道他的到来！还好，现在终于见到他！他已到了死亡的虎口，倘若再错过发丝般细小的时间也不行了，那时我就没有回天之力。如果他真的死了，我就又得在地狱中度日如年，再经过漫漫数十个世纪，等呀等呀，直到深爱的人再次回到我的身边。他服药后生死未卜的五分钟，我感觉过去的六十六代时间加起来也没有这五分钟漫长。终于熬过去这五分钟时，他依然没有一丝活过来的迹象。我明白，如果这时还没有发挥药效，就永远也不会有什么作用。

一想到他又要死去，许多年的痛苦便化作一把锋利的刺枪，在我的身上猛戳乱刺，我的卡利克拉提斯又要失去了！现在一切好起来了。看看，他呼吸了！看看，他活过来了！我相信他一定会活过来，没有哪个人吃了我的药还会死去。想想眼前的一切，我的霍利，这是多大的奇迹！再睡十二个小时，病魔就会离开他，就会留下生的希望，就会把他留给我！"

她停下来，伸手摸着利奥金黄色的头发，弯下腰吻着他的额头，完全不像一个久经风霜的女人，只有最美的温柔，却刺痛了我的心，真嫉妒！

第十八章 "滚蛋，女人！"

在接下来沉默的一两分钟里，她的脸就像天使般欢乐动人，她有时看起来真的像天使一样可爱，她沉浸在一种无比欢乐的幸福中。可是，突然间，她想到了什么，天使几乎霎时变成了魔鬼。

"我差点忘记。"她说，"那个叫尤丝坦的女人，她是卡利克拉提斯什么人？仆人吗？还是……"她停了下来，声音几乎有些发抖。

我耸耸肩，回答道："按照埃迈赫贾人的风俗，他俩已算是结婚了。具体怎么样我也搞不清楚。"

她的脸马上阴云密布，虽然这么一把年纪，艾依莎还是没能从女人的嫉妒中超脱。

"那么现在一切都该结束，"她说，"她只有一死，而且很快就要死去。"

"她犯了什么罪？"我胆怯地问道，"她没什么错，艾依莎，她像你一样清白。她只是爱这个男人，而他也愿意接受她的爱，那么她又何罪之有？"

"说实话，哎，霍利，你怎么这样傻呢？"她有点不耐烦地说，"何罪之有？她阻止了我的愿望变成现实。其实我也知道，只要我使出了浑身招数，完全可以从她手中夺回我的爱人，哪个凡夫俗子能抵抗住我的魅力？男人们有时会表现得忠贞不二，那只是因为没有巨大的诱惑眷顾他们。只要有足够大的诱惑力，没有哪个男人能抵得住。其实每个男人就像一条绳子，都有承受最大拉力的限度。正如女人对金钱和权势的渴望一样，情欲便是加在男人绳子上最重的砝码，是击败男人最有力的武器。我说得没错，即使在你所谓的天堂里，如果那里的妖精更加优雅迷人，那么男人便会去讨好她们，女人在那里就会更加倒霉，天堂也就变成了地狱。女性的美貌完全可以收买男人，只要美得让他动心；女人的美貌又可以用金钱购买，只要金钱的数量足够。我生活的时代是这样，到世界的末日也是如此。我的霍利呀，世界就是一个大市场，只要愿意为自己的欲望出个好价钱，那么便没什么买不到的东西。"

凭着艾依莎这样的年龄和阅历，从她口里说出如此愤世嫉俗的话也不足为怪，可是猛然间摆在面前，却叫我一时不知该说什么才好，于是只好胡乱搪塞："在我们的天堂里根本就没有婚姻，也没有放弃婚姻的说法。"

"你的意思是说，否则便不成其为天堂了？"她插入一句，"呸，霍利，你也把我们女人想得太坏了！按你这么说，婚姻便是天堂和地狱的界线？够了，现在也没时间与你争论高低，你怎么这样喜欢辩论？难道你也是现代的哲学家？至于那个女人，她必须要死，虽然我可以夺走她的爱，可是，只要她活着，他就有可能想到她的温柔体贴，对这一点我可是无能为力。没有第二个女人可以占据我的男人的心房，我的世界只能归我一人。她已有过一段幸福的时光，也该满足了。一小时的爱情胜过一个世纪的孤独啊！今晚的夜幕就要吞没她。"

"不，不要，"我叫道，"这是一起犯罪，伴之而来的只有邪恶，就算为了你自己也不能这样做。"

"傻瓜，难道说搬除前进路上的绊脚石也算是犯罪吗？这是一个弱肉强食的世界，为了自己能够生活，我们每天都在毁灭别的东西，我的霍利，难道说我们的生命就是一个长长的犯罪的过程？弱者必定要灭亡，这个世界和世界上的一切果实都属于强者。每棵树活上二十多年便要死去，生命力更强大的树种就会侵占其位置。人类总在失败者

248

的白骨上建立自己的权力和地盘，从饥饿的婴儿口中抢夺食物，这就是世界的规律。你认为犯罪孕育着邪恶，那是因为你还太年轻。其实罪恶也会产生许多益处，同样，善行也可能滋生邪恶。一个手段强硬的暴君或许会给他身后数以千计的追随者带来幸福，而一个心地善良的高尚君主则有可能使他的整个民族沦为奴隶。人们只是根据自己心中的善恶来决定一切，却弄不明白结果究竟如何，因为他不知道自己的行动会影响何方，也数不清究竟有多少看不见的线才结成自己生活的圈子。所谓的善与恶、爱与恨、夜与昼、苦与甜、男与女、天与地，所有这一切都是缺一不可，彼此相辅相成，互为生存，谁能知道最终的结果是什么？我告诉你，为了承载更多的重担，强大的命运之手已经把它们拧到了一起，一切都被卷入了这条巨大的绳索，缺一不可。因此，我们也不必说此善彼恶、黑夜可恨、白天可爱之类的话。我们以为的恶，也许在别人的眼中却变成了善，他们可能会以为黑暗要比白天美得多，或两者一样美。你在听吗？我的霍利？"

驳斥她诸如此类的诡辩根本不会取得胜利，可是，倘若这些果真是合理的逻辑结论，那我们今天奉行的所有道德准则就会全部毁灭。艾依莎的话让我产生了新的恐惧，对于一个完全不受人类普遍规则制约、只凭着自身喜好做事的人，还有什么是不可能的呢？不过，良知告诉我们，不管她的行为偏激还是遵循传统，只要有一定的责任感，就标志着她已经脱离了低级的动物。

我还是急着想要挽救尤丝坦的生命，因为我喜欢她、尊敬她。我要从强大情敌的阴影中救出她的性命，于是我再一次恳求"她"。

"艾依莎，"我说，"你的话对我来说太深奥了。不过，你不是对我说过，每个人都得有自己行动的准则吗？应该根据心灵的指引来行动？如果完全取代她的位置，难道你的心中就没有一点怜悯？虽然这种事对我来说并不可信，但正如你自己所说，苦苦等了这么多年的人如今终于回到你的身边，现在又刚刚从死神的虎口中把他救出来，难道你却要杀死一个与他相爱的人来表示庆祝吗？不管怎么说，当你的那些奴才们差点杀他时，是这姑娘救了他的性命。你说过，你过去曾因埃及姑娘阿米娜特丝在他身上酿成了大错，你竟然亲手杀了他。"

"你是怎么知道的？陌生人？你怎么知道这个名字？我没有对你说起过。"她突然抓住我的手臂，惊得大叫起来。

"也许是梦到的吧，"我回答，"的确有些稀奇古怪的梦魇游荡在克尔人的洞穴中。好像是梦境，又好似现实。疯狂的报复给你带来了什么？难道不是为此等待了两千年吗？难道你现在又想重蹈覆辙？你究竟想怎么样？那样只会带来厄运。也许很久以后邪恶会带来某些好处，可我告诉你，对当事者来说，只会是行善得善，从恶得恶。凡事都会有报应，这是弥赛亚的话，真是一句至理名言。我告诉你，如果杀了这个无辜的姑娘，你也会受到诅咒，多年来辛勤培育的爱情之树就会一无所获！想想看，他怎么会去牵你沾满鲜血的双手？那是一个深爱他的姑娘的血呀！"

"对于这个问题，"她说道，"我已经回答过你，即使我把你也一起杀掉，他还是会同样爱上我，霍利，因为他会身不由己地爱上我，就像我一时冲动要杀死你，而你却无力反抗一样。不过，或许你刚才说的也有道理，让我受到了一点触动。如果真是这样，我也就原谅了那个女人，我不是告诉过你我不是个冷漠残酷的人吗？我不喜欢看到别人痛苦，也不喜欢让他们痛苦。叫她进来吧，快点，趁着我现在还没改变主意。"然后她便很快用薄纱蒙上面。

能得到这样的结果，我已经非常高兴。我赶忙跑去走廊上找尤丝坦，几码外就看到了她的白袍子，正背对着一盏间隔放在洞里的陶土灯蜷缩在走廊里，她听到我的声音便跑过来。

"我的主人死了吗？天哪，不要对我说他死了。"她哭着说道，那高贵的脸上已满是泪水，生怕我说出一个死字，真让人觉得可怜。

"没有，他活着呢。"我回答道，"'她'已救活了他，来吧。"

她长长地舒了一口气，按照埃迈赫贾人的习惯用双手和膝盖爬了进去，去面见可怕的"她"。

"站起来吧，"艾依莎冷冷地说，"过来这边。"

尤丝坦便顺从地低头站在她面前。

一时间，谁也没有说话。

"这个男人是谁？"艾依莎终于打破沉默，指着熟睡的利奥问道。

"他是我的丈夫。"她低声回答。

"谁把他配给你做丈夫？"

"根据我们国家的风俗，我选他做自己的丈夫，尊敬的'她'。"

"你不能选他做丈夫，他是异邦人，与你不是同一个民族，你们的风俗对他没有用。你听好了：或许你是由于无知才做出这种蠢事，我原谅你一次。否则你就只能去送死。你再听着：马上滚回你自己的地方去，不许再与这个人说一句话，也不许再看他一眼，他不属于你。我第三次提醒你：如果胆敢不遵守我的这条法令，那一刻便是你的死期。滚远点！"

但尤丝坦还是一动不动。

"滚开，女人！"

尤丝坦抬起头。看得出，内心的痛苦正折磨着她。

"不，尊敬的'她'，我不能走，"她一边抽泣一边说道，"这个人是我的丈夫，我爱他。因为爱，我不能离开他。你有什么权力命令我离开自己的丈夫？"

艾依莎抖了一下，我自己也不禁颤抖起来，恐怕最坏的事情就要发生。

"大度一点吧,"我用拉丁语说,"这也是情理之中。"

"我已经够大度了,"她也用拉丁语冷冷地回答,"如果不是我的大度,她现在早就死了。"然后,她又对尤丝坦说,"姑娘,我在对你说话,最好在我毁了你之前离开这里。"

"我不走。他是我的!我的!"她难过地大哭开来,"我和他结婚了,而且还救过他的命!只要你有本事,要杀就杀了我吧!但我永远也不会把自己的丈夫让给你。永远不会!永远不会!"

艾依莎飞快地移动了一下,快得让我看都看不清,好像只看见她用手在可怜的姑娘头上轻轻地点了一下。看看尤丝坦,一绺棕色的头发上霎时出现了三条雪白的指印,吓得我站都站不稳,连连倒退。而姑娘自己则像头晕目眩似的,伸出双手抱住了头。

"我的天哪!"这种超人力量产生的可怕后果让我惊恐万分,但"她"只是笑笑。

"好好想一想吧,愚昧无知的可怜虫,"她对不知所措的姑娘说,"看看我有没有力量杀死你!自己看看,那儿有个镜子,"她指的是乔布放在旅行袋上让利奥刮胡子用的圆镜,"递给这个女人,我的霍利。让她看看自己头发上的印记,也让她见识一下我是不是能杀得了她。"

我拿起镜子,举在尤丝坦的面前,她看了一眼,又摸摸自己的头发,

253

盯着看了一下，然后便倒在地上拼命抽泣。

"你现在是走呢，还是叫我再来一下？"艾依莎揶揄道，"看到了吧，我已给你留下了永恒的印记，只要你的头发还没有全白，我就能认得出你。要是让我再看到你这张脸，那你的骨头就会比头发上的印记还要白。"

尤丝坦已经被吓蒙了，简直就要垮掉。可怜的人儿，带着头上明显的印记，慢慢爬出了房子，哭得天昏地暗。

"不用这么害怕，霍利。"尤丝坦出去后，艾依莎说道，"我跟你说，其实我也没用什么魔力，因为根本就没有魔法，只是你还不曾掌握我使用的力量。我在她的心间打上了恐惧的印记，要么我就只能毁了她。现在，让仆人给我的卡利克拉提斯换间卧室吧，离我近一点，这样我就可以守护着他，醒过来时才可以去问候他。你和你们那个白人仆人也过去吧。但是，你得记住一件事，此事与你生死攸关。那就是不要对卡利克拉提斯说起这个女人的去向，也不要对他说什么关于我的事情。别忘记我的警告！"说完她就迈着轻盈的脚步出去下达命令，只留下我一人心乱如麻。事实上，我都有些受不了了，痛苦和不安撕扯着我起伏不定的心，简直快要发疯。幸运的是，我也没多少时间琢磨。不一会，哑奴到来，他们抱起熟睡的利奥，拿着我们的行李，穿过中心洞穴，忙乱了好一阵子。新卧室刚好在我们称之为艾依莎的闺房的后面，也就是我第一次见到有帘子的地方，只是我当时还不知道她睡在哪里，其实近在眼前。

那天晚上，我就睡在利奥的房间，只是他睡得像死人一样沉，动都没有动一下。说实话，我也真需要好好睡一觉，所以睡得还不错。只是一整夜都在做噩梦，几天来经历的恐怖和奇迹一齐涌入梦中，尤其是艾依莎在情敌头上留下印痕的妖术一直萦绕在我的梦中。她像蛇一样嗖地窜过去，顷刻间就留下了三条白印子，实在是太可怕。如果她给尤丝坦的惩罚再重一点，给我留下的印象也不一定会有这么深。到现在我还经常梦见那天可怕的情形，梦到那个痛失丈夫、像该隐一样打上印记的女人，怎么泪流满面地看了心爱的人最后一眼，又怎么肝肠寸断地在威严无比的女王面前爬出去。

另一个使我难受的梦境源于那座呈金字塔形状的骷髅堆。我梦到里面的白骨全部站起来，一排排，一队队，一群群，像百万大军一样浩浩荡荡地从我身边经过，空落落的肋骨在太阳下闪着刺眼的白光。他们正穿过平原，向美丽的家园克尔挺进。我还看到了落在他们面前的吊桥，听到了白骨撞击黄铜大门的叮当声。他们一路走过金碧辉煌的街市，经过一眼眼清泉，一座座宫殿，还有尘世间绝对没有的神庙。只是市场上没有一个人向他们问候，窗口也没有女人的脸东张西望，只有一个无形的声音在他们前面大声喊叫："克尔帝国消逝了！消

逝了！消逝了！消逝了！"密密麻麻的方队闪着耀眼的白光在街道穿行，骨头踩在地上发出咔嗒咔嗒的声音，久久回荡在寂静的上空。穿过城区后，他们又爬上城墙，沿着宽广的大道前进，最后又回到吊桥边。太阳已经落山，他们要回到坟墓去了。夕阳映照下，空洞洞的眼窝里闪着如血的红光，白骨在平原上投下长长的影子，伸出很远很远，好像许多庞大的蜘蛛正缓缓地蠕动着长腿。回到了洞口后，他们排成长得没有尽头的队伍，一个接一个地跳入大坑上面的小孔，回到了他们的死亡之穴。这时，我吓得醒过来，全身依然在颤抖，看见站在我和利奥床铺中间的"她"像影子一样悄悄溜了出去。

此后我又睡着了，这回睡得很舒服。第二天一大早醒来时，又感到充满了力气。终于熬到艾依莎认为利奥可以醒来的时辰，蒙着面的"她"也亲自前来等候。

她说："霍利先生，事实会说明一切，他不一会就会恢复神志，热病已经完全好了。"

她的话音刚落，利奥就翻了个身，又伸胳膊又打哈欠，然后就睁开眼睛，看到有个女人在床边，他便伸出双臂抱住，吻了一下。大概是把她错当成尤丝坦，因为他用阿拉伯语说道："嗨，尤丝坦！你怎么把头蒙成这个样子？牙痛吗？"然后又改用英语说："我说呀，我真是饿坏了。乔布呢？你这个老家伙，咱们现在到了什么地方？"

"只要我知道就好，利奥先生。"乔布说着小心翼翼地从艾依莎身边绕过，他依然认为她又讨厌又可怕，坚信她只是个活着的尸体，"不过，你最好还是少说话，利奥先生。你病得很厉害，我们大家都急坏了，要是这位夫人，"他看看艾依莎，"能够让一让的话，我马上就把汤端来。"

这下才引起了利奥对那位夫人的注意，她只是静静地站着，一句话也没说。"啊？"利奥说道，"她不是尤丝坦？尤丝坦去哪儿了？"

艾依莎这时才第一次开口对利奥说话，但第一句话就是谎言。"她离开这里去外地玩了。"她说道，"由我来代她照顾你。"

艾依莎银铃般的声音也像她的裹尸布衣服一样，让原本神志不太清楚的利奥更加糊涂。不过，他也没再说什么，只是狼吞虎咽地喝下了肉汤，然后又倒头睡下，直至天黑。第二次醒来看到我时，他追问究竟发生了什么事，我只是胡乱应付几句，答应明天病情好转后再慢慢讲给他听。我只是简单地说了一下他的病情和我自己的一些事。由于艾依莎也在场，我没说得太多。只说她是这个国家的女王，对我们招待得非常殷勤，蒙面只是她的爱好而已。虽然我是用英语说的，但还是担心她会从我们的表情读懂谈话内容，再说我也不敢忘记她的警告。

第二天起床时，利奥已基本痊愈，很快就摆脱了热病的巨大消耗。腰上的伤口也好起来，又变得精力充沛，这当然得归功于艾依莎的神奇药水，也有可能是他的病程较短，本来就亏损不多。随着身体康复，沼泽中失去知觉前的所有经历又回到了他的脑海，当然也包括尤丝坦，他已经深深地依恋上这个姑娘。有好几次非要问出那个可怜姑娘的下落不可，但我还是不敢告诉他。因为利奥第一次清醒后，"她"又召见过我一次，再次严厉警告，绝不能对利奥说出任何实情，而且还巧妙地暗示：一旦说出去，我自己就不会有什么好下场。她还再次向我强调，除非迫不得已，不能对利奥透露任何有关她的事情，她自己会在适当的时候告诉他一切。

　　而"她"则像完全变了个人。我原以为她会迫不及待地与心目中的老情人相认，但不知出于什么原因，她并没有这样做，完全出乎我的意料。她只是默默地照顾着利奥的一切，如今的谦卑顺从与昔日的专横跋扈简直判若两人。与利奥说起话来，也总显得很崇拜他，尽可能多地与他待在一起。这样一来，利奥对这个神秘女人的好奇心便越来越强烈，就像我在几天前一样，急切地想要看到她的真面貌。对此我并没有说得太详细，只是含糊地告诉他，这个女人的脸蛋与声音一样美。单此一点，就足以让任何一个年轻人的好奇心滑向危险的边缘。如果不是他的病体还没有完全康复，如果不是还在操心尤丝坦的下落，对她的温柔体贴和以身相救难以释怀，我敢担保他一定会掉入艾依莎的陷阱，爱上早有预谋的她。不过，事实上，他也只是好奇而已，虽然"她"从没暗示过自己非同寻常的年纪，可他很自然地认定她便是陶片上所说的女人，所以也像我一样，心中不免有几分敬畏的感觉。

第三天早上，他还在穿衣服时，就把我逼得实在没有办法，结果只好以实相告，叫他去请教艾依莎，因为我确实不知道尤丝坦现在在哪里。等利奥吃过了丰盛的早餐，我们一起来到了"她"的卧室，哑奴们已经得到命令，我俩随时可以进去她的住处。

"她"依然像往常一样，坐在被我们冠之以"闺房"美名的洞穴里。帘子刚一打开，她便从床边站了起来，伸出双手欢迎我们，准确点说是欢迎利奥。可想而知，我现在只有被冷落的份了。不过，欣赏她全部蒙起来的身影轻轻地滑向强健的年轻英国绅士，倒也是件赏心悦目的事。穿着灰色法兰绒套服的利奥虽有一半希腊血统，可是除了头发，他更像一个气派十足的英国人。他遗传了希腊母亲的美貌，长得很像照片上的母亲，但一点也没有现代希腊人那种矫揉造作和油腔滑调。他身材高大，胸膛宽阔，但又不像一般高个子那样笨拙，他的头脑看上去神气极了，既高贵迷人，又充满活力，埃迈赫贾人称他为"狮子"再合适不过。

"向您问好，尊敬的大人，尊贵的客人。"艾依莎用她柔美的声音说道，"看到您站在我的面前，真是太高兴了。如果不是我在最后关头救命，恐怕您永远也不会站起来了，相信我说的是实话。不过，危险已经过去，我现在关心的是……"她把其后的深刻含义改用下面几个字代替,"再也不会有危险了。"

利奥深深地鞠了一躬,然后又极尽所能,用最动听的阿拉伯语感谢她对一个陌生人的无微不至的关切和善意。

"您说错了,"她的声音依旧温柔,"世界上太缺少美了,如果失去您这样漂亮的人,世界就不再完美。不用感谢,您的到来让我倍感荣幸。"

"嗨,老伙计,"利奥用英语对我说,"这位夫人真是善解人意,我们掉进安乐窝里了!你可要抓紧机会啊!哇,我的天哪,多美的一双手臂!"

我赶忙示意他安静点,因为我能感觉到艾依莎蒙起的眼睛正投来猜忌的目光,疑惑地盯着我。

"我相信,"她继续说,"仆人应该对您照顾得不错吧?如果在这种穷地方还有舒适可言,那便是属于你们的生活。还有没有什么别的需要?"

"有一事相求,尊敬的'她',"利奥急切地说,"我想知道和我在一起的那个姑娘怎么消失了。"

"噢!"艾依莎说,"那个姑娘?对,我看见过她。但是,我也不知道她现在的情况。她只说自己走了,我并不知道她去哪儿,或许还会回来,或许不会。守候在病人的旁边的确是件枯燥乏味的事,这些未开化的野人总是变幻无常。"

听到她的回答，利奥觉得既难过，又有些不可思议。

"太奇怪了，"他先用英语对我说，然后又对"她"说，"真不明白，我和那个姑娘，嗯，我们之间是有感情的呀。"

艾依莎笑了笑，像音乐般动听，然后便转移了话题。

第十九章 "给我一只黑山羊！"

此后的谈话一直比较散漫，我也没记下多少内容。也许是为了保持女王的身份和尊严，艾依莎并不似往常一样畅所欲言。她后来告诉利奥，为了让我们过得快乐一些，她已经在当天晚上安排了一场舞会。听到这话我大吃一惊，愁眉苦脸的埃迈赫贾人怎么会参加这种轻松愉悦的活动？后来的事实的确证明我的猜测没错，不管是文明国度，还是野蛮民族，节日期间举行的活动千奇百怪，但都与他们的舞会完全不同。我们接着便打算告辞退出，她主动说利奥可能想去参观一下洞内各处的奇迹，于是我们便在乔布和比拉利的陪同下出发了。

整个山岩像一个巨大的蜂巢状墓葬[1]，虽然我们进去的墓室并不相同，但里面的内容大同小异，倘若要描述所见所闻，基本还是上次的重复。后来，我们又去参观了那座头天晚上一直搅得我睡不好的金字塔形白骨山，然后又从那里向下经过了一段长长的通道，来到一间巨大的地下墓葬，这里埋的是克尔帝国的穷人，他们的尸体不像富人遗体保存得那么完好。有 500—1000 人被埋在这个大墓室里，其中好多尸体没有亚麻裹布，有些地方胡乱地高高堆起，好像进行了一次大屠杀。

利奥对这种惊人的不平等很感兴趣，它们的确可以唤起人们最为活跃的想象力。但是，可怜的乔布却对此无动于衷。大家可以想象，自从到了这个可怕的国家以来，他所经历的一切已经使他饱受惊吓，庞大的死人堆只能让他更为不安。在他看来，虽然这些死人的声音已经从寂静的坟墓永远消失，但他们的形体却依然完好无损。为了安慰惊恐万分的乔布，老比拉利对他说，人不应该害怕尸体，自己不久之后也会变得与他们没什么差别。

"说得倒是好听，"我翻译给乔布听后，他大叫起来，"不过，从这些食人族的老家伙口中还能说出什么好话？但话说回来，其实他说的

1　我好久以来一直弄不明白，从这些巨大洞穴中挖出的石头当时究竟是怎么处理的。后来才知道，多数用于建造克尔国的城墙和宫殿，也有一部分用来修建蓄水池和下水道。——路·霍·霍利

263

倒也没错。"乔布说完叹了一口气。

参观完洞内各处后，已是下午四点多，大家又累又饿，尤其是利奥需要休息，于是我们便回去吃饭。六点钟时，我们又带着乔布一起去拜访艾依莎，她还想继续吓唬我们可怜的仆人，给他看看圣水盆的水。她从我的口中得知乔布家里有十七个孩子，于是便强迫他回想自己所有的兄弟姐妹，想象他们尽可能积聚在父亲的家里。然后就让乔布朝水中看，静静的水面上出现了多年前早已过去的场面，就像乔布脑中回想的一样。有些人的脸非常清晰，有些人则模糊不清，有的是黑乎乎一片，还有的只是某个五官特别突出。这是因为乔布现在也不能一下子把他们每个人的脸都想得很清楚，有些只回想起某种特征，所以水中也只能反映出他意想中的印象。别忘了，她在这方面的能力非常有限。除了个别例外，她只能在水中呈现别人头脑中想象的情景，而且还要通过那人的意愿才能实现。但如果是她自己熟悉的某个地方，比如那天我们的鲸形船在运河中的情景，她就可以把自己脑中的意象反映在水中，而且还能看到当时正从那里经过的其他任何东西。可是这种力量对别人头脑就不管用了。比如，她可以根据我头脑中的印象在水中呈现出我们大学附属教堂里的情景，但不能出现成像这一刻时教堂内的实际情况。因此，对于别人想起的地方来说，她的技艺仅仅限于他们当时头脑中所拥有的记忆。我们试了多次，都是如此。为了哄她高兴，我们还给她看了一些著名的建筑物，比如圣保罗大教堂、国会大厦等，结果却不太理想。因为我们对其外表虽然有个大致印象，但并不能回想起建筑方面的具体细节，因此对一个完整的图像来说，缺乏精细的内容。虽然听起来有些奇怪，实际上也不过就像完美的电报技术一样，其精彩之处便是把人头脑中的东西反映在水中而已。但乔布却怎么也理解不了这一点，也不愿听从别人解释，固执地认为这就是最不可思议的妖术。我永远也无法忘记，当乔布看到分别已久的兄弟姐妹们或清楚或模糊地出现在平静的水面并盯着自己看时，发出的那种惊恐万分的嗥叫，还有艾侬莎看到他六神无主时，幸灾乐祸的尖笑声。利奥也不喜欢这种玩笑，不过，他只是伸出手指，在黄色的卷发上抓抓，说有一种浑身起鸡皮疙瘩的感觉。

此后乔布再也不愿参加这种玩乐，我们大概又玩了一个小时后，哑奴用手势表示，说比拉利在等着接见。得到女王允许后，他又像往常一样笨拙地爬进来，向女王汇报舞会已完全准备好，如果"她"和白皮肤的客人们乐意去参加的话，马上就可以开始。不一会，我们全都站起来，艾侬莎又在她白色的裹布外加了一件黑色的斗篷后，我们就出发了。顺便说一句，这件黑斗篷就是她在烈火中发毒咒时穿的那件。露天舞会预定在洞穴前面空旷的石头地面举行，于是我们便朝那里走去。在洞口外十五步左右的地方已经摆好三张椅子，我们就坐在上面等着，却不见半个舞者的影子。虽然还没有全黑，但天色已不早，月亮还没有升起来，让我们纳闷的是这么黑怎么看跳舞呢。

"不一会就明白了。"利奥问时，艾依莎笑着回答。

话音刚落，就见四面八方跑出幢幢黑影，每个举着巨大的火把。也不知道究竟是什么东西，这些火把烧得特别旺盛，擎火人的身后还拖着一码多长的火焰。共有五十多人举着熊熊燃烧的火把，好像一群从地狱中冒出来的魔鬼。利奥是第一个发现这些火把究竟为何物的人。

"我的天哪！"他叫道，"这是燃烧的干尸呀！"

我看了又看，的确没错，这些给我们逗乐的火把的确是墓洞里的干尸！

手持燃烧尸体的人们一起跑上来，汇集在离我们二十步远的地方，把他们扛着的东西摞在一起形成一堆巨大的篝火。我的上帝呀，火堆在咆哮，火焰在燃烧！这阵势多大呀！恐怕柏油桶燃烧起来也没有这干尸的熊熊火光！更妙的情形还不止于此，我看到一个高个子的家伙捡起一只从燃烧干尸上掉下来的胳膊，冲入黑暗之中。不一会他便停下来，一条高高的火苗蹿起来，照亮了黑暗的夜空，也照亮了冒出火光的灯座。原来灯座是一具女尸，绑在插入岩石里面的柱子上，那人点着的正是女尸的头发。他走了几步后，又点着了第二个，第三个，第四个，燃烧的尸体最后形成一个大圆圈，把我们包围起来。保存尸体的药物使他们变得极易燃烧，耳朵和嘴巴里冒出一英尺多长的火舌。

暴君尼禄[1]曾经点燃浸过柏油的活基督徒来照亮他的花园，今天我们也享受到类似的礼遇，兴许还是他之后的头一回呢，唯一值得庆幸的是，我们的火把不是活人。

呈现在我们眼前的景象是如此恐怖，骇人听闻，算得上一道人间奇景，实在值得浓墨重彩，只可惜我的才思枯竭，不敢稍做尝试。首先是因为这种景象对人精神和肉体方面影响巨大。虽说让人着迷，却也实在太可怕，竟然用远古时代的死人来照亮今人寻欢作乐的场面！无论对死者还是对生者，都是极大的讽刺。化作泥土的恺撒或亚历山大还可用来封住啤酒桶[2]，而这些与恺撒遗体类似的东西却只配用来点亮野人的欢宴！这种卑劣的行径或许会使我们在子孙后代的眼中一分不值，对世界充满希望的他们或许要抱怨：为何把自己带来如此残酷冷漠的世界。

从视觉上来说，的确是一道壮观而野蛮的景象。这些克尔国的老居民燃烧得非常迅速，与他们活着时的痛快淋漓和光明磊落无异，从留在墙壁上的雕刻便可以看出这一点。这里有足够的尸体用来燃烧，一具

1　尼禄：罗马皇帝（54—68年），早期的统治由母亲阿格丽皮娜操纵，他后来谋杀了母亲和妻子。他的残酷与渎职引发了广泛的暴动，从而使他自杀身亡。

2　参见莎士比亚的《哈姆雷特》第5幕第1景：墓园里。

干尸从头燃到脚也不过是 20 分钟，于是剩下的一双脚便被踢开，再换上一具新的尸体。那堆大篝火也烧得非常旺盛，烈焰熊熊，火光冲天。火堆里又是嘶嘶啦啦，又是噼里啪啦，响声不断，火苗一直窜到二三十英尺高。黑暗的夜晚照了个通亮，埃迈赫贾人的黑影像魔鬼一样在火光中走来走去，不停地往鬼火中添加燃料。我们都惊恐地站了起来，紧张地看着眼前的一切，心中无不震惊万分，甚至有些被这种怪异的景象迷住了。同时，还有几分盼望这些燃烧尸体的灵魂也一起被带过来，他们能悄悄地从阴影里爬出来报复这些亵渎自己遗体的罪人。

"霍利，我保证过你会看到奇景，"艾依莎笑道，好像只有她一人心静如水，"确实如此吧？我没有食言。而且，我们还可以从中获得一些启迪，别相信什么未来，谁能料想以后会是什么样！因此，还是为今天而活，也不要害怕这些尸体，他们只是人类终结的象征。要是这些久被忘怀的先生太太们在天有灵，知道他们精心制作的尸体有朝一日竟燃烧着为一帮野人跳舞照明，将会做何感想？看看，演员们已经到场，一帮快乐的家伙，不是吗？舞台已经亮起来了，演出就要开始。"

她的话还没说完，我们就看见沿着尸骨火堆走来两排演员，一排男，一排女，总人数大约一百，每个人都像平常一样，只在腰间围着豹子皮或鹿皮。演员站在我们的位置和火堆之间，他们首先毫无声响地面对面地列好队，然后便开始跳舞，大概是一种地狱里魔鬼跳的康康舞。

要详细描述这种舞蹈简直不可能，虽然他们也在卖力地扭腿踏脚，可是在我们这种欣赏水平太低的人看来，与其说他们在跳舞，还不如说他们在瞎蹦跶闹着玩。也许是居住在阴暗的山洞里的缘故，他们的性格也像山洞一样阴郁，就连他们的笑话和娱乐也取材于那些同穴而居的死人堆，令人毛骨悚然。

第一场戏表现的是谋杀场面，然后便是被害者活埋的过程以及他在坟墓中的挣扎。这个讨厌的戏剧每一幕都没有声音，全部围绕着被害者猛烈的反抗展开，并以此为结尾。在篝火的红光照映下，他睡在地上不停地胡乱翻滚。

他们正跳得兴起时，表演突然间被打断。场上响起一阵轻微的骚乱，一个跳舞时非常卖力的高大壮实的女人邪魔附身，发疯似的又跳又蹦，摇摇晃晃地朝我们走过来，嘴里还在不停尖叫：

"我要一只黑山羊，我要一只黑山羊，给我一只黑山羊！"然后便摔倒在石头地上，口吐白沫，扭来扭去，不断叫着黑山羊，那样子要多吓人就有多吓人。

除了少数几个还在后面蹦来跳去，大多数跳舞的人很快就围在她的身边。

"魔鬼附身了，"其中一人说，"快去牵只黑山羊来！魔王，安静点！安静点！山羊很快就会到来，已经有人去取，魔王。"

"我要一只黑山羊，我要一只黑山羊！"口吐白沫、满地打滚的女人又尖叫起来。

"遵命，魔王，山羊马上就到，暂且安静，仁慈的魔王。"

他们就这样不断折腾，直到从附近羊圈拖来一只咩咩乱叫的山羊，抓着两个角一直拉到演出的地方。

"是黑色的吗？是黑颜色的吗？"中魔的女人问道。

"是的，魔王，漆黑得像夜晚。"答话的人转向旁边的人说，"把羊藏在你身后，不要让魔鬼看到尾巴和肚子上的白斑点。魔王，马上就好。割断羊的喉管，接血的盘子准备好了吗？"

"山羊！山羊！山羊！我要我的黑山羊血！我一定要，难道你们不知道我非要不可吗？哦！哦！哦！快把羊血给我。"

这时听到一声可怕的"噗"的一声，那只可怜的山羊便一命归天，很快就有个女人端了满满一盘子羊血跑过来。

魔鬼附身的女人正口吐白沫，狂喊乱叫，看见羊血便一把抓住盘子，一口气喝光。然后就很快清醒过来，没有留下任何癔症的痕迹。她也不再痉挛，神志完全恢复正常，先前的痛苦折磨的神情荡然无存。女人伸伸胳膊笑了一下，站起来走回跳舞的人群当中，然后她们便又像上台时一样，走成两队退出去。我们面前只留下火堆旁的一片空地。

我想舞会应该就此结束了，心中不由感到一阵恶心。正准备问"她"

是否可以离去，突然看到一个类似狒狒的东西围着火堆手舞足蹈，在火堆另一边与一只狮子相遇，其实只是个披了狮子皮的人。接着出现一只山羊，还有披着牛皮的人，两只角前后晃动，样子煞是可笑。后面跟着上场的是一只大羚羊，一只黑斑羚，一只条纹羚羊。此外还有一群山羊和许多其他动物，其中有一个姑娘还戴上了鳞片闪闪发光的大蟒蛇皮，身后拖了好几码长的尾巴。等所有的假面动物集齐后，他们就开始笨拙地跳舞，样子极不自然，同时还模仿着各自代表动物的叫声，全场响彻野兽的咆哮声，羊叫的咩咩声，还有嘶嘶的蛇鸣。

舞剧演了好久还不见结束，实在叫人受不了，于是我便问艾依莎，是不是可以和利奥一起出去走走，看一下人体火把？得到她的同意后，我们便向左边走过去。看了一两具熊熊燃烧的尸体后，我们就对这种怪异的景象感觉厌恶，打算掉头回去。这时一只人扮演的假豹子引起了我们的注意，跳得非常活跃，已经离开其他动物，不断在我们周围蹭来蹭去，逐渐把我们引到两具燃烧尸体中间的最暗处。我们好奇地跟着过去，突然间又从我们身边飞奔过去，在前面一处隐蔽的地方停下来，站直身子小声喊道："过来。"我们都听得出这是尤丝坦的声音。利奥没有征求我的意见就毫不犹豫地转身跟随她去了一处黑暗的地方，我心里害怕极了，急急忙忙跟在他们身后。豹子又爬行了五十多步，火光已根本照不到这里，算得上十分安全了，利奥追上豹子，准确点说是追上了尤丝坦。

"噢！我的夫君，"我听见她在低语，"终于找到了你！知道吗？'至高无上的她'随时都可能要了我的命。想必狒狒已告诉过你，她是怎么把我从你的身边赶走。我爱你，我的夫君，按照我们国家的风俗，你就是我的丈夫。我救过你的命，你可不能抛弃我呀，我的爱人！我的亲人！"

"当然不会，"利奥叫道，"我一直在找你呢，尤丝坦，我们向女王说清楚。"

"万万不可，万万不可，你还不知道她的威力，狒狒已见识过，知道她的本领。听我说，现在只有一条路可走，如果你真心爱我，现在就和我一起逃到沼泽去，或许我们还有一线生的希望。"

"看在上帝的份上，利奥。"我刚开始说话，就被尤丝坦打断了。

"不，别听他说。快点，快点，死亡就在我们身边。也许，她现在也听到我们说的话。"她没有再说什么，只是转身投入利奥的怀抱，希望以此来进一步说服他。这时她的豹子帽从头上掉下来，我又看到了那三条指印，在星光下显得特别刺眼。这样做太危险了，我知道利奥在女人的问题上总是优柔寡断，正想阻止时，背后突然传来一阵银铃般的笑声。我转过头一看，哇，太可怕了！"她"就站在我的身后，旁边还有比拉利和两个哑奴。吓得我大气也不敢喘，几乎要晕过去，此事的结果必然是可怕的悲剧，而我就是第一个牺牲品。尤丝坦已经松开了她的爱人，双手蒙住眼睛，只有利奥还不知道自己的危险处境，脸上臊得通红，看起来傻傻的，就像一般的男人在干这种事时被人撞见一样。

第二十章 艾依莎的胜利

接着是一阵最让人难以忍受的沉默，是艾依莎先向利奥说话，这才打破了沉默。

"不要这样，尊贵的客人，"虽然她已极尽温柔之道，可还是有种冷冰冰的余音，"别这么害羞，其实刚才的景象也挺美的呀，豹子和狮子挺配的嘛！"

"嗬，真讨厌。"利奥用英语说。

"你呢，尤丝坦，"她继续说，"如果不是月光落在你的头发上，我还真差点没把你认出来。"她指了指月亮正从地平线上升起的灿烂金边，"好啊，舞会刚刚结束，火把渐渐烧尽，一切都在沉寂和灰烬中结束，于是你便想着偷情的好时间到了。尤丝坦，我的奴仆，原以为你早就远走高飞，做梦也没想到你竟敢违背我。"

"别拿我寻开心，"可怜的尤丝坦呜咽着说道，"要杀要剐随你了，索性做个了断好了。"

"不，又何必这样？从热恋亲吻的双唇一下跌入坟墓冰冷的大嘴里，岂不是太突然了？"艾依莎向哑奴示意了一下，他们便立刻涌上来，抓住姑娘的两边臂膀。利奥骂了一句就冲到最近的一个哑奴跟前，一拳将其打倒在地，还踩在他的身上。利奥依然满脸凶相，拳头紧握，看样子还要继续战斗。

艾依莎又笑了："打得好呀，我的客人，尤其是对一个大病初愈的人来说，您的双臂可真有力呀！为了表示对您的尊敬，我现在恳请您放他一条生路，以后继续为我听差，他不会再去伤害这位姑娘了。夜色已浓，寒意袭人，我还想邀请姑娘去我房间呢，您喜欢的人我当然也喜欢。"

我拉着利奥的胳膊，把他从哑奴身上拉下来。眼前的事让利奥有些糊涂，他只好顺从地放掉哑奴。然后我们就动身返回山洞，路过举行舞会的平地时，跳舞的人早已不见踪影，只有干尸燃烧后留下的一堆白色灰烬。

我们很快就到了艾依莎的闺房，对我来说，似乎这一切变化得太快，一种不祥的预感压得我心头沉甸甸。

打发走乔布和比拉利后，艾依莎自己坐在床边的软垫上，又示意哑奴掌灯后退下，只留了一名最贴心的婢女。我们仍然站着，不幸的尤丝坦在离开我们左边一点。

"霍利先生，你说说吧，"艾依莎开始说，"究竟是怎么回事？你知道我对这个坏女人的命令，"她指了一下尤丝坦，"我曾勒令她离开此地。我是听了你的劝告，才一时心软留下她这条命。你今天晚上究竟扮演了什么角色？回答我，为了你自己的命运，还是讲实话为好，我不希望在这件事上听到任何谎言！"

"完全是偶然碰到的，尊敬的女王，我事前一点也不知道。"我回答。

"我相信你，霍利，"她冷冷地答复，"我不会把你怎么样。这么说全是她一个人的阴谋了。"

"我认为这里根本就没有什么阴谋，"利奥插进来说道，"按照这个鬼地方的习惯，她已嫁给我，现在只是我一人的妻子，这事碍着谁了？夫人，她的行为就是我的行为，如果你要惩罚她，就连我也一起惩罚吧。而且，我告诉你，"他越说越激动，"如果你胆敢再让这些又聋又哑的恶鬼去动她一根毫毛，我就把他们撕成碎片。"

艾依莎只是冷冰冰地听着，没做任何表示。利奥说完后，她只是对尤丝坦说话。

"你还有什么好说的,贱人?这个轻如稻草、薄似羽毛的蠢货,为了达到你卑鄙的情欲,竟敢违背我强大的意志,我倒想听听,为什么要这样做!"

接着,尤丝坦让我见识了人类最伟大的勇气和最不可思议的大无畏精神,她为我们提供了光辉的典范。这位注定要遭遇不幸的姑娘,早就领教过情敌的力量何等巨大。她也深知自己在女王手中的命运,可她依然大义凛然,毫不畏惧,内心深处的绝望反而滋生出敢于公然藐视女王的力量。

"的确是我干的,尊敬的'她'。"尤丝坦从头上拉下豹子皮丢在后面,挺直身子,神态庄严地回答道,"只因为我的爱要比坟墓还要深,要是生活中没有了心仪的男人,我便只是一具行尸走肉。所以我才冒着生命危险这样做。现在虽然已经失败,明知要为冒险付出沉重的代价,但我一点也不后悔,因为他又一次拥抱了我,告诉我他依然爱我。"

听到这里,艾依莎从她的座位上站起来一点,但又跌座下去。

尤丝坦继续用她那圆润的嗓音饱含激情地说下去,"我不会魔法,也不是什么女王,更不会长生不老之术。但是,女王陛下,不管水有多深,一个女人的心都可以感受到最深的水底;尽管你蒙上了面纱,但女人敏感的双眼依然可以将你看穿。"

"尊敬的女王,你听清楚了,其实我什么都知道。你自己爱上了这

277

个男人，所以才要把我这块横在路上的绊脚石毁灭。哦，死亡就在我的面前，我将沉入一片黑暗，虽然不知去向何方，但我明白自己就要走了。我的胸中有一束亮灿灿的光，就像一盏指引我的明灯，让我看清事实真相，看到自己不能享受的未来，就像一幅长长的画轴展现在我的眼前。第一次看到我的夫君时，"她指了一下利奥，"一种不祥的预感就袭上我的心头，我知道死亡便是他送给我的新婚礼物，但我还是不愿退缩，准备付出沉重的代价。这不，死亡已摆在我的面前！正如我自己的预感一样，此刻，我的双脚踏上了死亡的门槛。同样，我知道弥天大罪也会让你遭到报应。虽然你的美丽就像使群星黯然失色的太阳，可他依然是我的！他心中怀念的人依然是我，不是你！他这辈子永远也不会把你放在心上，永远也不会把你当作自己的妻子！你也注定要遭遇不幸，我看到了……"她提高了嗓门，好像一个突然间获得了灵感的预言家，"啊，我看到了……"

艾依莎气恼地大叫一声，我转过头看时，她已从座位上站起来，伸出一只手指向尤丝坦。她便顿时没了声音，这位可怜的姑娘在很久以前吟唱歌谣时的那种悲凉、哀怨还有恐惧的阴影又笼罩在她的脸上，我看到她的眼睛瞪得老大，鼻翼一张一翕，嘴唇变得惨白。

艾依莎没说一句话，没有发出一点声音。她只是站起来，伸出一只手指指向尤丝坦，她高挑的身子便像风中的白杨叶一般抖个不停，眼睛似乎一直在死死盯着她的牺牲品。尤丝坦吓得双手抱住头，发出了一声刺耳的尖叫，转了两个圈后，就像遭到重击一样向后退去，然后便一头栽倒。我和利奥赶忙跑过去，她已经像石头一样僵硬，不知可怕的"她"是用神秘的电力击毙了尤丝坦，还是用"她"不可阻挡的强大意志力杀死了她。

一时间，利奥还不明白究竟是怎么回事。等他回过神来时，脸上便露出了一股凶光。他大吼一声从尸体边站起来，转身朝艾依莎扑过去。但她早有防备，利奥扑过去时，她又抬起手来指着他，利奥便跌跌撞撞地退回我身边，如果不是我及时扶住，他就摔在地上了。他后来告诉我，当时只觉得胸口被猛击了一下，更可怕的是，他感觉自己完全被吓住了，好像所有的精神气都被吸出身体。

艾依莎这时才开口。"如果我的惩戒吓着了您，"她非常温柔地对利奥说，"就请您原谅我吧，尊敬的客人。"

"原谅你？这个巫婆！"可怜的利奥又气恼又痛苦，绞着手指喊道，"原谅你？这个刽子手！天哪，如果可能的话，我一定要杀死你这个妖婆子。"

"不要这样，不要这样，"她的声音还是那么温柔，"您还蒙在鼓里呢，现在该是真相大白的时候了。您就是我的爱人，我的卡利克拉提斯，我的俊美之神，我的力量之神！卡利克拉提斯，我已等了你整整两千年啊，现在终于回到了我的身边。至于这个女人，"她指着地上的尸体，"她横亘在你我中间，所以我才叫她躺在了地上，卡利克拉提斯。"

"一派谎言！"利奥说，"我的名字不是卡利克拉提斯！我是利奥·文西！卡利克拉提斯是我的祖先，我只相信这一点。"

"对了，既然您认为卡利克拉提斯是您的祖先，那么您便是卡利克拉提斯的再生，您终于回来了，我亲爱的夫君。"

"我不是卡利克拉提斯，更不是你的夫君，与你没有任何瓜葛。我宁愿做个地狱里魔鬼的丈夫，魔鬼也比你强多了。"

"您真这样想吗？卡利克拉提斯，不过这也不能怪您，大概是因为您太久没有见到我了，或许已经把我忘却。可是，我依然美丽如初，卡利克拉提斯！"

"我讨厌你这个杀人犯，根本就不想看到你。你漂亮不漂亮关我什么事？告诉你，我憎恨你！"

"不过，您很快就会跪着趴在我的脚下，还会信誓旦旦地说爱我。"艾依莎回答，脸上带着一种甜蜜的嘲弄，"来吧，现在正是好时间，就让我们当着这个爱过你的姑娘的尸体，不妨试一试。"

"看着我！卡利克拉提斯！"她轻轻一摇，身上的薄纱便抖落在地，露出她的低领长裙和蛇形腰带，在一堆起伏不平的白纱衬托下，帝王般高贵优雅的她更显得光芒四射，美艳绝佳，恰似维纳斯踏浪而来，又似伽拉忒亚[1]破石而出，还似墓穴中飘然而来的可爱精灵。她静静地站着，一动不动，熠熠发光的双眸紧紧盯着利奥的眼睛，他紧握的双拳慢慢松开，脸上的仇恨和震颤在她的目光中渐渐融化，迷惑和讶异变成了惊羡，又幻化成渴望。他越是挣扎，她那可怕的美貌越是紧紧抓住他，令他心猿意马，魂不守舍。我不也有过这样的经历？年纪已是他的两倍，可我不也同样意乱神迷？她甜蜜的目光并非因我而灼热，可我不也同样难以自拔？天哪，真没办法，一切都是真的。天哪，我该坦白承认，我的心此刻就要被嫉妒之火烧得发疯。我真想向利奥猛扑过去，将他打翻在地！这个女人叫我心乱如麻，几乎摧毁了我所有的精神防线！看到她超凡脱俗的美，想必所有男人都会身不由己。不过，我也不知道最后怎么才控制住自己，镇定下来转头看着这出悲剧的精彩所在。

"哇，伟大的上帝呀，"利奥几乎激动得屏住了气，"难道你是女人吗？"

"当然是女人了，这还用说吗？我就是你的妻子呀，卡利克拉提斯！"她说着向他伸出了象牙般洁白圆润的手臂，笑起来。啊！如此甜蜜的微笑！

1　伽拉忒亚：传说中古希腊皮格莱恩创造的雕像，雕塑家将其比喻为美之女神，并请求阿佛洛狄忒给予了她生命。

他一次又一次地看着她，不由自主地缓缓向她挪过去。他的目光突然落在了可怜的尤丝坦身上，不觉打了个寒噤，站着不动了。

"我怎么能这样呢？"他的嗓子都变得有些嘶哑，"你是一个杀人犯，她曾爱过我。"

显然，他已忘记了自己也爱过这个姑娘。

"其实也没什么，"艾依莎轻声细语，就像夜间吹过树林的风儿，甜蜜可人，"不过是小事一桩。如果我曾有什么罪孽，就让我的美貌来弥补吧！我的罪孽都是因您而滋生呀，一切只因为我对您爱得太深。就让我的罪责随风而去,忘记吧。"她又一次举起双臂柔声说"来吧！"，转瞬间，这种状态便一去不复返。

我看见利奥在挣扎，他甚至想掉头逃走，但她的双眼死死盯着他，胜似强大的铁牢，令他动弹不得。甚至就在这里，就在深爱他又为他而死的姑娘的尸体旁，另一个女人的魔力侵占了他的心田，她的美貌、强大的意志和狂热的情怀最终战胜了他。听起来实在可怕，甚至有些缺德，不过，也无需过多地指责，他的罪责也不过如此。因为诱惑他的女色远非常人，她的美远远超过人间女子。

再次看过去时，她已整个投入了他的怀抱，双唇紧紧地吻在一起。于是，利奥·文西便以他死去情人的尸体为圣坛，与双手沾满爱人鲜血的刽子手立下相爱的誓言，天长地久永生不变的誓言。大凡出卖灵魂的人，他们的尊严也值不了几个钱，于是便以自己的灵魂作抵押，借以平衡欲望天平的另一端，因此他们的心灵必将难以解脱。既已播种了苦果，便要收获苦难，即便欲望的罂粟花枯萎在自己手中，他们也同样会得到稗子，终生饱尝痛苦。

突然，她像条蛇一样从他的怀抱中滑了出来，又爆发出一阵胜利的嘲笑，指着死去的尤丝坦说：

"我不是告诉你很快就会拜倒在我的脚下，亲爱的卡利克拉提斯？果真没用多少时间！"

利奥又羞又气地叹息着，虽然他已被完全征服，但还没有迷失到对自己的堕落无耻没有一点觉醒的地步。同时，他的良知也开始复苏，渐渐战胜了堕落，那天晚上发生的事情也正说明了这一点。

艾依莎第三次笑了，然后迅速蒙上面纱，对正好奇地看着这古怪场面的哑奴做了个手势，那个简直有些惊呆的哑奴很快出去了一下，带回两个男哑奴，女王对他们另外做了个手势。于是他三人便抓住尤丝坦的胳膊，拖着沉重的尸体，经过帘子向洞外走去。利奥只是看了一下，然后就用双手捂住脸。也许是臆想吧，尤丝坦的尸体被拖出去时，我似乎感觉到她的双眼依然在紧紧盯着我们。

艾依莎不觉感慨道："逝者如斯夫！"晃动的帘子恢复平静后，这可怕的情景便消失在帘子的另一面。她又重新变得疯狂起来，再次摘下面罩，像古代的阿拉伯人一样[1]，诗兴大发，唱起了胜利的赞歌，其丰富的内涵和优美的诗句很难翻译成英语。另外，这种赞歌本应配上乐曲吟唱，写在纸上或者用来朗诵便失去了其应有的音韵美。艾依莎的歌共分两个部分，前半部分状物，后半部分言志。在我的印象中，其大致内容如下：

　　爱是荒原中的一朵鲜花，

　　就像美丽的阿拉伯芦荟，绽放一次便面临死亡；

　　盛开在苦涩的生命荒原，美丽的光华照亮荒野，宛如风

暴中的星辰，

　　灵魂便是爱情的太阳，圣洁在其中流淌。

　　听到了远方爱人的脚步，

　　我知道爱的鲜花就要盛开，

1　在古代的阿拉伯人看来，散文诗和韵律诗都具有很强的诗性演说功能，优胜者被称为演说家。他们每年都要举行一次比赛大会，参加角逐者吟唱自己写作的诗歌，公认为最好的诗歌便用金字绣在丝绸上，被称为"金诗"公开传阅。因此当时的阿拉伯人几乎都会写诗。霍利先生在此提供的诗歌中，艾依莎也像阿拉伯人一样热爱诗歌，用一些彼此独立的句子表达自己的思想，每句都优美而典雅。——原书编者

美丽只为身边经过的他而绽放。

他摘下了这朵红艳的花儿，

就像捧起盛满甜蜜的爱情之杯，

带着它穿越沙漠，直到花儿枯萎。

狂野的生命中只有一朵花才是最美，

那就是爱情之花！

漫漫跋涉的人生迷雾中，只有一盏灯永恒不变，

那便是爱情的明灯！

绝望的深夜里，只有一种希望，

那便是爱情的光芒！

除此之外，一切都是虚幻，

不过是水中晃动的暗影，

不过是来往的风儿，虚无缥缈。

谁能知晓爱情几多重？爱情几多深？

爱与血肉并生，与灵魂同在。

灵与肉的结合便是爱的真谛。

美丽的爱情就像天上的星星，

变化多端，唯美不变。

谁能知晓爱情从何而来？又将落在何方？

　　唱到这里时，艾依莎转过头看着利奥，一只手扶在他的肩上，唱起了一种更加饱含激情的调子，句子也变得更加工整对称，先前的散文诗变成了高贵纯洁的爱情韵律诗。

啊！我的爱人，

我爱你从古到今，我的爱永不褪色，

我等你地久天长，你如今终于来临。

只有多年前相遇的一瞬，从此便天各一方。

我在坟墓里播下忍耐的种子，

希望的阳光照耀它，

忏悔的眼泪浇灌它，

智慧的和风哺育它。

瞧！发芽了。瞧！结果了。

终于从坟墓中破土而出，白骨的灰烬将其滋润。

我等待良久，如今终得回报，

我战胜死神，逝去的爱人又回身边。

欢呼啊！未来多么美好！

我们的道路芳草萋萋，

光明就在眼前，黑夜逃入深谷，

黎明正在亲吻山顶。

亲爱的人呀，

从此的日子温柔甜蜜，从此的生活一帆风顺。

尊贵的王冠等待着我们，

帝王的威严与我们同在。

全世界的人都会为此惊异，都会向我们顶礼膜拜，

美丽、力量若我们，一切都会黯然失色，

我们的威严与日俱增，犹如雷霆万钧，

就像滚滚战车永不停息，直到世界末日。

欢笑吧！我们的胜利和辉煌永无止境。

欢笑吧！正如白昼之光在山间跳跃。

等待我们的是胜利，胜利，永远的胜利！

等待我们的是权利，权利，无穷的权利！

等待我们的一切永不枯竭，披在我们身上的只有辉煌绚

丽！

直至我们的生命结束，直至黑夜落下帷幕。

她充满激情的奇异演唱终于停了下来，可惜的是，我只记了个大概，其深刻寓意和精髓之处恐怕还尚未触及。她接着说道：

"卡利克拉提斯，也许您不相信我的话，也许您认为我在故意诱惑您，我并没有活了这么多年，您也不是为我而生。不要这样疑虑重重，将苍白的怀疑抛在一边，一切谎言都会没有立足之地！即便太阳会从西边升起，燕子找不到归巢，我也绝不会对您说谎，不会背弃您，卡利克拉提斯。即使挖去我的眼睛，让我变成瞎子，四周一片黑暗，我的耳朵还可以听出您那无法忘怀的声音。对我来说，您的声音胜似铜制的号角，激励我全身的每一个细胞。即便我再失去听力，上千人触摸我的额头，我也依然可以感受到您的爱抚。就算剥夺我所有的感觉，变成聋子，变成瞎子，变成哑巴，就连神经也迟钝得没有任何感觉，我的灵魂依然会像激动的孩子一样，从心底高声呼喊：看看吧，卡利克拉提斯终于来了！看看吧，你守望的黑夜就要结束！看看吧，黑暗中摸索的人儿，黎明的星辰已经升起！"

她停了一小会，又继续说道："等等，如果您还是不相信我说的句

句属实，如果您还是觉得一切太荒唐太不可思议，想要得到进一步的证据，我马上就可以满足您。您也一起来吧，霍利。你们一人拿一盏灯，跟我去吧。"

我们想也没想就提起灯跟在她的后面。在好奇心的高墙面前，我的理智向来没有战胜的可能，因此我现在已经放弃了这种无谓的斗争，径直跟她去了。领着我们来到了她的卧室尽头后，她揭开帘子，露出昏暗的克尔洞穴中一段常见的台阶。我们便沿台阶匆匆而下，我发现台阶的中央已被磨损许多，上面有长短约七英寸半的凹痕，估计原来要高出三英寸半左右。而我在洞内其他地方看到的台阶都崭新如初，可以推想，它们的唯一用途便是把新近死去的尸体送进墓穴。就像风暴过后的大海一样，表面上的每点小东西都会非常显眼。我们刚刚经历了强烈的感情冲击，现在正是风暴过去后的平静，因此也会用好奇的目光注意一切细微的差别。

到了台阶的底端时，我停下来掉头注视着凹下去的台阶，艾依莎转身时也注意到了我。

"霍利，您在好奇究竟是谁的脚消磨了石阶吗？"她问道，"是我，就是我自己的双脚！我甚至还能记得这些台阶当年簇新时平平整整的样子。但是两千多年来，我天天经过这里，您看，我的便鞋已经把坚硬的石头磨成了这种样子。"

我嘴上没有回答什么，心里却有所感悟。我所见到的和所听到的任何东西，没有什么比她软软的便鞋在花岗岩台阶上留下的凹痕更能让我愚钝的脑袋感受到她的年岁之古老。她要在这台阶上走过几百万甚至几亿次才能留下这么深的痕迹？

　　台阶下面连着一段隧道，不远处便有一张帘子挂在门口，我一眼就认出这正是我上次看到艾依莎在跳跃火苗中诅咒的地方。我认得出这张帘子的式样，那天可怕的一幕又清楚地浮现在我眼前，想起来都有些颤抖。艾依莎走进墓穴，我们也随后进入。令我兴奋的是，这里的秘密就要大白了，但心中也不免有些惶恐不安。

第二十一章 生死相交

　　艾依莎从利奥手中接过灯高高举起，说："你们看看，这就是我两千年来睡觉的地方。"灯光照在岩石地面上的一处凹槽，艾依莎随意控制的跳跃火苗就是在这里燃烧的，但是现在已熄灭。灯光还照耀着石床上裹尸布下面直挺挺的尸体，也照耀着坟墓里剥落了的雕刻，还有与尸体相对的另一张石床，中间只隔了一个过道。

　　艾依莎用手扶住空着的一张石床，继续说："就是这里，这么多年来，我年复一年地睡在这里，只有一张斗篷当被子。我的爱人躺在这硬邦邦的石头上，"她指了一下对面僵直的尸体，"我怎么能够独自一人享受软绵绵的卧床？我夜夜睡在这里，只有冷冰冰的他陪伴我。你们看，这块厚厚的石板，也像我们走过的台阶一样，都被我的身体磨薄了。卡利克拉提斯，虽然您已睡着，可我对您还是一样的忠贞不渝。现在，我的夫君，我要让您看到一件奇妙的事情，这么多年来我一直把您的遗体保存完好，活着的您就要看到死去的您。卡利克拉提斯，你们准备好了吗？"

我俩都未做回答，只用惊恐的双眼互相对望了一下。这一幕如此可怕，却也庄严神圣。艾依莎向前迈了一步，用手抓住盖尸布的一角，又继续说：

"不必害怕，虽然事情对您来说有些不可思议，但事实上，我们每个人生生世世都没什么改变，因此，对于永恒不变的太阳来说，这世界上并没有新的面孔！只是我们自己并不知晓，记忆中没有留下任何关于前世的东西，而大地又每次都要把赋予我们的形体收回去，所以没人能在坟墓中保持生前的光辉灿烂。但是，凭着自己的智慧和从克尔人那里学来的知识，我把您保存得完美如初，亲爱的卡利克拉提斯。您没有化为尘土，您的美貌永远展现在我的眼前。您留下的这个空壳便是我记忆的载体，时时唤起我对您昔日的回忆，这样，您的形象便在我的头脑中永远鲜活。虽然您的生命已无言，却也在慰藉着我对逝去岁月的渴望。"

"现在，让活着的人和死去的人在此相遇吧！跨越时间的鸿沟，他们仍然是一体。尽管死亡的长眠会仁慈地把我们的记忆抹得一干二净，会将深沉的痛苦湮灭，否则便会像恶狗一样咬住我们一代又一代的生命，每一次生命中的痛苦积累会令我们绝望而疯狂。然而，时间并没有力量否认一个人的身份，不管经过多少代，他们仍然是一体。包在我们遗体上的裹尸布就像狂风前的乌云，很快就会无影无踪；过去岁月冰封雪冻的声音就像太阳下的山顶积雪，马上就要在自然的节奏中融化；往昔的嬉笑和哭泣无数年后仍然回荡在山间岩石，而且听起来更加甜蜜。"

"卡利克拉提斯，活着的您看到久已阔别的自己时，其实也没什么好害怕，只不过前者出生晚一点，而后者则很久以前就停止了呼吸。我只是让您的人生之书翻回去一页，看看上一页究竟写了什么。"

"看吧！"

她猛然间拉开冰冷尸体上的盖布，油灯光线刚好照在上面。我看了一眼就吓得退回来，不管她先前说过什么，我还是感到眼前的情景太离奇！我们的智力太有限，一直没怎么弄明白她的解释，如今，终于拨开深奥的哲学迷雾，冷酷可怕的事实就摆在面前，还是让人感到震惊万分。身穿白袍、直挺挺躺在面前石棺上保存完好的人，看起来正是利奥文西本人！我看看活生生站在那里的利奥，又看看躺在石棺上死去的利奥，除了石棺上的这位年纪稍大一点，实在找不出他们有什么不同。我把他们的五官一一对照，简直是如出一辙，是啊，就连利奥最引以为自豪的金色鬈发也没有丝毫区别，甚至这位死者的表情我有时也会在利奥熟睡的脸上看到。对于他们的相像我只能用一句话来总结，那就是从来没有哪对双胞胎比这对生死相隔的人更加相似。

我转过头，想看看利奥在见到死去的自己时有何表情，结果发现他脸上的肌肉近乎僵硬，他面无表情地看了两三分钟，最后发出一声尖叫：

"盖上他，让我走！"

"您不能走，等等呀，卡利克拉提斯。"艾依莎说，此刻的她更像一位灵感喷涌而出的先知预言家，而不是一个女人，高举过头顶的灯光倾泻在她丰满而优美的身子上，也照着石棺上死神包围的冰冷身体，她用一种不容置疑的口吻缓缓道出威严无比的句子，天哪，只可惜我无法描述。

"等等，我还要给您看样东西，我不想对您隐瞒自己的任何罪行。霍利先生，您能打开老卡利克拉提斯胸口的衣服吗？也许我的夫君有些害怕碰到死去的他自己。"

我颤抖着走上前去，仿佛在亵渎死者，又好像是对身边活着的人睡着时的不敬，冰冷的胸脯很快就露出来，心脏上方有一处明显的伤口，是刺枪或匕首的痕迹。

"看见了吧，"她说，"卡利克拉提斯，是我亲手杀死了您呀！我在生命源头给了您致命的一击。因为您爱那个埃及姑娘阿米娜特丝，她用妖术迷惑了您的心，而她自己又非常强大，我没法像对待尤丝坦一样杀死她，所以才在盛怒之下杀了您。可是这些年来，我天天都在怀念着您，等待着您的到来。您现在终于回来，再也没什么东西可以阻止我们相爱。我曾经谋杀过您，现在我要给您一次新的生命。当然也不是永恒的生命，那是谁也无法给予的。不过，您的青春和生命将可以跨越千秋万载，所有的荣华富贵、皇权威严、盛世乾坤、所有美好的东西都任您享受，您的幸福快乐将是前无古人可比，后无来者追随。但是您得休息几天，做好获取新生的准备。您看看这个属于您自己的身体。多少个世纪以来，他就是我唯一的慰藉，也是我唯一冷冰冰的伙伴。现在活生生的您已来到面前，我再也不需要了，他只会让我想起不愿回忆的痛苦往事。因此，还是让他化为尘土，回归该去的地方吧。"

　　"看看，我早就为这个欢乐的时刻做好了准备！"她从自己的睡床边拿起一个很大的双耳釉面陶瓶，瓶口用动物膀胱蒙起来。她先弯腰轻轻地吻了一下死者洁白的前额，然后打开瓶子，仔细把里面的液体洒在尸体全身上下，她洒得小心翼翼，避免任何一滴药水溅在我们或她自己身上，最后把剩余的所有液体浇在死者胸前和头上。尸体上很快就有浓浓的雾气冒出，整个洞内充满呛鼻的气体，一时间，眼睛都什么也看不见。我估计这液体是一种强酸，只听见尸体上又是发出嘶嘶的声音，又是发出咔嚓咔嚓的声音，不一会，便没了声息，可烟气还是没有散完。最后，声音和烟雾全部消失，只有尸体上方的一小团烟雾，两三分钟后也一并消失。石床上躺了这么多年的古代卡利克拉提斯的尸体顷刻间无影无踪，只留下一些还在冒烟的白色粉末。尸体已被强酸销毁，石床上有些地方也被腐蚀了。艾依莎弯腰抓起一把骨灰，撒向空中，口中念念有词，语气庄严而平静：

"尘归尘，土归土！过去的不复存在！失去的不会回来！卡利克拉提斯去矣！卡利克拉提斯归兮！"

灰土在我们面前飞舞，慢慢落下地面。我们默默地看着一切，惊得一句话也说不出来。

"你们现在去吧，"她说，"如果能睡着，就好好睡一觉。我还得再好好想一想，明天晚上我们就去那里，我已经好久没有走过那条小路。"

于是我们鞠躬后就退了出去，只留下她一人。

回房间的路上，我偷偷看了一下乔布睡觉的地方，不知道他的情况如何。埃迈赫贾人的舞会吓坏了他，就在我们遇到尤丝坦之前，他提早离开了那里。像多数没文化的人一样，他也是个神经非常脆弱的人，好在他没有见到今天最后吓人的几幕。此刻睡得正香呢，真是一个老实可靠的好人啊。可怜的利奥，自从看到那个僵硬的自己，看起来一直呆头呆脑，等我们回到自己的卧室，他才回过神来，感到刻骨铭心的痛苦。现在终于离开可怕的"她"，这一整天来的经历，尤其是深爱他的尤丝坦惨遭杀害，像狂风暴雨冲击着他的心灵，恐惧、悔恨像鞭子一样抽打着他，令他痛苦万分，难以自拔。他不觉开始咒骂，诅咒我们第一次见到陶片的时刻，诅咒如今已被——证实的神秘内容，他对自己的软弱也恨之入骨。但他不敢咒骂艾依莎，谁敢谩骂这样的女人？我们对她一点也不了解，或许她的灵魂此时此刻就在监视着我们。"老伙计，我该怎么办呢？"他把头靠在我的肩上，极度痛苦地低声说道，"是我害死了她！我不但没能力救她，更可恨的是，在她死后不到五分钟，我竟在尸体旁亲吻杀死她的凶手！我真是堕落得禽兽不如，但我实在无法抗拒，"说到这里，他放低了嗓门，"那个可怕的巫婆。我知道明天还是一样，我已经永远无法摆脱她。即便这辈子不再见到她，我也不会爱上别的女人。我只会像一根小小的磁针，永远跟随着她强大的磁场旋转。就算我们现在能够逃脱这里，我也舍不得离开呀。虽然我的双腿挪不动半步，但我的头脑依然清楚，我的心里恨死了她。这一切太可怕了！还有那个死人，我能说什么？那就是我呀！老伙计，我把自己卖进了牢笼，她用自己的价码收买了我的灵魂。"

我这时才第一次告诉他，其实我自己也比他好不到哪儿去。令人欣慰的是，虽然他自己也痛苦得一塌糊涂，可还有心来安慰我。也许在关于这个女人的问题上，他觉得实在没必要嫉妒我。我建议应该设法离开此地，但我们很快就明白，这样只是徒劳无益。说句实话，即使现在突然间有种神秘的力量，可以把我们从这阴暗的山洞直接送往剑桥，恐怕我俩谁也不舍得离开艾依莎。我们再也离不开艾依莎，就像飞蛾扑向灯光，明知死路一条，还是心甘情愿。我们更像吸食鸦片的瘾君子，头脑清楚时也深知自己这样下去的危险，却又不愿意放弃那可怕的快乐。

只要见过她令人惊艳的美貌，只要听过她音乐般动听的声音，只要享受过她睿智的谈吐，哪怕付出一生的平静幸福为代价，也没有哪个男人愿意放过与她相处的片刻欢愉。暂且不论我的问题，对利奥来说，这一人间尤物公开表白自己至诚至真的爱情时，他该是何等动心，况且还有两千年的苦苦等候。

毫无疑问，她是个阴险毒辣的女人。只因为尤丝坦挡住了她的爱情之路，便残酷地杀害了她。可是，另一方面，她又是个忠贞不渝的女子。男人们总是倾向于原谅女人的罪过，尤其是对漂亮的女人，因为对他自己的爱而犯下的错误更是如此。

再说，哪个男人能有利奥这么好的机缘？诚然，如果与"她"结合，那么他的一生都会被这个有些邪恶的神秘女人控制[1]，然而，与任何一个普通的女人结婚，类似的事情不也完全可能吗？话说回来，普通的婚姻却不可能给他带来这种可怕的美（我觉得只有"可怕"一词才可准确体现她的美），不可能带来如此神圣的爱，不可能带来如此强大的智慧，不可能带来控制自然的秘密以及因此而带来的地位和权力，如果她果真能说到做到的话，还有青春永驻的桂冠呢。所以，从总体

---

1 经过几个月的认真考虑，我觉得这种观点其实也有失偏颇。艾依莎的确是谋杀者，但是，倘若朝思暮想的东西面临巨大挑战，而自己又拥有同样的绝对权力，那么我们也会做出相同的选择。此外，在她看来，这也是对胆敢违反命令者的一种惩罚，因为在她的王国中，只要稍有半点不从，就可以被处以死刑。就算暂且不考虑她的行为究竟算不算谋杀，至少说是有悖于我们的道德伦理标准，尽管我们自己实际做得如何又是另外一回事。初看时，这种论调似乎的确是她罪恶的有力证据，但是考虑到她非同寻常的年龄，我们或许会认为她的邪恶其实是在漫长的人生过程、苦难的经验以及敏锐的洞察力中形成的一种强烈的愤世嫉俗而已。众所周知，童年过后，人的年纪越大，就越会变得愤世嫉俗，铁石心肠。许多人都是由于死亡到来，才避免了思想僵化，甚至败坏堕落。没有人可以否认，年轻人普遍好过老年人，因为在他们的头脑中没有一套容易产生世故的陈规陋习，对大家认为理所当然的一些邪恶的手段和陈规陋习也不会漠然无视。与艾依莎相比，我们现在世界上最老的人也不过是个小婴儿，最聪明的人还不及她才智的三分之一。她高超的智慧得出的结论是：世界上只有一件事情值得我们为之生存，那就是纯高的爱情，她可以为此不在乎其他一切。这就是她的罪恶的全部根源所在。不管人们怎么看待她的罪行，有一点我们不能忘记，那就是她也有不少美德，而且达到了普通男女无法达到的高度，比如：忠贞不渝。——路·霍·霍利

299

上来说，利奥的选择不足为奇，虽然他也会像多数正直的男人一样，内心感到羞愧和痛苦，但还是不愿意错过这天大的好运。

倘若错过这次机会，他以后一定会因此而悔恨得发疯。当然，我的观点也有一定的局限性。因为我自己至今也还深深爱着艾侬莎，我宁愿要她短短一星期的温馨，也不要其他女人一辈子的爱情。如果有人怀疑我的声明，以为神经有些错乱的我在瞎编乱造，只要他能有机会见到艾侬莎摘下面罩的脸，哪怕只是惊鸿一瞥，他就一定会同意我的观点。当然，我说的是男人。我们永远也无法知道女人对艾侬莎的看法，但我估计多数女人并不会喜欢女王陛下，还会用多少有些尖刻的方式对我的观点表示异议，但她们的想法最终都经不起检验。

我和利奥神经兮兮地坐了两个多小时，惊恐不安地谈论着经历过的桩桩奇事。好像一切都在梦中，又好似置身于童话世界，完全不是真真切切的事实。谁能相信不仅陶片上写的话句句是真，我们还活着将其一一证实？我们要找的女人竟然在克尔的坟墓中耐心地等待着我们的到来？谁能相信利奥正是这个神秘女人等了一个世纪又一个世纪的男人？她竟然还将他前世的尸体一直保存到昨天？但一切都是事实。面对见到的一切，作为理性的人类，我们再也无法怀疑其真实性。我们怀着一颗人类虔诚的心，感慨人类的知识是何等贫乏，因自己阅历浅薄而断然否定事实又是多么荒唐。最后，我们才躺下来睡觉，把自己的命运交给无所不知的上帝，正是他选择了我们去揭开人类无知的面纱，向我们展示生命中潜在的善与恶。

第二十二章 乔布的预感

第二天早上九点时，乔布进来叫我们起床，他还是有些惶恐不安。看到我们依然活着躺在床上，他似乎大出所料，不过同时也舒了一口气，感谢上帝对我们的保佑。当我告诉他可怜的尤丝坦的悲惨结局时，他甚至更加庆幸我们的死里逃生，当然也为她的命运感到震惊。诚然，他俩之间相互没有多少好感，她总用蹩脚的阿拉伯语叫他"猪猡"，而他则用地道的英语回敬对方为"荡妇"。可是，随着女王对她施加的灭顶之灾，这种嬉笑怒骂便永远一去不复返。

"也不是我想说三道四，"他在惊叹之余说，"不过，我看'她'不是暴君老尼克本人，就是他的老婆。我估计他应该有老婆，要么他一个人不会有那么多恶毒的念头。与'她'相比，隐多尔女巫[1]也不过是小巫见大巫。先生，愿上帝保佑您。我觉得她不会放过任何一个基督徒活着离开这片陈腐发霉的坟墓，要不是这样，我就能在法兰绒上种出水芹来！这是一个魔鬼生存的地方，她就是总头目，没错，先生，就是这样一个国家。我看咱们根本不可能摆脱这里，一点希望也没有。那个巫婆不会放走利奥这样英俊潇洒的年轻人。"

"可是，"我说，"不管怎么说，是她救了利奥的性命。"

"没错，但他得以自己的灵魂为代价。她会把利奥变成一个像自己一样的巫师。我知道与这种人牵连在一起不会有什么好处。昨天晚上睡不着时，我便起来读《圣经》上关于女巫及其同类的故事，吓得毛发倒竖。这是死去的母亲送给我的一本小小的《圣经》，如果老人家知道她的乔布去了什么地方，一定会吓得半死。"

"是啊，乔布，这里的确是个奇异的地方，生活着奇异的人群。"我不由叹息一声。虽然我不像乔布一般迷信，但是也得承认自然界中的确存在一些超乎自然的东西，这是人类没法弄得明白的，我也对其充满敬畏之心。

---

1 隐多尔女巫：《旧约·撒姆尔记》中曾提到过的女巫，是为扫罗王召唤大祭司撒姆尔亡灵以预测未来的女巫。与招魂有关的法术在基督教观念中通常被视为邪恶。

"先生，您说得太好了，"他回答，"如果您不是认为我在犯傻，趁着利奥先生不在，我跟您说几句心里话（利奥起床去外面散步了）。我自己知道，这里就是我在世界上看到的最后一个国家。我昨夜做了个梦，梦到了我的老父亲，他穿着睡衣，有些像这个国家里人们盛装出行时穿的袍子，手里还拿着一根毛茸茸的长叶子草，或许是他在来时的路上采的，我昨天还在这些魔洞外 300 码的地方看到大片这种草。"

"'乔布啊，'他庄重地对我说，看起来一副心满意足的样子，只能叫我想到一个将劣马以次充好卖给邻居并因此而得到二十英镑的卫理公会教徒，'乔布，你的时间到了，我以前可从没想到会来这种鬼地方找你，乔布！我得对你说明白，让可怜的老父亲跑这么远可是有些大逆不道。咱们走，就让克尔的这帮混蛋们自己留下来寻欢作乐吧。'"

"日有所思，夜有所梦呀！"我提醒他。

"没错，先生，您说的当然对了。他这样评价这里的人：'小心点，整个一帮烧焦的家伙'。先生，我对他的话毫不怀疑，我了解他们和他们的火罐吃人术，"乔布继续说道，显得有些凄凉，"不管怎么说，他认为我的末日很快就会到来，临走时还说不管我俩愿不愿待在一起，以后还得经常见面。我估计父亲是想到了我俩以前总是难以相处，不过三天就得吵架。我想以后再见面的情况也好不到哪里去。"

"这就不对了，"我对他说，"你不能因为梦见已经过世的父亲就想着自己会死去。如果梦到父亲会死去，那么要是一个男人梦见丈母娘，又会发生什么事？"

"哦，先生，您在拿我开玩笑，"乔布说，"不过，您并不了解我父亲。如果梦到的是别人，比如向来清闲的姑姑，我就不会这么多心。作为十七个孩子的父亲本应是个勤快人，可他却懒得要命，绝不会专门跑到这种地方来看风景。先生，我知道他是有事才来的。唉，我已经没救了，虽然我也知道人总有一死，可是一想到要死在这种洞穴里，我还是忍不住有些伤心，高风亮节的基督徒在这里也没法举办个像样的葬礼。我一直在努力做个好人，对待自己的工作也是兢兢业业，可是父亲昨天晚上却对我不屑一顾，甚至是嗤之以鼻，对我连一句评价都没有，真让我的心里难受极了。可是，先生，我向来在努力伺候好您和利奥先生，但愿上帝保佑他！哎，回想以前我领着他在街头游乐场中乘坐一便士回旋轮的情景，简直就像昨天一样。父亲并没有提及你们，估计你们可以活着出去，到那时，希望您会想起我。我还想对您提个冒昧的要求，永远也不要再做与陶片上希腊文相关的任何事。"

"得啦，乔布，"我认真地说，"你应该知道，全是一片废话。你怎么这么傻，居然会让这种事占据自己的头脑。我们一起经历了多少不可思议的事儿，相信还能一如既往。"

"不，先生，"乔布说得不容置疑，刺得我心里都有些难受，"我不是随便说的。我是注定要死的人了，我能感觉到，这种感觉真让人难受，先生，我总是不由得想着究竟会怎么死去。如果吃饭时想到里面有毒药，难道您还会有胃口吗？当您走在这些黑乎乎的兔子洞时想到背后有刀子逼着，难道您不会脊背发凉吗？先生，我不是天生刻薄的人，想想我对那个可怜姑娘的讽刺，心里还真是有些过意不去。唉，她现在已经离去。虽然我还是不赞成她那种结婚法，但我真的不是故意侮辱她，她结婚的速度也忒快了点，算不上个正派姑娘。先生，"可怜的乔布说到这里时偏过了头，脸色更加惨白，"只希望我不会遭遇红热陶罐之苦。"

"一派胡言！"我生气地打断他，"完全是胡说八道。"

"好吧，先生，"乔布说，"我本不该反对您。不过，先生，不管您去哪儿，都请您一定要带上我。希望那个时刻到来时，我能看到一张友好的脸。先生，您就帮我这一次吧。现在，我得去准备早餐了。"乔布说完后就离开了，只留下我一个人伤心沮丧。

在所有认识的人中，乔布最善良最诚实，因此我对他怀有很深的感情，更把他看成朋友，而不是仆人。一想到他会发生什么不幸，我就不觉有些喉头哽咽。虽然他的话毫无根据，可我能看得出，在他自己的内心深处，的确认为要发生什么大事。多数情况下，他确信不疑的东西往往是毫无根据，这次臆想更是由于这种阴暗潮湿的陌生环境所致，还有期间发生的谋杀，可不知怎么搞的，还是叫我从心底里多少感到一些寒意。不管人类的臆想有时会多么荒谬，也明知完全是头脑的幻觉，可还是会让人感到害怕。

早餐很快准备好，这时利奥也回来了。他一大早就去外面散步，用他自己的话来说，是去清醒头脑。又有早餐吃又见到利奥，我沮丧的心情多少得到一点慰藉。饭后，我们一起去散步，看到一些埃迈赫贾人正在一块土地上耕种，他们就是用这种谷物来酿酒。他们干活的方法与《圣经》中描述的差不多，一个腰间挂着羊皮袋子的男人大踏步地在田里来回走动，所到之处便播下种子。这个可怕的民族竟然有人如此熟练而愉悦地播种，真让人感到欣慰，也许是表现了他们人性的另一面吧。

我们回去时正好遇到了比拉利，听说"她"正乐意等着接见我们。于是我们便来到她的住处，心里还是有些战战兢兢，因为艾侬莎并非平常之辈，随着渐渐与她熟悉，或许会爱上她，或许会对她好奇不已，或许会对她产生恐惧，但绝不会对她有半点不敬。

还是像平常一样，哑奴领我们进去。等她们退下后，艾侬莎就揭开面罩，还叫利奥拥抱她，虽然他的心里昨天晚上还是老大不愿意，可现在却欣然同意并热烈地拥抱了她，完全超出了一般礼仪的要求。

她用一只白皙的手抚在他的头上，充满爱意地看着他。"亲爱的卡利克拉提斯，"她说，"想知道什么时候我才会完全属于你吗？什么时候我们才能真正互相拥有？我现在就告诉你。首先，你得变成像我一样的人才行，虽说我自己也并非长生不老，但你得经得起时间的侵袭，当其利箭穿透你强健的铠甲时，将会对你毫无损伤，正如阳光透过水面一样。我之所以现在还没有与你成亲，就是因为我俩完全不同，我的光晕会把你灼伤，甚至将你毁灭。甚至你看我的时间都不能太长，或许你会受不了，至少你的眼睛会灼痛，感到头晕眼花。因此，"她说着自己点点头，"我得快点戴上面纱。"（顺便说说，其实她并没有戴上。）"不，你还是听我说吧。我不会叫你等得不耐烦，今天晚上太阳落山前一个小时，我们就出发去那里。我已经祈祷过了，应该不会迷路，如果一路顺利，明天天黑之前我们就可以到达生命之源，你就可以沐浴圣火，从此变得光芒四射，无与伦比。卡利克拉提斯，到目前为止，还没有一个男人享受过这种生命之火，那时你就可以叫我太太，我将称你为夫君。"

利奥咕哝了一句什么，算是对艾依莎这些稀奇古怪的语言的回答，我也不明白他说的究竟是什么，看着他一脸困惑的样子，她只是笑笑，继续说："你也一起去吧，霍利先生，我会同样赐予你这种恩惠，从此便可以长生不老，你为我带来了快乐，咴，所以我才会这样做。霍利，你不像别的男人一样是个彻头彻尾的傻瓜。再说，虽然你也像古代的哲学家们一样满脑子都是无稽的哲学，但还没有忘记用华丽的辞藻赞美女人的双眼。"

"哇！霍利叔叔！"利奥不觉叫出声来，又恢复了他昔日的快乐，"你真的恭维过她？我可从没想过你也会这一招。"

"谢谢您，艾侬莎，"我尽量使自己保持庄重，回答道，"即便真有您所说的神奇地方，那里的确有可以把人从死神之手解脱出来的力量，我也不愿去追寻。尊敬的艾侬莎，对我来说，世界已不再是个安乐窝，我不愿永远徜徉其中。我们生活的地球就是一个铁石心肠的母亲，她给我们的面包是僵硬的石头。人类只能吞咽石头,间或喝点凉水来止渴，无情的鞭挞就是滋润我们成长的营养品。谁愿意生生世世忍受这样的生活？谁愿意背负失去的时光和无望的爱情？谁愿意眼睁睁看着亲朋好友痛苦不堪而又无力帮助？谁又会稀罕不能带来慰藉的智慧？死不是件容易的事，因为我们不愿被虫蛆蚕食自己的血肉，也害怕那裹尸布下面的未知世界。但是对我来说，活着更加艰难，虽然表面上看叶子鲜绿美好，但是内心深处却已被腐蚀死亡，我不愿让记忆的虫蛆永远啃咬自己的心灵。"

"你还是再好好想想吧，霍利，"她说，"人类难以企及的长久生命、力量和美貌会给你带来许多权利和弥足珍贵的东西。"

"尊敬的女王，"我回答道，"人类弥足珍贵的东西又是什么？不就是虚幻的泡沫吗？人类的野心不过是架没有尽头的梯子，不可能攀登

309

的最后一级便是顶峰。山外有山，总有新的顶点展现在我们面前，永远也没有尽头；梯级上面还有梯级，永无止境。过多的物质财富并不能带给人类幸福快乐，甚至买不来片刻心灵的欢愉，只会让我们心生厌倦，烦恼不安。那么人类对智慧的追求会有满足的一天吗？恰恰相反，我们知道的越多，才越发懂得自己的无知。假如活上一万年，难道我们就能知晓太阳的秘密？知道太阳以外宇宙的秘密？就能了解把它们挂在天空的造物主之手？智慧就像饥饿一样一天天吞噬着我们的灵魂，使我们空虚的心灵备受煎熬；就像这些巨大洞穴中的一盏油灯，燃烧得愈发明亮，就会使周围显得愈发昏暗。延长本该属于我们的生命又有什么好处呢？"

"不，亲爱的霍利，生命中有爱情呀，爱情使一切变得美好，甚至使我们走过的尘埃之路也因此而神圣。生命因为有爱而辉煌，年复一年地滚滚而去。爱情就像伟大的音乐篇章，纵然下方肮脏的地球依然令人羞愧，但听众的心依然可以乘着雄鹰的翅膀翱翔天空。"

"也许你说得有道理，"我回答，"但是，如果所爱的人只是一支刺伤我们的残箭，或者说本就是一场无望的爱情，那情况又会怎样？一个人只需把痛苦书写在流水上时，他愿意刻在石头上吗？当然不会，尊敬的'她'，我宁愿只是过完自己的天年，该老的时候就老，该死的时候就死，然后便被世界遗忘。我的信仰允诺的永恒是摆脱尘世精神

310

桎梏的永生，与漫长的世界相比，您所能给予我的永恒不过是弹指一挥间。我们的肉体在尘世艰难跋涉时，痛苦、邪恶和罪孽抽打的鞭子也会与我们同行，只有摆脱肉体的束缚，我们的精神才会在永恒的美德中绽放光芒。在尘世的气息中，最为高尚的意念实在太少了。与其相比，人类最热烈的向往，少女最虔诚的祈祷，都会相形见绌。"

"听起来太高深了，"艾依莎笑着回答，"你的话语就像吹着喇叭一样清晰，毫不含糊。不过，在我看来，你所谈论的其实就是裹尸布下面的那个未知世界。也许你是通过自己信仰的双眼在观察世界，透过你想象世界的有色玻璃，窥视到了那片光明而美好的世界。人类用自己信仰的画笔，饱蘸多彩的想象颜料，绘制了多么奇特的未来图画！更为奇怪的是，彼此之间竟然互不吻合！我可以告诉你最终的结果。唉，又何必打扰一个傻瓜内心珍藏的美梦？算了吧。霍利先生，当你有一天感到岁月悄悄爬上自己的额头，当你的大脑开始变得迟钝时，我只希望你千万不要后悔把我现在赐给你的至高无上的恩惠随意抛弃。事情往往会如此，人们从来也不会满足于身边唾手可得的宝贝。即便有盏指引人类在黑暗中前行的油灯，他也会马上将其丢弃，因为油灯毕竟不是灿烂的星星呀。幸福总在人类的前方跳着欢快的舞蹈，恰似沼泽地中忽隐忽现的磷火，人类总是希望抓住这点磷火，总要获得那颗星星。美丽对他毫无价值，因为更有甜蜜的双唇向他许诺未来；财富意味着贫穷，因为别人拥有更多的金钱；名誉对他来说近乎虚无，因为还有比他更伟大的人。这些都是你自己的观点，我只不过是用你的话来回敬你自己。不管怎么说，你希望自己能抓住那颗星星。我却不以为然，我只能说你是个丢掉手中油灯的傻瓜，我的霍利。"

我没再说什么，尤其是利奥也在场，我没法告诉她，自从看到她的脸庞，我就知道自己的眼中再也不会没有她，她会一直萦绕在我的眼前，对她的思念会令我永远痛苦，那无法满足的爱更会时时折磨我。我再也不希望这样的日子无休止地延续下去。当初是这样，天哪，直到此刻也一点都没有改变。

"现在，""她"继续说，不过语气和内容完全变了，"亲爱的卡利克拉提斯，告诉我，你怎么会来这里找我？我到现在还不知道。你昨天晚上说卡利克拉提斯，就是你看到的那个死人，是你的祖先。究竟是怎么回事呢？快跟我说说吧，你还没有详细说呢。"

应她的请求，利奥便讲述了那个神奇匣子的故事，讲述了他的祖先埃及公主阿米娜特丝写在陶片上的故事，正是它们引导着我俩来到这里。艾依莎听得很认真，利奥讲完后，她又开始对我说话。

"霍利先生，我俩谈论好与坏的时候，也就是我的爱人生命垂危的时候，我不是对你说过，善能生恶、恶能生善吗？也就是说，播种的人不知道收获什么，出击的人不知道不幸会落在何方。现在看看吧：

这位埃及姑娘阿米娜特丝，尼罗河上的皇家女儿，她痛恨我；我也至今还对她怀恨在心，她在有些方面甚至超过了我。你看，她竟然把自己的爱人亲自引到我的怀抱中来了！由于她，我杀了卡利克拉提斯，现在，他却通过她又回到了我的身边！她播下仇恨的种子，本要我收获痛苦的毒苗，却没承想给予我的比整个世界还要多。霍利先生，在你善恶轮回的圈子里还有一个奇怪的方形啊！"

她停了一下继续说道，"因此，她命令自己的儿子，如果有力量的话就要杀死我，因为是我要了他们父亲的性命。亲爱的卡利克拉提斯，你就是那位父亲，从某种意义上来说，你也是她的孩子，你要为自己报仇吗？要为你那位远古时代的祖先报仇吗？尊敬的卡利克拉提斯？"说着她便跪下，拉开洁白的袍子，露出象牙般细腻的胸脯，"我的心就在里面跳动，你的旁边就是又长又重又锋利的刀子，正可以杀掉这个有罪在身的女人。拿起刀，复仇吧！刺呀！刺在我的心窝上！卡利克拉提斯，这样你的内心就会满足，从此心安理得地过上幸福生活，因为你已完成了复仇的心愿，满足了祖先的遗愿。"

他只是看着她，然后便伸手扶起她。

"起来吧，艾依莎，"他难过地说，"你知道我不会伤害你，无论如何都不会，就是为了昨天晚上杀死的那个姑娘也不会。我已身不由己，完全变成了你的奴隶。我怎么会杀死你？还不如先杀了我自己。"

"卡利克拉提斯，你开始爱上我了。"她说道，脸上挂着微笑，"现在跟我说说你们的国家吧，那是个像罗马一样强大的帝国，是个了不起的民族，对吗？你还要回到那里吧？这样也好，其实我也不愿叫你待在克尔的这些洞穴中。只要你一旦变成了与我一样的人，咱们就可以动身去那里。别担心，我会找到路，到时我们就可以踏上前往英格兰的道路，把它变成适合我们居住的地方。两千年来，我一直期待着离开这些讨厌的洞穴，不再看见那些面色阴郁的人们，现在很快就要变成现实，我的心因此而欢呼跳跃，简直就像期待假日的孩子一样，因为你就要统治那个英格兰了……"

"但是我们已经有一位女王了。"利奥急忙打断她。

"没关系，没关系的，"艾依莎说，"我们可以把她赶下台呀。"

听到这里，我俩不觉同时惊叫起来，对她说："我们还不如趁早把自己赶下台的好。"

"真是太奇怪了，"艾依莎惊奇地说，"竟然还有人民热爱的女王！自从我在克尔定居以后，世界一定发生了翻天覆地的变化。"

我们进一步向她解释，这是因为君主的品性已经发生了很大变化。在我们的国度里，所有正直的人们都热爱女王，尊崇女王。我们还告诉她，我们国家的真正权力掌握在人民手中，也就是说，统治我们的实际上是没受多少教育的广大下层阶级的选票。

"噢，"她说，"这便是所谓的民主，你们那里肯定会有一位暴君。我对这种民主见得多了，选民其实并没有统一的意见，最后还是只能推举一位君主，并对其推崇备至。"

"是啊，"我说，"我们也有过一些专制的君主。"

"这就对了，"她顺势说，"怎么说我们都可以杀掉这些暴君，让卡利克拉提斯统治那片土地。"

我赶快告诉艾依莎，"杀人"在英国可不是闹着玩的，不可能不受惩罚。任何诸如此类的事情都要受到法律制裁，甚至会送上绞刑架。

"法律！"她轻蔑地笑笑，"什么是法律？霍利，难道你还不明白吗？我在一切法律之上，卡利克拉提斯也会如此。对我们来说，人类的所有法律都似吹在大山上的北风，是大风屈服于高山，还是高山向狂风弯腰？"

"现在请你离开我一会儿，还有你，我的卡利克拉提斯，我得准备一下咱们的旅程，你俩和仆人也得收拾一下。不过，带的衣服不用太多，我估计咱们最多也就离开三天，然后再回来这里，我得做些安排，这样我们就可以永远离开这些克尔的坟墓了。现在，你可以吻我的手告退了。"

于是我便退了出去，一人独自思考着摆在我们面前的严峻问题。毫无疑问，可怕的"她"已下定决心要去英国，想想后果，我便觉得有些不寒而栗。我知道她的本事，也知道她将会不遗余力地使出浑身解数。也许可以控制她一时，但是她狂妄自大的野心终有一天会暴露无遗，多少个世纪以来的幽禁总要得到补偿。如果仅凭美貌还不能实现她的目标，必要时，她还会清除前行道路上的一切障碍。何况，她又是不死之人，据我所知没什么东西能杀得死[1]，有什么办法才能阻止她的疯狂？我相信，她最终会在英格兰建立绝对的统治权威，甚至是在整个世界。她一定会使我们的国家成为全世界最繁荣昌盛、最辉煌显赫的帝国，只是要以无数人的流血牺牲作为代价。

整个事情听起来恰似一场梦，又似某个头脑发热的家伙杜撰出来的故事，可一切都是事实，一个绝无仅有的故事，一个让整个世界关注的事实。这一切意味着什么？思索良久后，我只能说爱情已经把这个尤物囚禁了许多个世纪，并没有对世界造成什么伤害。现在上帝要用她的力量来改变世界，也许从此会建立一个坚不可摧的政权，天下变得更加美好。

1　很遗憾地告诉读者，我一直没有弄清楚"她"究竟会不会被生命中的意外伤害。也许真是不可能，否则在这么漫长的岁月中，早就有意外夺去她的生命。她确曾叫利奥杀死自己，但这更可能只是为了试验利奥的性格和对她的心意。如果没有十分的把握，艾依莎决不会如此轻易让步。——路·霍·霍利

第二十三章 真理的殿堂

准备工作并没花多少时间，我们把换洗的衣服和备用的靴子装进旅行袋，然后每人带上手枪、快枪以及足够的子弹就算完事。带枪原本只是为了防备，没承想托上帝的保佑，这些枪支后来多次救过我们的性命。其他用品和笨重的枪支便留在当地。

离约定的时间还有几分钟，我们便到了艾依莎的闺房。她也准备就绪，在类似裹尸布的衣服外面又套上了那件黑色的披风。

"你们为这次伟大的冒险做好准备了吗？"她问。

"准备好了，"我回答，"可是，艾依莎，我的心里却一点底都没有。"

"哎，我的霍利呀，"她说，"你可真像那些古老的犹太人，想起他们我就火冒三丈，他们总是怀疑一切，难以接受新事物。不过，你很快就可以看到,除非镜子欺骗了我,"她指了一下面前晶莹的圣水盆,"道路依然像早些时候一样，通行没有问题。现在，就让我们开始一种新的生活吧，谁知道结果会如何。"

"是啊，"我重复了一句,"谁知道结果会如何。"我们走出主通道，进入光亮的白天。洞口停着一乘六人抬的轿子，轿夫全是哑巴。看到我们的老朋友比拉利也在其中，顿觉放心多了，我对他颇有好感。无须多言，在艾依莎看来，除了她自己之外，我们都应该步行才是。在洞中生活这么久后，我们对此欣然接受。对死者来说，这些洞穴再合适不过，但对活生生的人来说，却并不是让人快乐的住处。不知是出于偶然，还是由于她的命令，我们曾经观看过舞蹈的洞前空地上竟然没有一人观望，我们的离去大概除了侍候"她"的哑奴外没有一人知晓，而他们又早已习惯于对看到的一切保守秘密。

没过几分钟，我们就很快穿行在一片耕作过的大平原上，其实是个湖床，像一块巨大的翡翠镶嵌在起伏不平的岩石间，不觉又一次慨叹古老的克尔人竟然选择如此特殊的地方建造首都，更是感慨于修建城邦的人们竟能排干这么一大片湖水，并能使其中的泉水从此一直顺利排出，他们具有多么高超的智慧，多么惊人的工艺，付出的劳动更是令人叹为观止！在我看来，这项工程绝对算得上人类征服大自然的杰作，无论其规模之宏大，还是气势之磅礴，苏伊士运河和塞尼峰[1]隧道都无法相提并论。走了大约半个小时后，我们就开始享受到令人惬意的凉爽，克尔大平原上每天这个时候都会凉下来。平原外所有的风都被高高的岩石屏障挡住，所以这种凉意在一定程度上代替了平原上或海面上特有的习习凉风。比拉利提起过的城邦废墟渐渐清晰地呈现在面前，虽然距离还相当遥远，但仍可以感受到这些遗址的壮美，而且越是接近，越是可以感受到它的非同寻常。与巴比伦、底比斯或其他的古代城邦相比，克尔遗址的规模算不上太大，护城河环绕的城邦面积约 12 平方英里或稍大一点。城墙也算不上太高，走近时，发现其高度还不足 40 英尺，原来也与现在相差无几，虽然地表有些塌陷或类似的情况，但城墙并没有毁坏。不用说，克尔人之所以没把城墙修建得太高，是因为在远处有坚不可摧的天然屏障抵御外来侵略，任何人类之手修建的城墙都无法比拟。他们之所以修建城墙主要是为了做做样子，同时用来防止内乱。但是，另一方面，城墙的宽度与高度几乎相差无几，都是用打磨过的石头修筑而成，也许就是从下面的山洞里开采出来的。周围还有 60 英尺宽的巨型护城河，不少河段里至今还有水。太阳落山前十分钟，我们到达了护城河。为了过河，大家先爬上

1　塞尼峰：法国和意大利交界处阿尔卑斯山中的一座山峰，海拔 2083.5 米。
　　塞尼山隧道长 13668 米，里昂至都灵的公路在此经过。

了一片古桥遗骸堆积起来的高地，然后再沿着城墙边的侧坡爬上去，几乎没费多少力气就到了城墙最高处。展现在我们面前的是连绵数英里的古城邦遗迹，有廊柱，有神庙，有圣坛，还有国王的宫殿，实在太壮观了，真希望我的拙笔能够重现美景。所有的这一切都沐浴在夕阳余晖的红光中，还间或点缀着碧绿的灌木丛。当然，这些建筑物的房顶早已坍塌，不见踪影，但得益于工匠精湛的技艺和石料的经久耐用，多数墙体和廊柱依然矗立其间。[1]

我们的正前方明显就是城邦主干道，修建得宽阔而规整，比泰晤士河上的堤坝还要宽敞。正如后来发现的一样，这条道路也是用打磨过的石头修筑的，与建造城墙的石块有些相似，直到今天，上面也没长多少野草灌木，没有足够的土壤供其生长。相反，昔日的公园花园什么的情况就大不相同，里面已经长满浓密的灌木丛。实际上，从那些有点像火烧过一样稀稀落落的小草就可以在远处分辨出各条小路。在主干道两旁便是大片的街区遗址，每座住宅都与邻居隔有一定距离，我估计中间原来应该是花园，不过现在只有乱七八糟的茂密灌木。这

---

1 克尔城邦经过这么多年（至少六千年）还保持得如此完好，是由于克尔帝国并不是毁于敌人的烧杀掳掠，也不是毁于地震，而是因为一场可怕的瘟疫才变得荒芜，读者应该不会忘记这一点，所以当地的建筑并没被摧毁。这里的平原气候又相当干燥，极少风雨，因此这些珍贵的遗迹只需要与时间抗争，而时间对石头建筑的影响则相当缓慢。——路·霍·霍利

里所有的建筑都是用颜色相同的石头建造，而且多数拥有廊柱，在残阳微弱的光线下匆匆走过大道也就只能看见这么多。我估计大概已有好几千年没有人类的足迹踩在上面，这种说法应该没错。[1]

不一会，我们便来到了一处高大的建筑前，占地面积至少有八英亩，原先应该是一座神庙，其中包括一系列大大小小的庭院，每个院子里套着稍小的一个，就像中国式的套间庭院，彼此之间用巨大的廊柱分隔。想到这里，我觉得这些柱子的形状倒是值得一提，从没见过类似的东西，甚至听也不曾听过，都是中间细小两头突出！我起先以为这些廊柱是遵照古代宗教建筑设计师的原理，象征了或暗示了女性的形体。但是，第二天爬上山坡时，我看到了大片雄伟的棕榈树，其树干就是这种形状，这时才明白廊柱的最初设计者们原来是从这些婀娜多姿的棕榈树获得了灵感，八千多年甚至是一万年前，正是它们的祖先把这火山湖周围的山坡装扮得如此妖娆美丽。

这座圣殿的规模几乎与底比斯的伊尔－卡耐克神庙差不多，我目

---

[1] 比拉利告诉我们，埃迈赫贾人认为这些城邦遗址中有鬼，他们无论如何也不会进入其中。可以看出，他这次进去也绝不是藐视当地习俗，完全是因为在"地"的直接庇护下才稍感安全一点。我和利奥都对此有些不解，对于一个生活在死人堆中的民族，他们根本就不害怕死人，甚至敢于侮辱死者，敢用他们的尸体当燃料，可是竟然会害怕接近他们活着时居住的地方。总之，这大概只是野人们的一种矛盾心理罢了。——路·霍·霍利

测了其中一些较大的柱子，底部直径达到 18 至 20 英尺，高约 70 英尺。我们在其正面停下来，艾侬莎也下了轿。

"以前里面还有可供睡觉的卧室呢，卡利克拉提斯，"艾侬莎对迎上去扶她下轿的利奥说，"两千年前，你、我还有那条埃及毒蛇曾在那儿休息过，但我后面再也没来过，或许已经坍塌也未为可知。"她登上通往外院的长长的残破台阶，不断朝里面昏暗的地方打量，我们都紧随其后。一会儿，她好像想起了什么，朝着左墙边走了几步，然后便停下来。

"就这里，还是老样子。"艾侬莎说，然后又招呼两个哑奴过来，他们背着我们的旅途装备和少量个人用品。其中一个走上前来，拿出一盏灯，用随身携带的火钵里的火种点着。埃迈赫贾人出门时总是带着蓄有火种的火钵，以便随时生火。火种是用木乃伊洒上水精心制成，如果潮湿度恰到好处，这种邪恶的火种可以保存很久。[1] 灯刚点亮后，我们就进入了艾侬莎面前的房子，原来是厚重的墙体中间凿出的一个单间，里面还有一张很大的石桌，我猜想当初就是一间卧室，或许是神庙守门人住的屋子吧。

---

1 在这件事上，其实我们也比埃迈赫贾人高明不了多少。我相信，用古埃及木乃伊研磨的粉末已经成为不少画家使用的重要原料，尤其是那些致力于复制古玩的人。——路·霍·霍利

决定在此过夜后，我们就着昏暗的光线简单地收拾了一番，尽量使里面变得舒适些。然后便吃了一点冷肉，至少我、利奥和乔布都吃了，而艾依莎则同前面说过的一样，除了面饼、水果和水之外，从不吃别的任何东西。我们还没吃完饭，皎洁的月亮已高高挂在远处的石山上，银色的光芒倾泻在整个平原。

"霍利，知道为什么今天晚上带你们来这里吗？"艾依莎把头倚在一只手上，正盯着神殿廊柱上方缓缓升起的明月，此刻的月亮又大又圆，恰似主宰天空的女王，"我带你们来这里是因为……不，太奇怪了，卡利克拉提斯，知道吗？你现在睡觉的位置正是多年前我把你带回克尔洞穴时你的尸体躺着的地方。当时的情景又浮现在我的脑中，历历在目，对我来说，太可怕了。"她不禁打了个寒噤。

利奥马上蹦起来换了个位置。虽然这段往事让艾依莎百感交集，但对利奥却没有多少魅力。

"我之所以把你们带来这里，"她过了一会又继续说，"是想让你们看看举世罕见的壮观景象——满月清辉下的克尔遗址。卡利克拉提斯，等你们吃完饭后……我真想教会你们怎样才能只吃水果，别的什么也不要吃，不过，这得等你在烈火中沐浴过才行，我以前也像野人一样吃肉。我是说，等你们吃过饭后，咱们出去走走，我带你们去看看这座宏大的神庙，以及当地人曾经崇拜的上帝。"

于是我们很快就站起来走出去，此时我的拙笔又一次显得力不从心。如果只是记录一下神殿里面各个庭院的大小和其中的一些细枝末节，也未免叫人感觉乏味。可我又实在不知从何描写眼前的景象，虽说已成为一片废墟，却也同样绚丽壮观，如梦似幻，远非人间境界。庭院里还有更加幽暗的庭院，一排排神奇的柱子，有的还雕着花纹，尤其是大门口的廊柱，从头到尾都饰有精美的雕刻。还有那一间间空荡荡的卧室，比喧嚣的街道更能激起人们无尽的想象。在这里，压倒一切的便是死一般的沉寂，旷古稀有的孤独，还有对往昔岁月的追索！夜色如此美好，却又美得叫人害怕！走在这样古老的遗迹中，艾依莎也被这种气氛所震慑，与其相比，她度过的岁月又是多么微不足道。我们都吓得不敢大声说话，只是偶尔轻声细语，可我们的耳语也好像在廊柱间回荡，直到最后弥散在静静的大气中。明亮的月光洒在廊柱上，洒在庭院里，洒在断垣残壁上，似一件银色的外衣遮挡了所有的裂缝和瑕疵，夜的光华更为神庙添加了几分庄严肃穆。几千年来，在偌大的孤寂庙宇中，天上逝去的月亮与地面业已消亡的城邦就这样互相凝视，彼此讲述着久已失去的生机和曾经的辉煌。皎洁的月色缓缓倾泻，投下的黑影一点点在长满杂草的院子里爬过，好像祭司的幽灵又重返他们当年的圣坛。随着月华渐渐倾斜，黑影变得越来越长，最后所有的庄严肃穆、还有死神至今没有驯服的威严全部沉入我们的脑海，高声述说着坟墓吞没的辉煌，述说着久已忘却的荣耀，比大军的口号还要响亮许多。

我们就这样痴迷地看啊看，也不知过了多久，艾依莎说："走吧，我带你们去看可爱的石头花，她是奇迹中的奇迹。如果她依旧傲然独立，如果她的美丽抵御住了岁月的侵袭，那么便仍然会让人们渴望了解面纱后的一切。"还没等回答，她就领着我们穿过两处有廊柱的庭院，进入这座古代神庙的最深处。

里面的庭院大概50码见方，或者稍多一点。我们站在其中央，对面就是艺术之神寓意深刻的伟大作品，是天才艺术家的智慧结晶。庭院中心，一块厚厚的方形石板上放置一个庞大的黑色球体，直径达20英尺，石球上挺立着一尊长翅膀的巨大美人像，我第一眼就感受到了她超凡脱俗的美，美得摄人魂魄。在柔和的月光照耀下，明暗相间，光影交错，我被她的美震慑到连大气也不敢出，心脏也似乎停止了跳动。

这座巨像的高度在20英尺左右，是用纯净洁白的大理石雕成，就是现在，经过了这么多年的风吹雨打，在月光的照耀下，依然是熠熠生辉。雕像是个长翅膀的女性躯体，美丽非凡，惟妙惟肖。如此巨大的体积不但没有使她看上去不像真人，反倒更增加了一种神性的美。她的身体前倾，好像是为了保持平衡一样，整个身子斜倚在半伸出的翅膀上。她双臂向外伸出，看起来像在温柔地祈求什么，也有可能想要拥抱她的爱人吧。那姣美而优雅的肌体毫无保留地展现在我们面前，只有一处例外，脸上蒙了一层薄薄的轻纱，这也正是她的不同凡响之处，因此我们只能看到其五官的大概轮廓。一块薄薄的轻纱围巾绕在她的头上，一端搭在隆起的左胸上，另一端现在已经破碎，飘扬在身后。

"这是谁呢？"我好不容易才把视线从雕像上移开问道。

"难道你猜不出吗？霍利先生？"艾依莎回答，"你的想象力跑到哪儿去了？这是立于世界之林的真理之神呀，正在号召儿女们揭开蒙在她脸上的神秘面纱。看看底座上写了什么，应该是克尔人从《圣经》中摘录出来的句子。"于是她便领着我们来到雕像底座，克尔人常用的类似汉字的象形文字在这里刻得很深，依然清晰可见，至少艾依莎可以看得清。根据她的翻译，其内容如下：

　　难道只因为我长得太美，竟没人敢摘下我的面纱？谁愿摘下我的面纱，我就属于他，我将带给他和平、知识和非凡的成功。

　　有个声音在呼喊："多少人在追寻你渴望你！但是请别忘记：你是纯真无瑕的少女。直到地老天荒，你依然守身如玉。没有哪个凡夫俗子揭开你的面纱还能继续存活，而且永远也不会有。只有死神才能揭开你的面纱。啊！女神！"

真理女神伸出双臂，潸然泪下，追求的人们永远也不可

能得到她，甚至不能亲眼看见她美丽的脸庞。

　　"你们明白了吧，"艾依莎翻译完后说，"真理便是古代克尔人崇拜

的女神，还为她建造了祭拜的圣坛，忠心地追随着她。虽然他们也明

白永远不可能找到她，但依然不愿放弃。"

　　"的确如此，"我有些感伤地加了一句，"直到今天，人们还在苦

苦追寻，但仍一无所获。正如这座雕像所言，真理只是寓于死亡之手，

活着的人们永远也不可能得到。"

　　最后看了一眼这个精神世界的蒙面美人后，我们便掉转身，沿着

洒满月光的庭院返回。她是那么完美，那么纯洁无瑕，几乎可以想象

一个活生生的灵魂正透过大理石躯壳，引领人们走向一种永恒而崇高

的理想境界。诗人把美丽的梦想凝聚在洁白的大理石上，令我终生难忘。

此后再也没有见到这个雕像，着实叫我遗憾。雕像脚下的大石球便代

表了我们生活的地球，上面画有许多线条，如果光线充足的话，或许

就是一幅克尔人绘制的宇宙图，至少会使我们联想到一些科学知识，

说明这些崇尚真理的人们在多年以前就知道地球是个球体。

第二十四章 踏上独木桥

第二天早上天还没亮，哑奴就叫醒了我们。强迫自己睁开眼睛后，我们在外围大院子北边的一处泉水中洗了把脸，顿时感到恢复了精力。泉水依然旺盛，注入当年留下来的一个大理石盆中。"她"已站在轿子边等着出发，比拉利和另外两个哑奴正在收拾行李。艾依莎依旧像真理女神一样蒙着面纱，我突然明白或许她正是受雕像的启迪才决定掩上自己的美貌。不过，我依然看得出，她有些精神沮丧，平日里特有的昂扬气宇和轻盈飘逸都不见了踪影。就算有一千个与她身材相仿甚至一样蒙上面的女人，都没有哪个能有她这种丰姿。我们过去时，她抬起头点了一下，算是打招呼。利奥问她，睡得怎么样？

"一点也不好，亲爱的卡利克拉提斯，"她答道，"糟糕极了！怪异而可怕的梦魇一直缠绕着我，弄不明白究竟意味着什么。我甚至预感着要有什么不幸落在我的头上，可是，又有什么能伤害我呢？我真想知道，"她突然间露出了女人特有的软弱，"如果我出了什么事，当我独自长眠而你还活在这个世界上时，你是否会温柔地想着我？告诉我，亲爱的卡利克拉提斯，你也会等着我醒来吗？正如我跨过多少个世纪等着你的到来一样？"

还没等利奥回答，她继续说道，"还有很多路程要赶，现在就出发吧。我们应该在明日天亮前抵达生命之源。"

五分钟后，我们就穿行在城邦的废墟中。昏暗的晨光中，两旁景物立刻显得庄严而雄伟，但也让人感到压抑沉重。第一缕晨曦像支金箭般穿过这座充满传奇色彩的废墟时，我们到达了外城墙另一边的大门口。我们在此向晨雾中灰蒙蒙的廊柱投去最后一瞥，虽说刚从其中走过，却遗憾于没有时间仔细研究。乔布是个例外，他对这些破柱断墙没有多少兴趣。穿过护城河后，我们便登上了远处的平原。

随着朝阳冉冉升起，艾依莎的精神也好多了，渐渐恢复常态。她笑着把自己沮丧的原因归咎于昨晚睡觉的位置。

"那些未开化的野人都深信克尔遗址里有鬼魂游荡，"她说，"其实我也相信他们的这种说法，以前我还经历过一个这么可怕的夜晚。想起来了，卡利克拉提斯，也是恰恰在这个地方，当时你的尸体就躺在我的脚下。我再也不会来这里，真是个鬼地方。"

我们只在早餐时做了短暂的停留，然后就匆匆赶路，希望能在中午两点前赶到火山口周围的石头山下。这里的岩峰陡然突起，直插云霄，高度1500到2000英尺。前面根本就没有路，好像我们已经不可能继续前进。果然不出我的预料，队伍在此停了下来。

这时，艾依莎从轿中下来，说道："现在该与他们分手了，我们得开始自力更生，剩下的路就靠自己了。"她又嘱咐比拉利，"你和仆人们就在这里等着，明天中午前我们应该能回来。否则，一直继续等下去。"

比拉利谦卑地鞠了一躬，说他们一定会遵从女王的命令，至死也不敢挪动半步。

"至于这个人，霍利先生，""她"指着乔布说，"他也最好等在这里，此人天性懦弱、心力不足，我担心他会遭遇什么不幸。再说，我们所去之处的秘密也不宜被庸人窥视。"

我把她的话翻译出来，乔布一听就眼泪汪汪，苦苦哀求不要把他一人丢下。他认为不会再有什么东西比他已经见到的更加可怕，还说一想到要和这些哑子待在一起他就吓得要死，也许他们会利用这个机会拿"红热的火罐"杀了吃掉他。

我又把乔布的话说给艾依莎听，她耸耸肩回答："好吧，那就叫他一起去，这是他自己做出的决定，到时可别怨我。让他拿着油灯和这个。"
她指着一块细长的木板说道。这块木板先前绑在艾侬莎的轿子的抬杆
上，长度大约有16英尺。我原来以为用来撑开轿帘，不过，现在看来
却不是那么回事，似乎与我们这趟非同寻常的冒险有着某种未为可知
的关系。

　　于是这块轻巧而结实的木板便由乔布扛着，外加一盏油灯。我背
着另一盏油灯和一罐灯油。利奥背着食品和一皮袋子水。准备妥当后，
"她"便命令比拉利和六名哑巴轿夫退到一百码开外的木兰花丛后，谁
也不许出来，直到看不见我们为止，否则就要被处死。他们都点头哈腰，
答应后就离开了。临走时，比拉利老人还亲热地拉着我的手，悄悄说
很高兴陪同"至高无上的她"去探险的人是我，而不是他自己，我也
深有同感。他们走了一小会后，艾侬莎简单地问了一句我们是否已准
备好，然后就掉头朝着高耸入云的峭壁走去。

　　"我的天哪，利奥，"我说，"应该不会让我们去爬这峭壁吧？"

　　利奥也有些糊涂，弄不清究竟会怎样，因此也只是耸耸肩。这时，
艾侬莎突然向上一跳，开始在眼前的悬崖峭壁上攀爬。当然，我们也
只能跟着她爬上去。艾侬莎从一块岩石攀到另一块，就像把自己贴在
岩壁上一样，她轻巧而优美的动作，简直令人不可思议。虽然也经过
了一两个很难攀爬的地方，吓得人头都不敢回，但总体来说，登山的

过程没有想象的那么艰难，所经之处基本属于坡地，并不像山脚看起来那么陡峭。

这样，我们没费多少力气就爬上了五十英尺的高度，只是乔布的木板偶尔会带来一点小小的麻烦。由于我们像螃蟹一样斜着爬山，与出发地相比，水平方向上也左移了六七十步。不一会，我们来到了一处岩石间的缝隙，起初非常狭窄，但越走越发变得宽阔，里面呈坡状，而且像花瓣一样向内倾斜，因此，我们渐渐走在了一条越来越深的岩石夹缝间，就像德文郡[1]的石头巷子一样，完全把我们隐藏起来，斜坡下的人一点也看不见。这条小巷看起来是自然天成，大概延续了三四十码后突然向右拐去，最后消失在一个洞口。山洞形状极不规则，洞口弯弯曲曲，一看就不是人工挖掘，好像是山岩内部的某种气体沿着阻力较小的路线突然喷发而形成。再说，古代克尔人建造的所有山洞都匀称美观，非常规则。

艾侬莎在洞口停下来，吩咐我点上随身带来的油灯。之后，我把其中的一盏灯递给艾侬莎，另一盏留在自己手中。然后，她便小心翼翼地在前面带路，洞内地面高低不平，有些地方像河床一样散布着零星石块，有些地方坑坑洼洼，稍不留神便会扭伤脚踝。

1　德文郡：英格兰西南部形成于旧石器时代的一个地区，与英吉利海峡交界。

我们在洞中磕磕碰碰地走了四十多分钟，据我估计，洞长大约四分之一英里。由于里面弯弯曲曲，要推断其长度还真有点难度。

好不容易才到了山洞的另一头，我的眼睛还没来得及适应洞外微弱的光，洞里刮来的一阵大风就把我们手中的灯盏全吹灭了。

走在前面的艾侬莎喊大家过去，于是我们便赶快摸索到她的身边，朦胧中看到的是另外一种让人心惊肉跳的宏大景象。面前是个又大又深的黑坑，表面犬牙交错，参差不平。应该是上古时代的剧烈地壳运动把地表撕扯得如此七零八落，又好像是一次次遭到雷击后才变成这般青面獠牙。深坑四周都是峭壁，虽然一时不能看到对岸，难以估计其准确宽度，但从这种不见天日的一片漆黑来看，应该不会太宽。我们目前的位置离开山顶很远，至少有150到200英尺，因此只有一丝非常微弱的光从顶上透进来，要看清深坑的轮廓基本不可能，也无法估量其长度。刚才经过的岩洞口向外有个非常奇特的巨大石头距，突出部分一直伸进我们面前的深坑中央，至少五十码长。末端变得又尖又细，其形状只能让我联想到公鸡腿上突出的距。与距相连的只有鸡腿，与这个庞大突出物相连的也只是起始处的峭壁，否则就没什么用来支撑的东西。当然，其衔接处非常庞大。

"我们必须从这里过去，"艾侬莎说，"千万小心，尽量不要头昏眼花，要么大风就会把你们吹进下面的深沟，那可是个无底洞。"还没来得及让我们心生恐惧，她自己就走上石距，我们也只好尽量跟着。我走在艾依莎的后面，接着是拖拉木板艰难前行的乔布，利奥殿后。看到这个勇敢的女人毫不畏惧地行走在那么危险的地方，不得不叫人佩服。还没走几码，强劲的狂风就吹得我几乎站不住，想到掉下去的可怕后果，我便蹲下来手脚并用地爬行起来，这样就安全多了，于是后面的两个人也如法炮制。

但艾依莎却决不愿使用这种有失身份的拙劣方法，而是迎风站立，平稳向前，体态依然从容优雅。

过了几分钟，我们在这座可怕的桥上前进了二十多步后，桥变得越来越窄。突然，一阵狂风猛地吹过山谷，只见艾依莎依然逆风而行，但强大的气流把她的黑斗篷鼓得满满，扭打着从她身上吹跑，飘动的斗篷好像一只受伤的鸟在风中拍打着翅膀。看着斗篷渐渐消失在黑暗中，一阵恐惧不由袭上我的心头。

我紧紧攀住岩石上的脊梁，观察了一下四周，大距竟然像个有生命的东西，在我们身下震颤着发出了哑哑的声音！太可怕了！我们被悬在幽幽的天地之间！脚下是万丈深渊，漆黑一团，深不可测。头上则是茫茫天际，狂风怒吼，很远很远的地方才有一线蓝天。在这个空旷的大峡谷里，我们如坐塔尖，岌岌可危。强劲的气流不断在身下冲刷咆哮，雾气湿气喷涌而上，眼睛几乎刺得睁也睁不开，头脑也被冲击得懵懵懂懂。

　　当时的位置的确是太可怕了，此境人间少有，似乎完全是为了赚取我们的恐怖。这种情形至今时常出现在梦中，总是惊得我醒来时一身冷汗。

　　"快点，快点！"我们前面白色的影子叫着，"她"的斗篷已经飞走，只有一袭白袍，更像一个乘风而来的精灵，"快点走呀，否则你们就会掉下去摔成碎片。眼睛死死盯住地面，身子紧紧攀住岩石。"

　　按照她教的方法，我们胆战心惊地爬行在摇摇晃晃的小路上。呼号的狂风发出刺耳的尖叫，不停地震荡着小路，像只嗡嗡作响的巨大音叉。我们就这样爬呀爬，只有实在必要时才会朝四周看一下，也不知道过了多久，终于到了大距的顶端，变成一块比普通桌子大不了多少的厚石板，像架超负荷的蒸汽机一样不停地晃悠着。我们紧紧贴在石头上，开始打量起周围的情形，一时竟然忘记了脚下令人毛骨悚然的无底深渊。艾侬莎依然站在风中，长发像瀑布般飘洒，她指指叫我们看前面。这时我们才明白了那块木板的用处，我和乔布可是为其吃了不少苦头。面前的岩石断开了，有一段空穴。由于天色昏暗，看不清对面究竟是什么，但是无论从岩石影子还是从别的什么迹象判断，都能感觉到对面一定有东西。

　　"我们得等等，"艾侬莎说道，"一会才有亮光。"

我一时间不明白她的意思，怎么会有光线照到这种可怕的地方？正当我纳闷的时候，突然，一丝落日的余晖划过这地狱般的黑暗，像一把宝剑击落在我们站立的地方，照亮了艾依莎的倩影，胜似女神，一尘不染。真希望我能描绘出那把红宝剑的粗犷之美，劈开黑暗，驱散迷雾，美得令人瞠目结舌。直到现在我也没有弄清这束亮光究竟从何而来，或许是对面的岩石上开有裂缝或小洞，西沉的夕阳刚好与其在同一地平线上时，便射进来一束红光。我所能确定的只是当时的情景太美了，无与伦比。这把闪闪发光的火剑正好刺中黑暗的心脏，那么鲜艳，那么明亮，所到之处，即使再远也可看得清岩石纹理。没有刺中的地方则一片黑暗，哪怕只是距离其边缘几英寸，仍然只有黑色的阴影。

艾依莎等的就是这束光，她知道几千年来的这个季节，黄昏时分都会有这样一束亮光照耀过来，因此她早已计算好了我们到达的时间。借着亮光，看到我们所在的舌形岩石前面十一二码处有一座圆锥形的石山，大概是从谷底最深处长起来的，其圆锥顶尖正好在我们对面。可是，那个顶尖也没什么用，因为离我们最近的圆锥体表面也有四十英尺远[1]。不过，圆锥顶尖空空的火山口上却架着一块巨大的石板，有

1　一码等于三英尺。

些像冰川石，或许果真就是也未为可知，看得出石板的边缘离我们只有十二英尺。这块庞大的石板只是一个巨型的摇摆石[1]，在圆锥体的顶端或小火山口上刚好保持平衡状态，好像一个二先令六便士的硬币[2]顶在酒瓶口上，借着照在中间的强光，可以看到石板不停地在劲风中晃动。

"快点！"艾侬莎叫道，"把板子递过来，我们必须趁着亮光过去，光线很快就会消失。"

"哇！先生！她不会叫我们从这头走到那头去吧！"乔布一边顺从地把长板递了过来，一边嘟囔道。

"你说的一点没错，乔布。"虽然一想到要从木板上走过去，我的心里也比乔布高兴不到哪去，可还是强装笑颜，嘶哑着嗓子回答道。

我把木板递过去后，艾侬莎便麻利地架在深渊上，一头搭在摇摆石上，另一头则留在此刻也晃得很厉害的石距上。她又用一只脚踩在木板上，以防被风吹走，然后便掉过头来对我说，"霍利先生，与我上次来这里时相比，"她叫道，"那块摇摆石的支点好像变小了，不知还能不能撑得住咱们的重量。所以还是我先过去吧，没什么东西能伤害得了我。"她没再多说什么，径自轻轻走上岌岌可危的独木桥，很快便出现在圆锥顶的石板上。

---

1 摇摆石：指受到轻微触动即发生摇摆的平衡状态之大石。

2 英国旧币中有面值为二先令六便士的硬币，现已不流通。

"没什么问题，"她喊道，"注意，你该扶住木板。我得站在岩石另一头，这样你沉重的身子踩上时，才不会破坏石板的平衡。快点过来吧，霍利先生，亮光很快就要消失了。"

我的两个膝盖不停地哆嗦着，每当心里感到害怕时，我总会这样。说句不怕耻笑的话，我当时也是吓得魂不附体，真想退缩。

"相信你不会害怕，"那个神奇的尤物趁着风小的时候向我大声喊道，她站在摇摆石的最高端，像只小鸟一样尽量保持着身体的平衡，"要么你就先让开点，叫卡利克拉提斯先过来吧。"

这话可让我横下心来，即使掉下悬崖摔死也比这样被女人嘲笑好多了！我咬紧牙关，很快就走在压弯了的窄木板上，四周全是无底的深渊，脚下还是无底的深渊！我向来害怕高空，但从不曾"享受"过只有今天这种高度才能得到的极度恐惧。天哪，一想到这块屡弱的木板还搭在两个摇摇晃晃的支点上，我就不由得感到一阵恶心，甚至有些眩晕。我吓得背上汗毛直竖，感觉好像正在往下掉，却突然惊喜地发现自己已经趴在了对面，身下的石板像只小船一样起伏不停，心中的感慨真是难以言表。当时只知道虔诚地感谢上帝：在这遥远的地方还不忘保佑我平安无事。

现在该轮到利奥了，他的脸看上去更加苍白，不过，他还是像踩钢丝一样灵巧地跑了过来。艾依莎伸出手与利奥紧紧握在一起，说道：

"亲爱的，真勇敢！干得太棒了！古老希腊人的灵魂依然活在你的心中！"

现在只有可怜的乔布还一人待在峡谷另一头。他刚刚走上木板就大叫开来："我过不来呀，先生，我会掉进那个鬼地方。"

"没问题，"我开了一句不恰当的玩笑，"乔布，你一定要过来，就像抓苍蝇一样简单。"现在想来，我当时大概也有点不愿说谎，虽然抓苍蝇这事听起来简单不过，可事实上，天气暖和的时候，除非抓蚊子，再也没有比抓苍蝇更难的事了。

"我不行呀，先生！我实在不行。"

"要么叫他过来，要么叫他在那里等死。看见了吗？光线正在消失，马上就会踪影全无。"艾依莎说道。

我看了一眼，她说的果真没错。太阳正从亮光透过的峭壁边上落下。

"乔布，如果你待在那里不动，就只能独自去送死，"我喊道，"亮光正在消失。"

"来吧，乔布，像个男子汉。"利奥叫着，"其实很简单。"

经这样软磨硬泡，可怜的乔布终于大喝一声，猛地把头低下，骑在了木板上，当然也不能怪他不敢站起来走。他开始哆哆嗦嗦地向前挪动，孤零零的双腿吊在空荡荡的峡谷上，无依无靠。

由于他在木板上的动作幅度太大，本就只有几英寸岩石支撑的大石板晃动得更加厉害。更为糟糕的是，当他走过一半时，天外飞来的红光突然间消失得无影无踪，就像一间厚厚帘子挡住的房间里突然吹灭了灯，狂风怒吼的荒郊野外顿时只留下漆黑一团。

"乔布，看在上帝的份上，继续向前！"我吓得大叫起来，脚下的石板随着乔布的动作摇晃得更加猛烈，我们待在上面都有些困难，这种情形真是太可怕了。

"上帝呀，保佑保佑我吧！"可怜的乔布在黑暗中大声喊叫，"天哪，木板滑落了！"我听到了猛烈挣扎的声音，以为乔布真的掉了下去。

他的双手当时在空中拼命乱抓，刚好碰到了我的手，我便马上使出全身力气，使劲拉住他，直到乔布最后气喘吁吁地躺在我的身边才算结束。天哪，我那时使了多大的力气呀，上帝给我的强大臂力全都用光了。可是那块木板呢？！我感觉滑了下去，还听到了撞在鼓起岩石上的声音，已经不知落到哪儿去了。

"我的天哪，"我惊叫起来，"怎么回去呢？"

"谁知道呢，"利奥在黑暗中回答，"'今天没遇到魔鬼就算不错了'，此刻能待在这里我已经心怀感激了。"

艾依莎只是叫我拉着她的手跟在后面继续前进。

第二十五章 生命精华

　　艾依莎怎么要求，我就怎么做，没承想却在惊恐中发现自己已被领到了石板边缘，吓得我浑身发抖。伸出腿试试，前面果然空无一物。

　　"我就要掉下去了！"我紧张地大叫起来。

　　"那就下去吧，相信我。"艾依莎回答。

　　现在回头想想，我当时之所以对她唯命是从，并不是出于对她人品的理智分析，完全是因为自信被打击得一败涂地。虽然我很清楚她完全有可能把我们引向死亡，但在现实生活中，人们有时却会身不由己地把信仰寄托于某些陌生的祭坛，只要有根救命的稻草就行，当时的情况大概就属此类。

"往下跳！"她又喊了一声。除此之外，我别无选择。

我感到自己在岩石边向下滑了一两步后就悬在空中，死的念头闪过我的脑海。但是事实并非如此！又过了一小会，我便感觉到摔在了石头上，知道终于落在了坚硬的地面上，已经远离了风带，但能听到头顶上呼呼作响的风声。我正站在那里感谢上帝对我的每一次庇护，却又听到有什么东西滑下来，接着便是一阵混乱，原来利奥也掉了下来。

"喂，老伙计！"他吃惊得大叫起来，"是你吗？真是太有意思了。"

正在这时，又听到一声可怕的嚎叫，乔布从我们头上飞下来，我俩都被撞倒在地。好不容易才站起来时，艾依莎也来了，吩咐我们点上油灯。所幸的是两盏灯和油罐都完好无损。

我摸索着找到上过蜡的火柴盒，它们在这种鬼地方还是像在伦敦的客厅里一样好用。

两盏灯很快就点亮了，灯光映射的景象大出所料。原来我们都挤在一间石头屋子里，估计10英尺见方，一个个看上去满脸惶恐，只有艾依莎例外，她双臂抱在一起，平静地站在那里等着点亮油灯。这间小石屋看起来一半是自然天成，一半是从火山口上挖出。天然部分的屋顶便是那块摇摆的大石板，另一半向下倾斜的部分是从整块岩石上挖出来的。屋子里又温暖又干燥，与上面颤巍巍的石板以及遥相对望的石距相比，这里真是再好不过的避难所。

"她"说道:"这下好了,都安全到达。我以为撑着摇摆石的岩石会不堪重负,压得粉碎。所以先前很担心摇摆石也会掉下来,与你们一起卷入无底深渊。稍远处的裂隙下面便直通世界万物发源之地了。可是这个人,"她指了一下坐在角落里的乔布,差点吓坏的他正用红色棉手帕擦着额头的汗珠,"竟然把木板也弄丢了。别人叫他'猪猡',看来一点也没错,他的确愚蠢得像头猪。回去时再越过那个深谷可就不容易了,我得提前考虑考虑这个问题。你们休息一下,看看这里吧。知道这个地方有什么用?"

"说不上来。"我回答。

"霍利先生,你相信吗?曾经确实有人愿意把这个吊在半空的小屋当成日常居所,而且在这里住了很多年,只是每十二天中有一天去我们刚经过的洞口取别人送来的食物、水和油,供奉的东西多得拿也拿不完。"

我不解地看着她,只听她继续说道,

"这些都是事实。此人生活的年代晚了一些,但秉承了克尔人的聪明才智,他称自己为努特。这位隐士是个哲学家,熟谙大自然的秘密,他就是第一个发现生命之火的人,待会我会带你们看到。这火其实就是大自然的血液和生命,凡是在其中沐浴过、吸收了真气的人就可与大自然同享天年。但是他也与你一样,霍利先生,这个努特不愿意利

343

用自己的知识，认为'人类有生便有死，活得太久就是病态'。他没有把自己的秘密透露给任何人，因此才守在这个寻找生命之源的必经之路上，当时的埃迈赫贾人对他非常尊敬，将其奉为圣人，奉为隐士。"

"刚来这个国家时，我就听说了这位哲学家，于是便在远处等着他过来取食物，后来就与他一起回到这里，当然，经过那个深谷时，我心里也害怕极了。卡利克拉提斯，你知道我最先怎么来到这个国家的吗？说起来还有些故事呢，以后再告诉你吧。我的美貌和聪颖使他很开心，再加上花言巧语的奉承，他便同意领着我去生命之火燃烧的地方，还向我透露了其中的秘密。但他不许我跨入火中半步，由于担心他会杀了我，想想他已有把年纪，不久便会死去，所以我当时忍着没有进去[1]。于是，从他那里学会了所有关于世界精华的奇妙知识后，我就离开了小屋。这位聪明的老人已经积累了非常渊博的学识，由于能克制欲念，洁身自好，因此他已超凡脱俗，专心致志于看不见摸不着的伟大真理。但对我们常人来说，只有这些高深的真理在天空飞翔时，才偶尔可以听到其翅膀在风中拍击的声音。没过几天后，我就遇到了你，亲爱的卡利克拉提斯，你当时正与美丽的埃及姑娘阿米娜特丝流浪到这一带，

1　艾依莎的这种说法与阿米娜特丝在陶片上的记载有所不同，阿米娜特丝在陶片上写道：她和卡利克拉提斯第一次见到艾依莎时，艾依莎已经获得了"不死的生命和永远的青春"。

我的心中第一次也是最后一次明白了什么是爱情，而且是天长地久的爱情。因此我便想着要和你一同来这里，接受生命之神赐予我们的厚礼。于是我们便来了，还有那个埃及姑娘，她也不愿意独自一人留下，结果发现努特老人刚刚死去不久。他就躺在那边，白色的长胡子像件衣服一样盖在他身上。"她指了一下我坐着的地方，"不过他已化作尘土，灰烬也早就被风卷走。"

我不自觉地伸出手在灰中摸摸，没承想很快碰到什么东西。原来是颗人的牙齿，完全变成黄色，但依旧坚硬。我举起来给艾依莎看，她也笑了。

"没错，"她说，"一定是他的。努特和他的智慧在身后留下了什么？一颗小小的牙齿！他掌握着生命的所有奥秘，但由于自己的思想作怪，结果什么也没有抓住。言归正传，看到他已死去，我们便走向下面的生命之火。为了获得最为光彩夺目的生命桂冠，我宁愿付出死的代价。我鼓起勇气走进熊熊烈火，只有你们亲身体验过，才能知道怎样的生命之火注入我的肌体。我活着走出来时，美得不可思议！我向你伸出双臂，卡利克拉提斯，向你献上永远的新娘。然而，我赤裸裸的美刺伤了你的双眼，你躲开我，把头埋进阿米娜特丝的怀抱！我顿时变得怒火冲天，简直快要发疯。顺手操起你随身携带的标枪，猛地刺中你的胸膛，你在我的脚下咕咚一声，就在生命之火的旁边，你倒下去再也没有起来。我当时并不知道我的意志和目光同样可以置人于死地，所以才疯狂地用标枪杀死了你。"[1]

"你死之后，唉，我都不知流了多少泪，因为我没法跟你一起去死，而你却永远离去了。我站在生命之源哭呀哭，如果当时还是凡人之身的话，我的心一定早就哭碎了。而她，那个恶毒的埃及女人，还以她们埃及诸神的名义诅咒我。她用奥西里斯的名义诅咒我，以伊希斯的名义诅咒我，以内弗西斯的名义诅咒我，以安努比斯的名义诅咒我，用猫头神塞赫特的名义诅咒我，还用塞特的名义诅咒我，祈求他们降祸于我，愿我终生茕茕孑立。[2]她那张阴郁的脸就像笼罩在我头顶的狂

1　艾依莎叙述的卡利克拉提斯之死与阿米娜特丝在陶片上的记载有着明显的不同。陶片上写的是：她在盛怒之下对他施以魔法，然后他便死掉了。我们永远也没法弄清究竟谁说的正确，但是或许读者还没有忘记，卡利克拉提斯的尸体胸口上有枪伤，应该可以据此得出结论，除非这个伤口是在死后才刺进去的。还有另一个我们永远也无法解开的谜团，两个女人（"她"和埃及姑娘阿米娜特丝）当时是怎么抬着共同热爱的男人的尸体跨越深谷，又走过晃晃悠悠的石距。两个伤心欲绝的美人抬着一具男人的尸体走过这些可怕的地方，该是何等的凄凉。也有可能当时的路比现在好走一点。——路·霍·霍利

2　奥西里斯：古埃及的主神之一，司阴府之神，地狱判官；伊希斯：古埃及神话中的生育女神，为奥西里斯的妹妹和妻子；内弗西斯：奥西里斯的妹妹；安努比斯：埃及神话中导引亡灵之神，豺头人身，是奥西里斯之子；塞赫特：古埃及神话中主司战争的女神；塞特：埃及神话中的恶神，曾杀死自己的双胞胎兄弟奥西里斯。

风暴雨，但她伤害不了我，而我，也不知道自己能否损害她，我没有尝试过，这些对我来说，已经没有任何意义。我俩一起把你带离这里，我后来又把她，那个埃及女人，送出沼泽。看来她大难不死，还生了个儿子，并且写下了那些文字。指引着你，她自己的丈夫，回到我的身边，也就是她的情敌兼杀死你的凶手。"

"亲爱的，这就是我们的全部故事。现在，故事结尾的高潮就要到了。正如世界上的所有事物一样，我们的故事也是有善有恶，可能还是恶多于善，是用鲜血写成的惨痛教训。我说的句句属实，没有一丝隐瞒，卡利克拉提斯。此刻，在你接受这场考验之前，我还有一事要讲。生与死总是近在咫尺，我们也正在面临着死神的挑战。也许还会发生什么意外，又要把我们活活拆散，再一次忍受长久分离的煎熬，有谁能知道呢？我只是个普通女人，不是预言家，无法解读未来。但是有一点我明白，是从先哲努特口中得知，我的生命虽然长久而光辉灿烂，但并不是永恒的。因此，卡利克拉提斯，请你在去那里之前告诉我，你是不是真的原谅了我，是不是从心底里爱上了我。知道吗？卡利克拉提斯，我做过许多坏事，两天前还杀了那个爱你的姑娘，或许也算得上是恶行吧。但她不听从我的命令，还用恶毒的话咒骂我，令我气愤不已，这才下了手。当你有一天位高权重时，也要谨慎从事，否则便有可能会在怒不可遏或妒火中烧的时候杀人。对于误入歧途的人来说，没有限制的权力是一件非常可怕的武器。诚然，我罪孽深重，刻骨铭心的爱带来的痛苦太多才让我无法自制，但我的内心深处依然明白什么是善什么是恶，我的心并没有完全变成铁石。当年，胸中燃烧的激情让我一步步堕落，卡利克拉提斯，而今你的爱将是我赎罪的大门。对于一颗高贵的心来说，无法满足的爱就是地狱，也因此有了被惩罚者的悲惨命运。但是，当你我内心深处渴望的完美爱情重新回来时，便是我们灵魂升华的美丽翅膀，从此获得新生。卡利克拉提斯，不要害怕，握着我的手，揭开我的面纱，别把我当成世界上最聪明最美丽的女人，就当我是个普通的农家女孩。看着我的眼睛告诉我，你心灵的最深处已经原谅了我，你的整个身心都在爱着我。"

她停下来，语调中的无限温柔在我们周围弥漫开来，似乎在述说着久已失去的记忆。这种甜美的语调比她的话语本身更打动我，充满人情味，充满女人味。利奥也莫名其妙地激动起来。他最近总是神魂颠倒，不知所措，就像一只被蛇逮住的小鸟一样迷惘恍惚，但是，现在一切都已成为过去，他明白自己深深爱上了这个美丽的人间奇物，天哪，就像我爱她一样深切。他噙满泪水的双眼迅速朝她奔去，轻轻摘下面纱后紧紧抓住她的双手，痴痴地盯着她甜美的面庞，说道：

"艾依莎，我整个人都在爱着你，我已原谅你杀死了尤丝坦。至于其他，那是你和造物主之间的事，我一概不知。我只知道爱你有多深，我从来也没有如此爱过一个人。我只知道无论天有多长地有多久，我将永远陪伴在你的身边。"

艾依莎不卑不亢地说："我的夫君如此宽宏大量，我也该有所回赠，献出我的一切，请夫君明鉴。"她拉着他的手放在自己美丽的头上，然后慢慢地弯下腰，一只膝盖跪在地上，"夫君啊，我今天跪在您的面前，从此将永远服从我的丈夫，请夫君不要忘记。"她吻了一下利奥的嘴唇，"今日亲吻了我的丈夫，妻子的爱从此永世不变，请夫君千万谨记。"她又把手扶在利奥的心口，"借着我曾经犯下的罪孽，借着我悠悠数千载的等待，借着我满腔的崇高爱情，借着主宰世界万物生死轮回的神的名义，我在此起誓——

在这成年女人最为神圣的时刻，我发誓从此远离邪恶，一心向善。我会谨记妻子的使命，对夫君言听计从。我愿放弃野心，愿智慧的星辰指引我漫漫人生路，从此走向真理，走向正义。时间的浪潮又把你推回我的怀抱，卡利克拉提斯，我要永远珍惜你，我要给你荣耀，在我的有生之年，我会说到做到。我发誓，不，我也不想再说什么，说来说去又有什么用呢？事实会证明一切，艾依莎字字珠玑，绝无半点虚言。

这就是我的誓言，霍利先生，您就是我的婚词证人。亲爱的丈夫，我们在此成婚，幽幽暮色是我们婚礼的华盖，我们结为永远的夫妻，海枯石烂，永不变心。让我们把神圣的婚誓写在呼啸奔腾的狂风上，随风进入天堂，飘洒在地球的每个角落，直至永远。

我将为你献上一顶婚礼的桂冠，那便是我灿若星辰的美貌，还有漫长的生命和无穷的智慧，浩如烟海的财富！世界上所有的伟大人物都将匍匐在你的脚下，所有的美妇人都将在你的明媚鲜艳面前黯然失色，所有的智者贤人都将在你的面前自惭形秽。对你来说，所有人的心扉都是一本敞开的书，任你尽情解读，然后引导他们走向你所希望的方向。你将像埃及古老的狮身人面斯芬克斯一样永远高高在上，别人只能匍匐在你的脚下，苦苦寻找你永恒伟大的奥秘，而你却无声地嘲笑着他们的无知。

再一次吻你，这一吻赋予你主宰万物的权力，从江河湖海到高山大川，从茅舍里的农夫到皇宫里的帝王，从高塔林立的城市到其中的一切生命，都是你的势力范围。只要太阳光芒照耀的地方，只要水里有银色月亮的影子，只要风暴所及的地区，从冰雪覆盖的北极，到赤道附近的热带，再到多情温暖的南方。天上的彩虹像一个躺在大海蓝色温床上的新娘，沐浴着甜蜜的香桃木气息，只要彩虹飞越的区域，全都是你的权力所经之地、你的统治所到之处。没有疾病，没有恐惧，没有悲伤，就连常常困扰人类的体力和脑力消耗也无法将其翅膀的阴影投在你身上。你将会像上帝一样，手中掌握着人类的善举和恶行，就连我也要在你的面前低头三分。这就是爱情的力量，就是我给你的结婚礼物，卡利克拉提斯，我的夫君，主宰世界的君主。

我们已结为夫妻，我将为你献上我的童贞。无论狂风暴雨还是风和日丽，无论幸运还是灾难，无论活着还是死去，我们都永永远远在一起。现在，将来，乃至永远，我们都是夫妻，永生永世不会改变。艾依莎一诺千金，从今往后，沧海桑田，永不食言。"说着她便拿起一盏灯，朝着屋顶摇晃的一边走了过去，停在尽头。

我们也跟过去，发现圆锥体的墙壁边上有一蹬石头台阶，准确点说，其实是一些形状很像石阶的突起。艾依莎开始向下走去，像一只岩羚羊灵活地跳跃在台阶之间，我们则笨拙地跟在后面。走了十五六级后，下面连着一条长长的石坡，像个倒过来的圆锥体或漏斗的样子。

这条石坡虽然陡峭险峻，但几乎处处可以通行，又有灯光照明，因此下坡时并没费多少力气。不过走在这种路上还是感到阴森恐怖，我们谁也不知道何时才能到达死火山的心脏地带。我多留了个心眼，尽量记住走过的路线。好在这里一路上散布着奇形怪状的岩石，在如此昏暗的光线下，许多石头看起来更像是中世纪建筑中刻在滴水嘴上的怪兽，完全不同于普通石头，因此要记住路线不算太难。

这样走了很长时间，估计有半个小时，经过好几百英尺后，到达了那个倒立圆锥体的下方。就在圆锥的顶点位置，我们发现一条又矮又窄的小路，只好猫着腰走进里面。在小路上爬了五十码左右后，眼前突然出现一个宽敞的石洞，大得既不见顶也不见壁。事实上，我们只是通过脚步的回音和里面沉闷的空气才判断出自己走在一个山洞里。这里静得令人恐怖，我们就像一群迷途的灵魂在地下的冥府中转悠，只有艾依莎幽灵般轻盈的白影子飘在前面。我们就这样在里面走了许久，终于到了山洞尽头。后面接着一个过道，通向另一个山洞，不过比第一个小多了。可以清楚地看到拱形的洞顶和石头墙壁，表面凹凸不平，还开满裂缝，由此可见，受山体内的某种气体爆炸冲击才形成这个洞，有些像我们在颤动的石距前经过的长长过道。走完此山洞时又是第三个过道，这时，里面出现微弱的光芒。

看到这束光线时，艾依莎长长地舒了一口气，但我们还是没弄明白光线从何而来。

"情况一切正常，"她说道，"马上就要进入地球的中心腹地，大自然就是在这里孕育生命，包括人类，包括动物，还有一切花草树木。准备好，各位，你们将在这里获得新生。"

她轻快地走在前面，我们则磕磕绊绊地跟在后面，内心既充满恐惧又充满好奇。我们将会看到什么？沿着通道向下时，里面的光线越来越亮，像灯塔照在漆黑水面上一闪一闪的亮光一样。伴随闪亮的还有一种让灵魂震颤的声音，像雷电，又像树木断裂的声音。现在，我们已走在通道的尽头。噢！我的天哪。

我们又进入第三个洞穴，里面非常高，约有五十英尺，长度大概也是这个数，宽度约三十英尺。地上铺着一层白色的细纱，洞壁也被火还是水磨得精光。这里不像其他洞穴一样漆黑，里面充盈着一种非常柔和的玫瑰色光线，只有近距离观看才能领略到其难以想象的美。但我们开始时并没看到什么火焰，也没听到类似雷电的声音。我们迷惑地站在那里，盯着眼前如梦似幻的美景，正在为玫瑰色光线的来源困惑时，出现了一幅既令人恐惧又美丽非凡的情景。在洞穴的另一头，响起一声巨大的爆裂声，我们全都吓得哆嗦起来，乔布甚至双膝一软跪在地上。接着便冒起一股烟云，或者说出现了一条火柱，像彩虹一样五颜六色，像闪电一样明亮刺眼。一时间，火柱闪耀着，咆哮着，然后渐渐减弱，大约持续了有四十秒。随着火焰消失，可怕的声音也停止了，都不知跑到哪儿去了。只留下一片玫瑰色的光辉，就像我们刚进来时见到的一模一样。

"走近点，再走近点！"艾依莎激动得都有些发抖，"这就是生命的源头和心脏，正在伟大的地球胸腔里跳动。这就是世界万物汲取能量的源泉，是我们的星球的光明之神。要是没有它，地球便会死亡，便会像没有生命的月亮一样冰冷。再靠近点吧，在生命之火中沐浴吧，尽可能将其元气吸入你们羸弱的身体，完全不同于你们现在微薄的生命力，那是经过上千人身体过滤后才剩下的力量，而这里却是世界上一切生命的源泉。"

我们跟着她穿过玫瑰色的光芒走向洞穴最深处，站在跳动着伟大脉搏的地方，熊熊火焰所经之处。渐渐靠近时，我们心中变得疯狂地喜悦起来，感觉竟是如此美妙，与其相比，平日里最为轻松愉悦的时刻显得那么平淡无奇，缺乏激情。这完全是以太气体的作用，当火焰上下翻滚时便发射出这种看不见摸不着的气体，流进身体后，我们便会像巨人般强大，雄鹰般矫健。

到达洞穴尽头时，大家在灿烂的光辉中你看看我，我看看他，不由大笑起来，心情竟是那么明媚快乐，简直如醉如痴，就连一周来从未有过笑容的乔布也开怀大笑。只觉人类智慧所及的全部天赋都像一件大披风落在了我的身上，我能吟唱出莎士比亚式的优美无韵诗，喷薄而出的灵感不断从我的大脑中闪现。好像全身上下肌肉连接的地方都渐渐放松，于是灵魂便飞了出去，在高高的蓝天上任意翱翔，感觉实在妙不可言。我似乎开始对生活充满渴望，心中更加快乐，好像在细细品味盛装在高脚杯中的微妙智慧之酒，与往日的感觉截然不同。我变成了另一个更加精彩的自己，所有一切对我来说都变成可能，条条通向成功的道路向我开启智慧的大门。

就在为新我的伟大力量欢呼雀跃时，远处传来了一声沉闷的低吼，而且越来越响，最后变成巨大的爆裂声和咆哮声，这些恐怖的声音中还夹杂了一丝别的非常好听的声响。所有的声音离我们越来越近，逼近头顶，就像天空中无数闪电快马拖着响雷车轮一起滚滚而来，上面乘坐的便是悠然的七彩云霞，刺得人眼睛都睁不开。在我们面前停留一刹那后，马车就跑得无影无踪，随之而来的宏伟音响也一起消失，不知流向何方。

我们大家都被眼前的景象吓得目瞪口呆，一个个趴在地上，把脸埋进沙子里。唯有一人例外，那便是"她"。只有她站得笔直，还把手伸向火中。

火光消失后艾依莎才开口说话。

"卡利克拉提斯，"她说，"机会就要来临。当大火再次燃起的时候，你就得进入其中沐浴。不过要把衣服脱下来，否则会在里面燃烧，当然不会伤着你本人。只要能受得了，你就要尽量多在火中站一会。大火将你包围后，你要把火中的精华吸入体内，而且还要让气体在你的全身上下转换流动，这样你才能吸收更多元气。听明白了吗？卡利克拉提斯？"

"知道了，艾依莎，"利奥回答，"也不是胆子小，只是我对这熊熊大火还是有些怀疑。怎么才能证明一点也不会伤害我？我不希望结果是失去生命，更不希望失去你。不过，无论如何我都会进去。"他又加上了一句。

艾依莎想了一下说道：

"其实你有疑问也不足为怪。卡利克拉提斯，请告诉我，如果看见我走进火中而又毫发无伤地出来，你会进去吗？"

"当然，"他回答，"即使要了我的命，我也会进去。我已说过我会进去。"

"我也要进去。"我大声说。

"什么？霍利？"她大声笑了起来，"我还以为你不在乎活多久呢，噢，怎么改变了主意？"

"我自己也不知道，"我回答，"只是心底里有个声音呼唤着我去体验那神奇的火焰，永远活下去。"

"这就太好了，"她说，"看来你还没有完全傻掉。你们可以看到，我将第二次在生命之火中沐浴。如果有可能，我希望变得更加娇媚，也能活得更久。即使不行，也不会对我有任何伤害。"

"还有一事，"她停了一下后又继续说道，"其实我之所以想要再次进入生命之火还有另一个深层的原因。第一次吸收元气的时候，我的心中正燃烧着炽热的爱情，还有对埃及姑娘阿米娜特丝的痛恨，因此从那时起激情和仇恨便深深地印在我的脑海中，虽然这么多年来我一直企图摆脱，但效果甚微。现在的情况完全不同，我的胸中洋溢着幸福，我的心中只有最纯洁的爱情，我希望能够永远如此。因此，卡利克拉提斯，我愿意再一次投入火中，让我的生命更加纯洁美丽，这样我才更能配得上你。还有，当你站在火中的时候，要摒弃心中的一切杂念，要让幸福的满足感充溢在你的心中。一定要放松心灵的翅膀，想着母亲的亲吻，想象扇动银色羽翼掠过你甜美梦乡的一切最美好的事物。你在那个关键的时候播下什么样的种子，就会收获怎样的果实，并将陪伴你度过今后的漫长岁月。"

"好了，你该做准备了。即便你不是站在通往理想境界的辉煌生命之门，而是要穿越死亡走向阴暗的地狱，你的生命已走到尽头，你也要同样做好准备！准备好！卡利克拉提斯。"

第二十六章 看见

　　艾依莎停了一小会，似乎在为这次巨大的挑战积聚能量，我们几个则紧紧依靠在一起，静静地等着。

　　这时，从很远很远的地方又传来低沉的吼声，并渐渐在近处变成巨大的爆裂声。艾依莎听到后，飞快地解下了面纱，松开衣服上的金蛇腰带。然后摇一摇满头的秀发，像披上了件衣服一样，借着头发的遮掩，她脱掉身上的白色长袍，又把腰带系在浓密的长发外面。像夏娃当年站在亚当面前时一样，除了用金色腰带系在身体外面的一头浓密的长发外，她一丝不挂地站在我们面前。她的美貌，她的圣洁，实在叫我无法形容。火焰轰响的车轮越来越近时，她从黑发中伸出一只象牙般洁白细腻的手臂，抱住利奥的脖子。

"啊，亲爱的人，亲爱的人呀！"她轻轻地呢喃道，"知道我有多么爱你吗？"又在他的额头上吻了吻。她好像迟疑了一下，然后便站在了生命之火经过的地方。

她对利奥说的话和在他额头上的吻深深触动了我的心，至今记忆犹新。她就像一位母亲一样，饱含了无限的深情和祝福。

轰隆隆的吼声滚滚而来，一浪接着一浪，犹如大片森林被狂风夷为平地，无数树木像小草一样被连根拔起，然后又在雷霆万钧中被抛入山谷。吼声越来越近，明亮的火光像利箭般穿过玫瑰色的大气，那是轮回旋转的火柱的先驱。高高的火焰终于露头，艾依莎转身走上去，张开双臂迎接它。火焰滚动得非常缓慢，火苗在她身上轻轻地拍打，生命精华迅速把她包围。她双手掬起火焰，就像掬起水一样，然后又从头上泼下来。她甚至还张大嘴巴，直接把火焰吸入双肺，这是一幅多么奇特而又可怕的景象。

然后她停了下来，伸出双臂，静静地站在里面，脸上带着天使般的微笑，恰似生命之火的精灵。

神秘的火焰在她黑色的卷发上嬉戏玩耍，时而上时而下，好像无数的金色丝带盘绕在乌黑的头发间。头发滑落的地方，火焰便在她象牙般的胸脯和臂膀上闪闪发光，一直滑向她浑圆的脖颈和优雅的脸庞，最后好像停留在了她熠熠生辉的眸子中，比那燃烧的生命精华还要灿烂，还要明媚。

啊，火中的艾侬莎是如此美丽！没有哪个天使能有她这般可爱！毫无遮掩的她站在纯洁的生命之火中，向惊恐不安的我们微笑着，直到现在回想起火中的她我还是不能释怀。我愿意放弃剩余生命的半数，只求能再看上她一眼。

但是突然，说时迟那时快，一种无法描述的变化向她袭来，叫我无从解释，但她的的确确发生了巨大的变化。她脸上的笑容倏忽消失，渐渐被冷漠僵硬的表情代替。圆圆的脸庞霎时瘪了下去，好像猛然遭受什么巨大打击留下的痕迹。同时，明媚的双眸失去了光彩，亭亭玉立的姣好身材也不复存在。

我揉揉眼睛，以为只不过是幻觉，或者是因光线太强而产生的错觉。在我迷惘惊诧之际，高高的火焰还是像先前一样盘旋着呼啸着，继续向伟大的地球中心滚滚而去，只留下艾侬莎一人站在那里。

火焰刚刚过去，艾侬莎就一步跨到了利奥的身旁，我注意到她的脚步已不再轻盈。她伸出手扶在利奥的肩膀上。我不由得盯着她的手臂，那丰满圆润的漂亮小胳膊哪里去了？现在怎么只有两条嶙峋的瘦骨？她的脸……我的上帝呀！她的脸就在我的眼皮底下变老！我估计利奥也看到了，他后退了几步。

"怎么了？亲爱的卡利克拉提斯？"她问道。她的声音……那个令人心动的温软细语怎么了？竟会变得如此尖锐刺耳？

"怎么了？发生了什么？发生了什么？"她有些疑惑了，"我觉得头晕眼花，生命之火的性质应该不会改变。卡利克拉提斯，告诉我，难道生命的准则会改变吗？我的眼睛出了什么问题？我什么也看不见！"她伸出手摸摸头发，天哪，比恐怖还要恐怖的恐怖，她的头发全部掉在地上！

"快看！快看！快看！"乔布吓得用假嗓子尖叫起来，眼珠子都惊得快要掉出来，嘴里涌出一口白沫。"看！看！看！她正在缩小！正在变成一只猴子。"说完后他就一头栽倒，口吐白沫，牙关紧咬，不省人事。

毫无疑问，艾侬莎正在萎缩下去！真是太可怕了！我写到这里回忆起当初的情景时，甚至还感到一阵浑身发软。她变得越来越小，套在苗条腰肢上的金腰带滑过臀部掉在地上，皮肤的颜色也在改变，洁白的肤色正变得又黑又黄，像一张脏兮兮皱巴巴的羊皮纸。她伸手摸摸自己的头，那只优雅的小手现在只能叫爪子了，像没保存好的埃及木乃伊身上的人爪子。她似乎这才明白了自己身上正发生着怎样的变化，于是便尖声大叫起来，她拼命地叫呀喊呀！一会便倒在地上滚来滚去，仍然不停地号叫着。

她变得越来越小，直到只剩下猴子般大小。满脸全是皱纹，叠了

361

千百层的褶子，几千年的风霜顷刻间全都写在她完全变形的脸上。没有人见过这样一副刻下无穷岁月痕迹的可怕的脸，我也是第一次见到这般模样的面孔，她的脸庞现在缩得只有两个月婴儿的那么小，头颅却还是原来那样大。如果人们还想保持正常的理智，就让他祈祷永远也不要变成这么一副嘴脸。

最后，她终于不再叫唤，只是偶尔轻微地动弹一下。两分钟前还在火中央凝视着我们的她，那个千娇百媚、高贵典雅、光彩夺目的绝世佳人，现在却静静地躺在面前，旁边是她的一堆黑色秀发，身子只有猿猴般大小，那么丑陋，那么瘆人，简直难以言表。然而，她们竟然是同一个女人！我的心中不觉感慨万千。

她很快就要死去了，真是感谢上帝！因为只要活着，她就会有感觉。她会想到什么？她用瘦成骨头的双手撑着爬起来，茫然地看看四周，像只乌龟一样迟钝地把头从一边转向另一边，但她什么也看不见，她发白的眼睛已蒙上一层角膜。哎，多凄凉多可怕的景象！但她还可以说话。

"卡利克拉提斯，"她用嘶哑的声音颤巍巍地说，"请你千万不要忘记我，卡利克拉提斯，可怜可怜我的不幸，但我不会死的。我还会再回来，我会重新变得美丽起来，我发誓，一定会的！哦，哦……"

就在她当年杀死卡利克拉提斯祭司的地方，两千多年后，艾依莎自己也在同一个位置倒下，死去了！

我们都被一种极度的恐惧所震慑，我和利奥也倒在那里的沙石间昏了过去。

我到现在也不知道我俩究竟昏迷了多久，估计有好多个小时吧。睁开眼睛时，我发现另外两个人也四仰八叉地躺在地上。玫瑰色的光线依然像天上的朝霞一样美丽，生命精华的滚滚车轮还是沿着固有的轨道前进，我醒来时火焰正从那里经过。躺在地上的还是那具猴子尸体，上面好像盖了一层皱巴巴的黄羊皮，那就是曾经光彩照人的"她"！我的上帝呀，这不是一场可怕的噩梦，而是空前绝后的残酷事实！

是什么原因带来了这种令人震惊的巨变？是生命之火的性质发生了变化吗？还是生命精华和死亡精髓交替在火焰中滚动？也有可能是已经吸纳过一次生命元气的身体便不能承受第二次？也就是说，无论中间相隔多久，第二次注入生命精华时，两次的力量便会相互抵消，机体就恢复成未经注入生命精华的本来面目？这一点，也只有这一点，才可以解释艾依莎突然间变老的可怕现象，她只不过是恢复了两千多岁应有的模样，那是如此漫长岁月应该留下的痕迹。我相信，不管生前采取何种高明的手段保持青春，一个生活了22个世纪的女人死时应该就是眼前这般模样。

谁能知道究竟发生了什么？我们看到的毕竟只是表面现象。此后，

363

我常常会想：上帝的伟大力量无时不在。艾依莎把自己关在活人墓里过了一个又一个世纪，一心等着她的情人到来，对整个世界影响甚微。青春永驻的艾依莎具有女神般的美丽和威严，加上数十个世纪积累起来的智慧，又在爱情中获得了幸福和力量，她本可以改变整个社会，甚至从此改变人类的命运。虽然艾依莎拥有足够的力量，可与永恒的自然法则对抗，却也难免不被一扫而空，留下耻辱的印记，最终贻笑大方。

我在地上躺了几分钟，翻来覆去回想着这些可怕的事情。在这种生命精华流过的地方，我的体力很快就恢复。想到其他两个人后，我跌跌撞撞地爬起来，看看能不能把他们弄醒。但我还是先捡起艾依莎的长袍，还有她曾经用来在男人面前隐藏美貌的面纱，盖在那个曾集人类美貌和生命精华于一体的非凡女人所留下来的可怕遗体上，期间我一直尽量偏过头不看她现在的模样。担心利奥醒来后再看到她，我很快就掩饰好一切。

跨过散在沙地上那团香气氤氲的黑头发后，我来到乔布的旁边，把趴在地上的他翻过来。发现他的胳膊有些不对劲地掉在后面，一股寒气流遍我的全身。我警觉地朝他脸上打量了一下，一眼就可看出，我们忠实的老仆人已经离去。他所经历的和所看到的一切本来就使他接近崩溃，这可怕的最后一幕则完全要了他的命。只要看看他的死相，

364

就知道他是活活给吓死了，否则就是因恐怖引起的痉挛而死。

乔布的死对我们又是一个打击，但我当时却没有多少痛苦，甚至觉得这位老伙计之死是自然而然的事。或许读者可以从中了解我们当时被吓成什么样，几乎麻木了。利奥的嘴里咕咚倒了一口气醒过来，身子又不停地颤抖了十多分钟。我告诉他乔布的死讯时，他只是轻轻地"噢"了一声。我得向大家说明一下，这并不是因为利奥没心没肺。事实上，他向来与乔布感情深厚，现在还经常深情地提起乔布，对他的死遗憾极了。当时完全是因为他的心力已承受不了更多的痛苦。正如弹奏竖琴一样，不管拨得多重，一时只能发出一种声音。书归正传，我当时还是决定先竭力把利奥救过来，使我欣慰的是，他还没有死，只是昏厥过去，终于弄醒后，他便坐起来。这时，我却发现了另一件可怕的事。我们走进山洞时，他的卷发金黄金黄，现在却慢慢变为灰白，等后来去到外面时，已完全变成了雪白，看上去好像一下子老了二十岁。

"现在该干点什么？老伙计？"他惶恐不安地问道，头脑似乎终于清醒了一点，想起刚才发生的事情。

"应该是设法走出这里，"我说，"除非你想走到那个里面去。"我指着又一次经过身边的高高火柱说。

"如果肯定可以杀死我的话，我就进去。"他的脸上带着一丝凄惨的笑容，"是我该死的犹豫才造成这种结果。如果不是我迟疑不定，也许她说什么也不会想着给我做示范。但我还是弄不明白究竟是怎么回事，也许火在我身上的作用刚好相反，或许会让我获得永生。哎，老伙计呀，我可没有耐心再像她等我一样，用两千年的时间等着她回来。我宁愿在末日到来的时候死去找她，我感觉那个时候也不会太远了。如果你想进去的话，就试试吧。"

我只是摇摇头，先前的兴奋已如一潭死水般平静，对延续自然生命的反感又回到了我的心间，而且比以往任何时候都更加强烈。再说，我俩谁也不知道生命精华的效果究竟如何，"她"的结局更让我们不敢轻举妄动，当然，我们永远也无从知晓令"她"恢复本来面目的真正原因。

"好了，孩子，"我说，"我们总不能像他俩一样留在这里，"我指了指白衣服下面蜷缩的小团遗物和乔布的尸体，"打算走的话，我们还是快点出发吧！只是，估计我们的油灯恐怕点完了。"

"只要罐子还没打破，"利奥漠然地说，"里面应该还些油。"

我将信将疑地看看罐子，里面的油居然没人动过。我哆嗦着灌满油灯，幸运的是，还有一截亚麻捻子没烧完。然后又拿出一根火柴点上。这时，火柱又一次呼啸而过，如果它是在一个环形轨道上周而复始地运行的话，便应该是同一条永不停息的火柱。

"等着生命之火再转过来一次吧，"利奥说，"世界上永远不会看到类似的景象了。"

他的建议听起来好像只是出于无聊的好奇，但不知怎么我还是同意了。于是我们便等着火柱慢慢绕着轴心旋转，直到火云燃起熊熊烈焰，雷鸣般呼啸而过。这种现象已经在地心持续了多少万年，还要继续持续多少万年呢？我不得而知。是否还会有人类的眼睛目睹它们的轨迹？是否还会有人类的耳朵聆听这震天动地的轰鸣？恐怕永远也不会了，我们就是看到这仙境的最后两个人。不一会，火柱不见了踪影，我们便准备出发。

离开前，我俩都去握了握乔布冰冷的手。也许这种仪式有些凄凉，却是表达我们敬意的唯一方式，也是当时能给这位忠实伙伴的最好葬礼了。至于白衣服下盖起来的那堆小东西就没有揭开，我们再也不愿多看一眼可怕的惨状。我俩只是走到那团波浪形的头发前，每人抽了一小撮闪闪发亮的黑发。这是她在惊变的痛苦中撕扯下来的，比我们自然死亡要痛苦一千倍还多。这头发至今依然保存着，是我们认识的优雅美艳的艾依莎所留下来的唯一纪念。利奥拿起一绺头发放在嘴唇边。

"艾依莎叫我不要忘了她，"他的声音有些哽咽，"还发誓说我们会再见。天哪，我怎么会忘得了她呢？我也在此立下誓言，如果有幸活着逃离此地，我这辈子绝不会与其他女人有任何牵连。无论今后走向何方，我都会像她等我一样，一心一意地等待着她的归来。"

"如果她回来时还像当初一样美丽，"我心里想，"你当然会的。但是如果她回来像那副样子呢？"[1]

然后我们就出发了，把他俩留在生命之源，留在了这隐秘的洞穴中，只不过陪伴他们的却是冷冰冰的死神。躺在那里的他们看上去孤苦伶仃，极其不协调。那堆小小的东西可是两千多年来世界上最聪明最妩媚的天之骄女，甚至可以说不是人间女子。诚然，她也有自己的不足，甚至有些邪恶，可是，天哪，那只是因为人类的心灵太脆弱。她的不道德虽然不会为自己添加丰韵，但也丝毫不会减少魅力。艾依莎的所作所为毕竟没有违背常理，并不会因此而有损她的美好形象。

还有可怜的乔布！他的预感变成事实，果真走上了末路。不过，没有哪个诺福克农民曾拥有如此豪华的墓葬，将来也不会有第二个，而且他还是与女王"她"的可怜遗骸同居一穴呢，也实属难得了。

又看了他们最后一眼，还有与他们同在的玫瑰色霞光后，虚弱不堪的我们便带着两颗苦涩的心步履艰难地离开，心情沉重得没有语言可以形容，心力交瘁得甚至放弃了永生的机会。在我们看来，生命中最为宝贵的东西已经离开自己，无限地延长生命只不过延续自己的痛苦罢了。因为利奥和我都明白，只要看过艾依莎一眼，便会终生难忘。

---

1 想起这一点，就感到可怕！顺便说说，除了自己的至亲，男人对女人的爱几乎都是取决于她们的外貌，至少说第一印象如此。尽管仍是同一个女人，可失而复得的女人变得面貌可憎时，我们还能爱得起来吗？——路·霍·霍利

368

只要还有一息生命，只要还有一丝记忆，她就会永远活在我们心中。现在，将来，直到永远，我俩都会深深地爱着她，她已经永恒地刻在了我们的心间，没有哪个女人可以抹去死者在我们心中的光辉，也没有什么别的兴趣可以代替对她的思念。

　　而我，我的心中还有另外一种痛，无论过去还是现在我都没有资格思念她。正如她自己所说一样，我不可能成为她的心上人。不管时光如何流转，我都永远不会有机会。除非有朝一日世风完全改变，两个男人可以同时爱着一个女人，而且三个人都因此觉得幸福，这便是我这颗支离破碎的心的唯一希望，除此之外便只有绝望。这个希望是那么渺茫，几乎绝对不可能实现。我为此付出了沉重的代价，从今往后，这点微乎其微的希望便是对我今生的唯一回报。而利奥却大不相同，我经常会有些心酸地嫉妒他的幸运，如果"她"说得没错，如果她的聪明才智最终不会出错，那么他的未来还有幸福可以期待。不过从她自己的例子来看，她的话也不一定靠得住。利奥的希望同样非常渺茫，而我则根本就没有任何希望，更不可思议的是，我仍然没法改变爱她的心。哎，人类的心智是多么愚蠢软弱，但愿那些软弱无能的人可以从中吸取教训。我对自己的付出毫无悔意，而且还会一如既往地爱下去，虽然回报我的只有女主人桌上落下的一点面包屑：记忆中几句温暖的只言片语，遥不可及的某一天认出我时回报的一个甜蜜微笑，还有一点淡漠的友情，或许还会对我为她和利奥的付出表示一丝谢意。

如果这还不足以表示真正的爱，那么我便不知道真爱为何物。对于一个已过中年的男人来说，掉入这样的爱河实在是再糟糕不过的事情。

第二十七章 奋力一跃

　　我们穿过山洞时并没遇到什么麻烦，可是在倒立圆锥山的石坡前却碰到了两大难题。首先是山高坡陡，攀登艰难；另一个是山石林立，道路难辨。可以这么说，要不是我侥幸记住了那些石头的形状，我们就只能在这火山腹地里转悠，直到累死也不会有任何找到出路的希望。称其为火山腹地只是我的估计，我想应该是火山之类的东西。就这样我们还是有好几次走错路，有一回差点掉进裂谷里。我们只能借着昏暗的油灯看是否能认得出石头的形状，然后便从一块石头摸索着走向另一块，这样跌跌撞撞地穿行在黑阴阴死沉沉的岩石间实在太可怕了。由于心情太沉重，我俩一路上很少说话，只是咬紧牙关磕磕绊绊地向前走，时不时摔得鼻青脸肿。大概是神经已经完全麻木，这点皮肉之苦对我们并没有多少影响，两个人只是受着一种求生本能的驱使，极力找到一条生路而已。我们就这样摔倒爬起，爬起又摔倒，在这条路上跟跟跄跄地行走了三四个小时，由于怀表坏掉了，只能估计大概时间。最后两个小时里，我们完全迷路了，正在担心是不是走进了其他类似圆锥山的漏斗里时，我看到了一块下山不久时遇到的巨大岩石。这也算得上是个奇迹，我们当时已经过这块石头向右边拐弯，突然觉得有点特别，于是便有意无意地回头望了一眼，没承想这一望却救了我们的两条命。

之后，我们没费多少力气就找到了岩石形成的天然台阶，又及时赶到了那位死心眼的努特居住过并老死的小屋。

现在又面临着新的问题。大家应该不会忘记由于乔布的胆怯和懦弱，我们用来从大石距走向摇摆石的木板已经落入下面的无底深渊。

失去了木板，我们如何过去呢？

答案只有一个，拼命跳过去，否则便只能等死。好在距离不算太宽，我估计十一二英尺，利奥还是个大学生的时候就可以跳过二十英尺。可是，此一时彼一时，现在又是怎样的一种情况呢！两个累得半死的家伙，其中一个年过四十，而且起点是摇摇晃晃的石板，对面更是个震颤的石头尖，石头尖再往后几英尺才可以落脚。身下则是无底深渊，而且还要在呼啸的狂风中跃过！上帝知道情况有多危险。我把所有的不利因素向利奥分析后，他只是简单地说，选择是残酷的，要么蜷缩在小屋中死去，要么快点去冒险，但我们必须做出选择。

他的话无可否认，可事实也很明白，我们不能在黑暗中跳过去，唯一能做的是等着黄昏时照在深渊上的那一缕阳光。现在离日落究竟有多远，我们心里一点数也没有，只知道光线射过来的时间最多不过两分钟，因此必须现在做好一切准备。我们决定先爬上那块摇摆石，在上面等着。其中还有另外一个很重要的原因，那便是我们的灯油也很快就要用完，其中一盏已经熄灭，另一盏的灯花也开始跳跃了。于是，我们赶紧趁着这最后一点灯光，从整块石头一边的墙壁爬了出去。

刚爬上去时，耗尽最后一点油的灯便熄灭了。

我们面临的挑战更加艰巨，在下面的小屋时，只听到顶上的狂风在呼啸，此刻平趴在这块左摇右晃的石板上时，才真正感到风暴有多疾、力量有多大。强大的气流一会朝着这边，一会朝着那边，呼啸着穿过悬崖，绕过峭壁。我们在石板上趴了一个小时又一个小时，心中的恐惧和痛苦至今回想起来都有些后怕。耳边听到的是塔尔塔罗斯牢狱[1]的鬼哭狼嚎，替对面的石距定下可怕的低调，它便像架竖琴一样在风中

---

1 塔尔塔罗斯：希腊神话中冥府下面的深渊，提坦就被囚禁于此。

发出嗡嗡的轰鸣。双方在悬崖的两岸遥相呼应，此起彼伏。没有哪个人会做如此可怕的噩梦，没有哪个传奇作家能虚构出比我们真实经历更可怕的地方、比我们在黑暗中听到的嚎叫更凄惨的声音。我们像失事轮船的残存者一样，抱住个小小的木筏子在万丈深渊的高空上飘摇颠簸。幸运的是，温度不算太低，风也比较暖和，否则我们早就冻死在那里。于是我俩就伸出四肢趴在上面，静静地听着风声。这时发生了一件意想不到的事情，虽然纯属巧合，却又包含了无尽的意蕴，让我们本就不堪重负的神经更加紧张。

大家应该还记得，我们穿过石距前，艾侬莎一人站在尖嘴上时，狂风吹走了她的斗篷，卷入黑暗的峡谷。说起来也真是太巧了，巧得让人难以置信。就在我们俯卧石板上时，那件斗篷竟然又从黑暗中飘了上来，就像一份来自死者的纪念一样，不偏不倚地落在了利奥身上，几乎把他从头到脚裹起来。起初我们弄不明白是什么东西，但很快就从其质地判断出原来是艾侬莎的遗物。可怜的利奥这时再也没法控制自己，趴在石头上伤心地呜咽起来。那件披风一定是被挂在了悬崖的什么地方，现在又刚好被风吹到了这里。但不管怎么说，这件事还是太神奇，叫人感慨万千。

不一会，在没有任何预兆的情况下，那把红色的利箭就径自一点点刺破黑暗冲进来，照亮我们伏着的石板，对面的石距也变得血红。

"时刻到了，"利奥说，"机不可失。"

我们站起来舒展了一下僵硬的身体，首先映入眼帘的便是脚下翻腾的云雾，血红的残阳穿过深渊时，将其染成一片殷红；接着看到的是摇摆的石板与晃荡的石距间空荡荡的万丈深渊，绝望紧紧揪住我们的心，做好了死亡的打算。虽然准备孤注一掷，可心里还是免不了一阵凄凉。

"谁先跳呢？"我问。

"你先来，老伙计，"利奥回答，"我坐在石头的另一端稳住它。你必须助跑一段，然后尽量往高跳。愿上帝保佑我们！"

我点点头表示同意，然后便转身奔向利奥，伸出双臂抱住他，在额头上亲了一下，他小时候我也没有这样做过。虽然也感觉有些冒昧，但这是在与最亲爱的人诀别呀，就算他是我亲生的儿子，我的爱也无以复加。

"再见吧！孩子！"我说，"无论我们走向何方,希望还能与你重逢。"

可事实上，我心里以为最多只能活两分钟了。

接着我便退到了石板另一头的边缘，等到一阵狂风吹过身后，我就从岩石的一头跑到另一头，总共大约三十三英尺。然后便奋力一跃，顿时感觉头晕目眩，完全浮在空气中。从岩石上弹跳出来的一刹那，一种毛骨悚然的恐惧便紧紧攫住我的心。意识到自己跳得太近时，我的脑中便只有一个念头:这下算是完蛋了。我的脚果真碰都没碰着石距,只有身体和手接触到了,我大喝一声紧紧抱住那个尖嘴,却没承想一只手滑落,身子向右转了半个圈,现在只有一只手吊在上面,我变成面向刚才起跳的石板。我用左手死死抓住石距,又用右手拼命抓住悬崖上的一个突起,就这样吊在如血的残阳中,脚下是几千英尺的深渊。现在我的两只手分别抓住了石距的两个侧面,尖头正顶在我的脑袋上。也就是说,即使有天大的力气,我也不可能自己爬上去。我所能做的就是坚持吊上一分钟,然后便掉下无底的深坑。天哪!如果有人还能想象出比我当时更可怕的情形,就请讲来给我听听吧。我只知道,这半分钟的痛苦简直让我神经错乱。

我听见利奥大叫一声,接着便看到他像羚羊一样跃到了半空。尽管恐惧和绝望紧紧揪住他的心,可他的这一跳还是那么精彩,好像脚下根本不存在万丈深渊,稳稳地落下后,为了避免冲下悬崖,他还故意顺势趴在石距上。我头上的石距在他的冲击下摇晃得更加厉害,对面的大石板在他起跳时被压得很低,失去重量后又被弹得老高,随着一声轰响,这么多年来在摇摆中平衡的巨石,正好掉进哲学家努特当年隐居的小屋里。这块数百吨重的岩石从此永远封上了通往生命源头的小径。

所有这一切只发生在几秒钟内,说来也真是有意思,虽然我自己的处境当时也是摇摇欲坠，濒临绝境，却还在无意识中注意到这些。当时甚至还想到从此再也不会有人类的脚印踩在那条可怕的小路上。

一会，我便感觉到利奥用双手抓住我的右腕，他趴在石距尖嘴上时，手刚好能够得着我。

"你必须松开手，吊在空中。"他的声音平静而不容置疑，"那样我才有可能把你拉上来，否则咱俩就只能一起掉下去。准备好了吗？"

听了他的话，我便先松开左手，然后又松开右手。这样我才完全摆脱了石尖的遮挡，重量全部集聚在利奥的胳膊上。这个时刻真可怕呀！尽管我知道他的力气不小，可是此刻他自己也只在这么一个小小的石尖上，究竟能否把我拉上去？

有好几秒钟，我就这样在空中前后晃荡，利奥则在积聚力量，接着便听见他的肌肉在头顶嘎嘎作响，然后我就像个小孩一样被拉到了空中，直到我用左臂钩住石尖，身子也靠在石距上。这下就简单多了，又过了两三秒钟，我便爬了上来，我俩并排躺在那里喘着粗气，全身吓出的冷汗开始蒸发，冷得似两片风中颤抖的树叶。

如同上次一样，夕阳像盏油灯一样，说灭就灭了。

我们就这样在石距上躺了半个小时，一句话也没有说，最后才摸黑慢慢爬过去。石距就像一颗长钉一样粘在对面的岩石墙壁上，等我们爬到石墙时，虽然光线仍然很暗，但比先前亮多了，可能是已过午夜的缘故吧。之后，风也变小了一些，我们走得快多了，最后终于到达第一个山洞或者叫隧道的入口处。现在又遇到了新的问题：我们的油已用光，灯也毫无疑问被倒下去的摇摆石压了个粉碎。还有我们只在努特的小屋里喝了最后一点水，现在口渴难忍也没有一滴水。在这种情况下，又如何才能穿过这个乱石林立的山洞呢？

别无选择，唯一能做的便是靠着触觉摸黑走过这段艰难的路程，于是我们很快就高一脚低一脚地出发了。稍有迟疑，精疲力竭的身子就会倦意难挡，就可能累得倒下去，这里便会成为我们的葬身之地。

唉，走过这最后一个山洞，我们吃了多少苦啊！里面到处都是岩石，我们不时被绊倒，撞得头破血流，身上都有十多处在流血。唯一的向导便是石洞两边的侧壁，只能摸索着向外走去。我们在黑暗中完全失去了方向感，有三次以为自己拐错弯，走错了方向。我们就这样稀里糊涂地走了一个小时又一个小时，身体越来越虚弱，几乎一点力气也没有了，每走几分钟就要休息一下。有一次还倒下睡着了，估计睡了有好几个小时，因为醒来时四肢已经变得僵硬，伤口里流出来的血也结成了硬痂卡在皮肤上。然后我们又拖着疲惫不堪的身子缓慢前进，正在我们绝望的时候，光明又一次出现在面前，惊喜地发现已走出山洞，到达了那条完全隐蔽的石头巷子。大家应该不会忘记这条石巷，就是通往外表岩石的那条路。

这里的空气清新甜美，天空晴朗可爱，应该正是清晨时分，真没想到还能见到这么动人的景色。我们从日落后一个小时进入山洞，这个可怕的地方才那么短的一点距离，穿过来竟然用了整整一个晚上的时间！

"利奥，再坚持一会，"我也累得气喘吁吁，"很快就要到那个斜坡了，如果比拉利没走的话，应该就等在那里。走吧，千万不能放弃。"他已经扑倒在地上，听见我的话便又站起来，我们又互相搀扶着跌跌撞撞地走下那段约五十英尺高的悬崖，我自己都不知道究竟是怎么下去的。只记得我俩最后挤作一团躺在山崖下面，累得一步也走不动，只好又手脚并用地爬向"她"让比拉利等着的小树林。还没爬到四十码时，一个哑奴从我们左边的树丛中走出，他大概是清晨来散步，还以为我们是什么稀有动物，跑上来瞧热闹。他对我们看了又看，瞅了又瞅，还胆怯地举起双手，差点摔倒在地上，然后便飞一般的奔进两百多码外的小树林里去了。其实他的反应也不足为奇，我们当时的面貌一定非常可怕，他估计是被我们的尊容吓坏了。先说利奥吧，金黄的头发几乎变成雪白，衣服也破得差点不能遮丑。疲惫不堪的脸上和手上青一块紫一块，还有一条又一条的血口子和无数的血痂子，他这副样子还吃力地趴在地上蠕动，看着都胆战心惊。我自己也不会比他好到哪儿去，两天过后我在水中看到影子时，几乎认不出来自己。我向来没有因为美貌而出过名，可是从那之后，我的脸上除了丑陋之外又另外多了一种近乎疯狂的东西，简直能把熟睡的人从梦中惊醒，怪不得差点吓坏了哑奴，这种印记至今依然留在我的脸上。当时只有一件事不可思议，那就是我们居然靠着自己的智慧逃出来了。

不一会，比拉利老人便匆匆跑过来，我那颗悬着的心这才放了下来。他高贵的脸惊愕得呆若木鸡，当时那种情况都让我差点笑出来。

"啊，我的狒狒！我的狒狒！"他叫道，"我亲爱的孩子，果真是你和狮子吗？怎么了？他像熟玉米一样金黄的鬃毛怎么变成了雪白？你们从哪里来的？猪猡呢？还有'至高无上的她'呢？"

"死了，都死了，"我无力地回答，"现在先别问了，快救救我们吧！拿点水和食物来，不然我俩也会死在你的面前。难道没看见我们的舌头已渴得发黑了吗？怎么还能多说呢？"

"死了！"他叫道，"不可能！'她'永远不会死！怎么可能死去呢？"也许是担心后面匆匆赶来的哑奴看到他的表情，他压住自己的惊愕，示意他们把我俩抬进帐篷，哑奴们便听从了他的命令。

幸运的是，进去时火上正煮着肉汤，我俩已虚弱得连饭都不会自己吃，比拉利便喂了我们一些，这时，我才确信耗尽最后一点体能的两个人终于逃离了死亡。他又命令哑奴用湿布擦净我们身上的血迹和污垢，精疲力竭的我们随后便躺在清香的干草上沉沉睡去。

第二十八章 翻越高山

很久以后，我才感觉全身上下僵直得硬邦邦，半睡半醒时有一种奇怪的感觉，好像自己变成了一块刚被敲打过的地毯。睁开眼睛时，首先映入眼帘的便是我们的老朋友比拉利可敬的脸庞，他正坐在我睡觉的临时床旁边若有所思地捋着白胡子。他的出现很快又让我回忆起最近遭遇的一切，看到躺在对面的利奥的可怜样子，过去的一幕幕更加清晰地呈现在我的脑海中。他的脸上黑一块紫一块，到处是擦伤，美丽的金色鬈发也变得雪白[1]。我不由得又闭上眼睛，痛苦地呻吟着。

---

[1] 非常奇怪的是，利奥的头发最近在一定程度上恢复了本来面目。也就是说，现在变成了土色，或许再过一段时间还有希望完全变成金黄色。——路·霍·霍利

"已经睡得很久了，我的狒狒。"比拉利说。

"有多久了，父亲？"我问。

"太阳转了一圈，月亮又转了一圈，你已经睡了一天一夜，狮子也一样。瞧，他还没醒呢。"

"睡着就是福气，"我说，"这样可以忘掉一切回忆。"

"告诉我，"他说，"究竟发生了什么事情？什么怪事会让长生不老的'她'死去？你要明白，孩子，如果此事当真，那你和狮子的处境可就危险了。用来煮你们的火罐甚至已经烧红，那帮想吃你们的家伙早就对人肉垂涎欲滴。难道你不知道居住在洞穴里的埃迈赫贾人，也就是我的子孙们，痛恨你俩？他们本就讨厌你们这些陌生人，'她'又为了你俩处死那么多兄弟，这些人更是对你们恨之入骨。可以肯定地说，如果他们知道来自'海娅'的威胁不复存在，'至高无上的她'已不必畏惧，必然会用火罐杀了吃你们的肉。不过，还是先跟我讲讲你们的故事吧，可怜的狒狒。"

我觉得也没必要面面俱到，因此只把一些必要的情况跟他说了一下，主要目的是让比拉利明白这世界上已不存在"她"。对他来说，"她"的真正死因一定不可思议，所以我就干脆说"她"掉进火山烈焰中化为灰烬。此外，还讲了一些我们为了逃生经历的种种险恶境遇，这倒给他留下了很深的印象。我能看得出，他还是无论如何也不相信艾依莎真的死了。他认为她经常喜欢玩玩失踪的把戏，结果让大家都以为她死了。比拉利还告诉我们，在他父亲的时代，她就消失过十二年；传说还有一次是许多世纪以前，有整整三十年他们国家没有一个人看见过她，没承想后来却又突然回来，还杀死了想要谋取王位的女人。我对此没有发表什么意见，只是感伤地摇摇头。哎，我深知艾依莎再也回不来了，至少说比拉利不可能见到她了。当然我们有可能也一定会在别的地方找到她，对这一点我深信不疑，但不会是这里。

"那么，"比拉利最后说，"你们现在打算怎么办呢？"

"我也不知道，"我回答，"父亲，难道我们就没有从这个国家逃出去的希望吗？"

他摇摇头。

"太难了！至少说你们不可能通过克尔平原逃走，他们会看到你们的，凶悍的当地人一旦知道你们已孤立无援，那么……"他意味深长地笑了笑，同时向上举起手，做了个往头上戴帽子的动作，"但我曾对你说过悬崖边上还有一条路，他们用来把牲口赶出去放牧。连着草原的是一片有三天路程的沼泽，出了沼泽是什么地方，我就不太清楚了。不过听说再走上七天后便可遇到一条大江，最后流向一片黑水。如果你们能到达江边，或许就有逃生的希望，但是你们如何才能到达那里？"

"比拉利，"我说，"你也知道，我曾救过你一命。现在该是你报恩的时候了。我的父亲，救救我和我儿子狮子的性命吧。当你有一天告别人生的时候，你会因此而感到欣慰，倘若你生前做过什么坏事，还可以此抵消。再说，如果'她'真是像你说的一样躲了起来，那么等她回来时必然会对你大加奖赏。"

"我的孩子狒狒，"老人答道，"别以为我不知心存感激。我还清楚记得你怎么把我救上来，而那些畜生们则站着袖手旁观，眼睁睁地看着我淹死。将心比心，我也会报答你，只要有办法搭救你们，我当然会鼎力相助。你记住：明天早上天亮前做好一切准备，将有轿子来接你们翻越大山穿过沼泽。我会安排好一切，并说这是'她'的命令。谁若胆敢不遵守'她'的旨意，只能被拉出去喂髭狗。过了沼泽后，就一切只能靠你们自己了，如果运气好，或许你们就可以抵达你对我说过的黑水河。现在，狮子也醒了，一定要吃了我为你们准备好的食物。"

利奥醒过来后，发现他的身体要比表面看上去好多了。我俩都饿坏了，因此这餐饭吃得特别香，特别饱。然后又一瘸一拐地来到小河边，跳进去痛痛快快地洗了个澡，回去后一直睡到黄昏，接着又是大吃一顿。这天一直没见到比拉利，无疑是安排轿子和脚夫去了，半夜时分便有不少人来到我们住宿的地方，我俩也被吵醒。

天亮时，老人才露面，告诉我们虽然遇到不少麻烦，但他还是借着"她"的威名成功地征集到了轿夫，还有两名带领我们走出沼泽地的向导。说完他就催促着马上出发，为了避免他们途中生变，他还表示将亲自陪伴我们。野蛮民族中的这位精明老人对两个孤独无助的陌生人的这份情谊深深感动了我，在那种死亡弥漫的沼泽里往返一趟需要六天时间，对他这样年纪的人来说谈何容易，但是为了我们的安全，他慷慨允诺。埃迈赫贾人天生阴郁，凶残成性，简直如同魔鬼一般，远远超过了我所知道的其他野蛮人种。可就在他们这样的民族中，也同样还有好心人，比拉利的存在就足以说明这一点。当然，也有可能是他的私心在起作用。比拉利或许担心某一天"她"会突然回来，问起我们在他手里时的情况。但不管怎么说，他当时能这样做已经难能可贵。在我的有生之年，我将会永远充满深情地回忆起我的这位父亲——比拉利。

吃过早饭后，我们就乘着轿子出发了。睡了一天一夜，我俩的体力已基本恢复，至于脑子，就只好任其驰骋。

攀登那座悬崖峭壁可真不是件容易事！上面的小路只有少数几处是依自然山势修出来的，多数则是蜿蜒迂回，呈之字形上升。一眼就能看出，这些路最先是由古代克尔人开凿出来的。那位埃迈赫贾人说他们每年把多余的牛群从这条路赶到远处的草地去放牧一次，倘若果真如此，他们牲畜的蹄子一定特别发达。当然，在这种地方轿子根本就没用，我们只能自己行走。

还好，中午时就抵达岩石山墙的巨大平顶上，从这里俯瞰下去，景色非常壮观。一边是克尔平原，真理圣殿的断垣残壁在平原中央清晰可见；另一边是死气沉沉的沼泽地，无边无际。毫无疑义，这面巨大的岩石墙过去是火山口的唇缘，上面至今仍有火山熔岩形成的渣块，总宽度约有一英里半。墙体光秃秃一片，上面什么植物也没有长。但由于天刚下过雨，只要有坑的地方，里面便灌满亮晶晶的雨水，煞是好看。越过庞大的石墙平顶后，我们又开始下山，虽说没有上山那么吃力，但很容易栽跟头，直到太阳落山时才到了下面。那天夜里，我们就在通往远处沼泽地的一个宽大山坡上宿营，平安无事。

第二天早上十一点时，我们开始穿越茫茫的沼海，我前面已对沼泽进行过详细的描述，这里就不再啰嗦。

我们在瘴气、泥沼和热病流行的沼泽中跋涉了整整三天，轿夫们可真是辛苦。在这种荒无人烟的地方，要是没有向导，根本不可能走出去。出了沼泽地后，我们来到一片起伏不平的土地，各种各样的动物奔跑其间，但并没有开垦种植，也没有树木。第二天早上，虽然心中恋恋不舍，但也没有别的办法，我们只好与比拉利老人告别，他捋着白胡子虔诚地为我们祝福。

“再见了，我的儿子狒狒，”他说，“再见了，狮子先生。我已经无能为力，帮不了你们什么。如果有一天能回到你们自己的国家，请记住我的一句劝告：不要再去陌生的国度冒险，以免有去无回，否则只能留下自己的白骨作为旅程的终结。再见吧，孩子们。我会时常想着你们，想必你们也不会将我忘却。我的狒狒，虽然你的脸长得丑陋，可你的心却至真至善。"然后他就掉头走了，高大阴翳的轿夫也随他一起转身回去，这便是我们最后一次看到这位埃迈赫贾人。我俩目送着他们抬起空荡荡的轿子沿着小路迂回前进，好像一队从战场上抬回阵亡将士的队伍。直到沼泽地中的雾气冉冉上升，挡住了他们的身影，我们才四目对视，再看看周围的一切，我俩已完全被抛在了广袤的荒野中。

三星期前，我们四个人一起进入克尔沼泽地，现在两人已死，活着的两个也伤痕累累，面临死神也不会比我们经历的千奇百怪的险境更加可怕。三个星期，仅仅只有三个星期啊！准确地说，不应该以小时来计算时间，而要用经历的事件来衡量！自从我们在鲸形船中被俘到现在，仿佛已整整过了三十年！

"利奥，我们必须设法去赞比西河，"我说，"至于能不能到达就只好听天由命了。"

利奥只是点点头，他现在变得很少说话。除了穿的衣服，一只指南针，还有随身带的手枪和快枪以及两百发左右子弹，我们一无所有，就这样结束了对克尔大帝国遗址的访问。

此后的经历仍然是险象环生，事端迭起，但经过慎重考虑，我还是决定在此不予记录。我在这本书中只是简单地记录了一些前人未闻的经历，写作的目的也不是为了马上出版，只为了将记忆还在我的头脑中鲜活时付诸笔端，以免日后遗忘。如果我们有一天同意将其公之于众，相信旅途中的细节及其结果一定会在全世界引起极大关注。不过，就目前来说，还没打算我们在世时将其出版。

再说，我们后来的经历也不会引起大家多少兴趣，已经不止有一个人写过类似的中非旅行记。我在这里只想说一点，我俩经历了难以想象的艰难困苦后终于到达赞比西河，距离比拉利离开我们的地方足有170英里。由于利奥年轻的脸庞竟然配着雪白的头发，当地野人把他当成魔鬼，我们被一个部落囚禁了6个月。从这些人手中逃出后，我们渡过赞比西河，然后又向南流浪。正当我们饱受饥饿之苦时，幸运地遇上了一位葡萄牙混血猎人，他刚好因追赶一群大象不小心进入这块从未到达的内陆地区。这人对我们非常友好，在他的帮助下，我们最后终于到达德拉瓜海湾。经过数也数不清的危险和苦难后，在第一次踏上克尔沼泽后共经历了十八个月时，我们终于在抵达德拉瓜海湾的第二天搭上往返于好望角和英国之间的商船。回家的路上非常顺利，踏上南安普敦码头时，正是两年前我们离开家乡开始这次貌似荒唐的探险的日子。我在学院原来的宿舍写下这最后几行字时，利奥就

388

靠在我的肩头。二十二年前，我可怜的朋友文西跌跌撞撞地扛着那只铁皮箱，走进的也正是同一间房子。

这个故事本身以及与其相关的事端和外部世界的记录就到此为止。至于我和利奥的结局究竟如何，我难以猜测，但我们都清楚一点，那就是知道故事还远远没有结束。一个两千多年前开始的故事，也许还将在茫茫的未来世界延续很久。

利奥果真是两千多年前陶片上所说的卡利克拉提斯再世吗？还是某些遗传的相似性蒙骗了艾依莎？还有另一个问题，在这出有关转世的戏剧中，难道尤丝坦与多年前的阿米娜特丝毫无关系吗？读者对其自有分说。我认为"她"在这件事上并没有愧对利奥。

我经常一人深夜独坐，用意眼洞察未来世界，思忖着这出伟大的剧作最终如何发展，下一幕开场的地点将在何方。其结局早已是个定数，一定会朝着这种不可逆转的方向发展，相信这出戏迟早有一天会落下帷幕。因为与美丽的阿米娜特丝的爱情，卡利克拉提斯祭司背叛了自己在伊希斯女神面前的诺言，为了逃避愤怒女神的无情报复，他逃亡到利比亚海岸，并最终在克尔遭遇灭顶之灾。那么，这位埃及法老的公主在剧中究竟扮演了什么样的角色？

图书在版编目（CIP）数据

千年巫后 ／ （英）亨利·哈格德著；张济明译 . ——
上海 ： 上海文艺出版社，2023
（域外故事会科幻小说系列）
ISBN 978-7-5321-8838-3

Ⅰ . ①千… Ⅱ . ①亨… ②张… Ⅲ . ①幻想小说－英
国－现代 Ⅳ . ① I561.45

中国国家版本馆 CIP 数据核字（2023）第 160396 号

千年巫后

著　者：〔英〕亨利·哈格德
译　者：张济明
责任编辑：高　健
装帧设计：周艳梅
责任督印：张　凯

出版　上海文艺出版社
出品　上海故事会文化传媒有限公司
　　（201101上海市闵行区号景路159弄A座3楼www.storychina.cn）
发行　上海文艺出版社发行中心
　　（上海市闵行区号景路159弄A座2楼206室）
印刷　上海中华印刷有限公司
开本　889毫米x1194毫米　1/32　印张12.625
版次　2023年10月第1版　2023年10月第1次印刷
ISBN　978-7-5321-8838-3/I.6965
定价　45.00元

上海故事会文化传媒有限公司出品（01161）www.storychina.cn

想看更多精彩故事？
扫码下载故事会APP

上海故事会文化传媒有限公司所有图书可办理邮购，免收邮费（挂号除外）
汇款地址：上海市闵行区号景路159弄A座2楼206室（201101）；
收款人：上海故事会文化传媒有限公司出版发行部
联系电话：021-53204159
如发现本书有质量问题，请与印刷厂质量科联系T:021-60829062